普 天 之 下 ・ 盡 是 好 書

普天 出版家族
Popular Press Family

凌雲 文創
A-Plus
Creative Company

史上最禁忌、最辛辣的
後宮出軌秘史

《後宮其實很八卦》
全新修訂版

後宮

那些
羞人答答的艷事

巫解——著

皇帝可以坐擁三千佳麗，後宮那些女人又何嘗不能追尋自己的情慾？歷朝歷代都有出軌的后妃，放蕩的公主，迷亂的帝王，聯合上演一齣齣讓人血脈賁張的桃色戲碼。

本書以最八卦的觀點、最詼諧的筆調，揭開三十六個歷史名女人紅杏出牆事件！

在森嚴的皇室高塔之內，紅杏出牆無疑是禁忌中的禁忌！是什麼樣的原因，讓她們踏上放縱一途？又是什麼樣的機運，使她們輾轉於男人之間……

出版序

三十六個歷史名女人的出軌八卦史

本書榮獲「空中網」手機文學原創大賽小說類黃金大獎，出軌的后妃，放蕩的公主，迷亂的皇帝，聯合上演一幕幕出軌戲碼，堪稱史上最八卦的後宮艷史。

女人出軌，真的是那麼罪大惡極的事情嗎？

對於現今一夫一妻制、戀愛結婚的社會來說，的確可以稱得上罪大惡極。但在那個媒妁之言盛行、由父母包山包海、由皇帝管事的舊中國呢？

我們都知道，在古代中國，皇帝一直是權力核心的代表人物，這樣一個位高權重的大人物（大多是男人），身邊自然不乏鶯鶯燕燕，他想娶誰就是誰，任何人都不敢有意見。

而他那些後宮佳麗們，不管是搶來的、拐來的、政治聯姻娶來的，統統都得效忠

於他，內心不能想著其他男人。

但是，後宮佳麗三千，皇帝只有一個呀！

姑且不論多少佳麗為了爭寵，機關算盡、大打出手，光是手持號碼牌，乖乖等待寵幸，就已經夠折磨人了，萬一這時候出現其他給予關懷的男人，這可怎麼辦呢？

當原本的穩定婚姻關係無法維持，當皇帝喜新厭舊、投入其他妃子的懷抱，當丈夫無法保護自己，當遇到了相見恨晚的真愛之時⋯⋯出軌，這項極為禁忌的事情就發生了。

但是，這些出軌的後宮女人們，真的有這麼十惡不赦嗎？

我們都說，男人是用下半身思考的動物，其實面對情慾，女人又何嘗不是如此？男人可以追尋情慾，女人又何嘗不能滿足自己的需求？男人可以三妻四妾、左擁右抱，女人為何不能流連於群雄之間？當男人無法給予自己關愛的時候，女人為何不能去追尋那個深愛自己的人呢？

這其中到底是根深柢固的父權主義影響，還是男人內心懼怕的，其實是女人對自己能力的否定？

本書正是一部探討古代女人出軌秘辛的讀物，描寫了三十六位中國歷史上出軌的

名女人，她們皆是當代最獨一無二的代表，都曾擄獲君王的芳心，但是，她們也同樣讓手持最高權力的男人戴綠帽，無一例外。

這三十六個名女人，相信你一定聽過她們的名字，如窈窕動人的趙飛燕、權傾一時的武則天、傾國傾城的楊貴妃、命運多舛的小周后、天怒人怨的慈禧太后，以及生不逢時的婉容皇后⋯⋯等。

她們當中有人為了父親的事業，被迫輾轉於各男人之間；有的人長期受到丈夫冷落，繼而向他人尋求慰藉；有的權傾一時，蓄養男寵只是不想讓男人專美於前；更有的奉旨行事，連正牌老公也搖頭嘆息。

這種禁忌中的禁忌，相信她們肯定是知道後果的，但，到底是什麼樣的原因，讓她們可以突破禮教的約束，踏上放縱一途？

不論這些名女人出軌的動機是什麼，她們的背後都有一段故事。

而面對這些皇室名女人的出軌事件，我們該用哪一種眼光來看待呢？鄙視？同情？還是崇拜？

都不用！我們只要跟隨作者，用觀看桃色新聞的心態，淡然地觀看她們的故事，就已足夠。

本書榮獲「空中網」手機文學原創大賽小說類黃金大獎，單一網站點閱率直逼千萬，引發讀者熱烈迴響！出軌的后妃，放蕩的公主，迷亂的皇帝，在書中聯合上演一幕幕鮮為人知的後宮出軌戲碼，堪稱史上最八卦的後宮艷史。

作者巫解用輕鬆詼諧的筆調，幽默卻不媚俗的方式，闡述三十六個你所不知道的中國皇室婚外情秘史。

在他筆下，這些後宮女人活靈活現，不論她們的遭遇是悲悽的、不得已的、自願的或只是想嚐鮮的，關於她們的奇聞軼事，你都可以在這本書中找到。

翻閱完本書以後，你會赫然發現，原來古代後宮居然也這麼八卦，原來歷史可以這麼有趣，原來皇帝也沒有什麼大不了的，原來出軌……也不一定都是那麼罪大惡極的事。

· 本書是《後宮其實很八卦》的全新修訂版，謹此說明

第 1 章

夏姬——
不要迷戀姐，姐讓你吐血

過沒多久，聰明的孔寧率先發現夏姬的最想與最急，並且勇敢地付諸行動。於是，他成了夏姬的床上嘉賓，兩人琴瑟和鳴、渾身舒泰，自此形成長久的合作關係。

西元前六二〇年左右，正是群雄並起的春秋時代。

當時周襄王姬鄭在位，東周王室的勢力漸衰，稍有實力的諸侯國趁機擴張地盤，於是小國林立、大國爭霸，許多諸侯國勢力凌駕周王之上。放眼望去，一片弱肉強食、你爭我奪的熱鬧景象。

就在這精采紛呈的亂世中，鄭國後宮誕生了一名女嬰，後人稱她為夏姬。

鄭國在春秋初期十分活躍，甚至連強大的齊國，也對其俯首稱臣。

鄭莊公時代，接連滅了許小國，還射中周天子桓王的肩膀，是當時最強盛的諸侯國，史稱「鄭莊公小霸」。

莊公去世後，他的兒子厲公驅逐太子，自立為王。厲公在位二十八年間，國內大亂，自此鄭國日益衰落。傳到夏姬的老爸鄭穆公時，已經是個半大不小的國家，比上不足，比下有餘。

鄭穆公是個不喜歡折騰的老實人，所以與周圍諸國相比，當時的鄭國是個相對和平的地方。

夏姬就在這樣安靜祥和的氛圍裡長大，待到少女時，已出落成一個標緻的美人——

杏眼桃腮、柳腰雪肌、顧盼生輝、搖曳多姿。

更撩人的是，這女孩生來就有一種浸在骨髓裡的狐媚，屬於那種「看一眼就讓你渾

「身發麻」的類型。

一般來說，美女都有自己獨特的癖好，夏姬的癖好是沒事老愛發呆。在醫學上，發呆又叫做白日夢，白日夢做多了，會有點恍惚，這種恍惚持續到夜裡就變成真正的夢。

某天晚上，夏姬做了一個奇怪的夢：她夢見一個帥氣偉岸的男子，頭戴星冠、身著羽服，自稱天上的神仙，強行與她交合，還一邊教她吸精導氣之術，同時聲稱此法叫做「素女探戰術」，能使女人永保青春。

夢醒之後，夏姬有些羞澀，又有些驚喜，她把這個奇怪的夢告訴她媽媽，她媽媽不理解，又告訴了她爸爸鄭穆公。

鄭穆公皺眉沉思片刻，然後十分不屑地對孩兒她媽說道：「妳這笨蛋！這不就是春夢嗎？」

這事非同小可！一個美少女開始做春夢，是一個相當危險的信號──她開始渴求男人了！

於是，鄭穆公決定趕緊給夏姬找個婆家。要不夜長夢多，說不定會鬧出什麼亂子。

當時，聽到夏姬要出嫁，各國王公貴族傾巢而出，一個個瞇著色瞇瞇的雙眼，削尖腦袋想做鄭穆公的女婿。

最後，經過五十選十、十選三、三選一的層層篩選，來自陳國的王孫夏御叔拔得頭籌，在眾追求者血紅的目光中，雙手接過鄭穆公頒發的「超級女婿」獎杯。

夏御叔是陳定公的孫子，官拜司馬，相當於該國的兵馬總指揮，可謂出身尊貴、年輕有為。

可就在這關鍵時刻，意外發生了！夏姬的媽媽——少妃姚子，眼看閨女就要離她而去、遠嫁他鄉，忍不住悲從中來。於是，她極不理智地向夏御叔提出一個要求：媳婦是你的，但你三年後才能來迎娶。

鄭穆公在一旁氣得牙癢癢，但在這莊重的場合也不好發飆，只得隱忍這個愚蠢的舉動。對夏御叔而言，丈母娘說話，誰敢說不啊？於是，婚事推遲到三年之後。

這一推遲不得了，出事了！

前面我們說過，夏姬開始做春夢了。這說明她的內心已經到達開始涉足男女之事的領域了。加上後來的招親事件，更激起了她的春心。偏偏要緩解這蕩漾的春心，還需要再等待三年。

靠！她可沒有定力再等那麼久啊！

於是，本著就近原則，饑不擇食的夏姬與自己同父異母的哥哥——公子蠻搞上了。

這段亂倫具體細節我們不得而知，但我們知道的是，公子蠻最後英年早逝，前後時間差

不多三年。

據說，他死於夏姬的採陽補陰術。

老情人公子蠻死了，新丈夫夏御叔的花轎還沒來。中間空出的一小段時間，夏姬就把它給了鄭國某些嗷嗷待哺的帥哥大臣。

總而言之，她這三年一刻也沒浪費。

這充實的三年，也為夏姬日後捭闔縱橫的霹靂嬌娃生涯打下堅固的基礎。帶著這份充實，夏姬被夏御叔的花轎抬到陳國。

釣到這麼一個金龜婿，夏姬自然心滿意足。而夏御叔呢？打敗眾多競爭者，終於把中外馳名的尤物娶回家，自然也是心曠神怡。

兩人都這麼滿意，日子焉有不快活之理？

當時，夏御叔有一塊封地，叫做株林。那裡是個好地方，地處繁華都市的邊緣，青山綠水、鳥語花香，空氣清新、風景秀麗，雖然沒有「面朝大海，春暖花開」，至少也別有洞天，是一塊風水寶地。

夏御叔在那裡蓋了一幢別墅，內部裝潢豪華，各室館功能齊備，吃喝玩樂一條龍，休閒健身一體化，可謂房地產之奇葩，人間居住之天堂。

夏御叔和夏姬成親後，新婚燕爾、濃情蜜意，甜蜜得不得了。但不久之後，一件事情破壞了夏御叔的好心情：夏姬生了個兒子——在嫁給他的第九個月時。

只要腦袋沒進水的人都知道，懷胎十月，才能一朝分娩。那這九個月是怎麼一回事呢？夏御叔迷糊了，繼而慍怒了，他質問妻子：「娘子，妳能否就此事解釋一下？」

沒想到夏姬淡然地回答：「彪悍的人生不需要解釋！」

夏御叔接著問：「可是，妳才嫁給我九個月，怎麼可能就生了呢？」

只見夏姬依舊淡淡地答道：「凡事皆有可能。」

夏御叔不甘心，激動了起來：「這不符合人類的一般規律吧？」

夏姬則堅定地說：「我的肚子我做主。」

夏御叔頓時萎靡了，但仍然一臉憤慨地說：「我對此事表示極度抗議，並不承諾放棄使用暴力解決此事的權利。」

夏姬笑了：「你這大老爺在那糾結啥呢？不就是早產唄！」

聽到這句話，夏御叔才如釋重負，一臉輕鬆地說：「哦！原來如此。」並連夜苦思，給孩子起了一個平庸的名字：夏南。

就這樣，一場家庭風暴在談笑間輕鬆化解了。

古時候不流行驗DNA，根本沒人知道那孩子的爹是誰。

時光荏苒、歲月如梭，轉眼間，夏南十二歲了。

就在這一年，一直沒弄明白孩兒他爹是誰的夏御叔，突然重病死了，傳言，他是被妻子的採陽補陰之術給害死的。

臨走之前，他把這雙孤兒寡母託付給自己的好友——官居大夫孔寧和儀行父。並竭力囑託：「你們倆一定要照顧好他們母子，切記！切記！我們保證會完成任務的。」

這兩位好朋友異口同聲地回道：「老夏，你就放心去吧！」

事實證明，這二人確實是誠信之人，並沒有食言。

夏御叔死後，三十多歲的夏姬恢復了自由之身。而身負重託的孔寧與儀行父二人，則成了她府上的常客。他們噓寒問暖、鞠躬盡瘁，想夏姬之所想、急夏姬之所急，全心全意地實踐自己與好友的諾言。

過沒多久，聰明的孔寧率先發現夏姬的最想與最急，並且勇敢地付諸行動。於是，他成了對方的床上嘉賓。

兩人琴瑟和鳴，一曲歌畢，夏姬渾身舒泰，孔寧甘之如飴，如此雙贏的局面，造就二人長久的合作關係。

但是，孔寧的性格比較孩子氣。有一回，兩人合奏以後，他淘氣地偷了夏姬的一件

錦襠。

什麼是錦襠呢？

就是內褲。

他偷人家的內褲幹嘛呢？

為了炫耀。

向誰炫耀？

儀行父！

為什麼要向儀行父炫耀呢？

根據我的猜測，他大概是想告訴對方：「你看！我把夏姬都照顧到這個份上了，比你更加夠朋友吧？」

但儀行父也是個性情中人，發現自己不如孔寧，心中十分慚愧。當他檢討完自己的疏忽後，馬上跑去向夏姬表白：「我也想像孔寧那樣夠朋友，希望妳能給我機會。」

於是，與人為善的夏姬當天便給了儀行父機會。

合奏結束後，儀行父看著夏姬心滿意足的臉，趁機提出要求：「妳送一件內褲給孔寧，也應該送我點什麼吧？」

聰明的夏姬一眼便看出儀行父的比較心態，於是撒嬌道：「那不是我送給他的，是

那不要臉的自己偷走的。」

接著，她話鋒一轉：「但是，我要送你件東西，因為……雖然同床共枕，卻有厚薄之分哪！」說完，她解下自己的碧羅襦（綠色的胸衣），遞到對方的手上。

得此物件，儀行父欣喜若狂，當即辭別夏姬，跑去找孔寧，然後出示碧羅襦，以勝利者的姿態嬉笑道：「兄弟，你瞧！我也和你一樣夠朋友了吧？」

孔寧嘴巴上打著哈哈，心裡卻極度不平衡：「好你個夏姬，我只是偷了妳一件內褲，妳居然主動送儀行父一件胸衣，我嫉妒！」

接下來，孔寧的嫉妒更是如野草般瘋狂長起來。

因為儀行父不僅身材高大，長得也比較帥，更重要的是，他善於使用春藥，總是能讓夏姬欲仙欲死──總之，他比孔寧更能滿足夏姬的市場要求。

於是，孔寧就被冷落了。

嫉妒如一頭瘋狂的野獸，把孔寧的內心咬得生疼。他快忍受不了了，怎麼辦呢？經過一番思索，他計上心頭。

這天，孔寧藉彙報工作之機，向國君陳靈公細述夏姬之美、之妖嬈、之床第神功。

他認為，以陳靈公的好色之心，肯定會迫不及待，一探黃龍──這就是他的計策。他打算引進更有實力的競爭者，藉此打擊儀行父，以解自己的嫉妒之苦。

為了打鬼，借助鍾馗，這是中國人常用的陰招。但這其中有一個很重要的問題：打完鬼以後，怎麼送鍾馗回去呢？所謂請神容易送神難啊！

不過，這顯然不必多慮，一是船到橋頭自然直，解決燃眉之急最要緊。二是鬼與鬼之間只有利害關係，和鍾馗則處在不同的運行軌道。就像孔寧會嫉妒儀行父，不會嫉妒陳靈公一樣，因為前兩者是鬼，而後者是鍾馗，階級不同。

打個比方，人們只會嫉妒同事的薪水漲了一千塊，卻不會在乎老總的座駕從寶馬換成賓利。

陳靈公是陳國的第十九任國君，別無長處，唯好色之心聲名遠播。但是，久經風月的他對此並不是很熱心，而有自己的顧慮：夏姬雖美、雖冶艷，但已經快四十歲了，花容焉能長在？

知道國君的顧慮，孔寧笑著解釋：「夏姬雖已年近四十，但她通曉房中之術，如今看起來依然似十七、八歲的模樣，絕對不是明日黃花。」

這下陳靈公就放心了，他立刻決定，要到那個叫株林的地方微服出巡。於是，孔寧徑直地把國君引進夏姬的別墅。

夏姬一看國君駕到，自然不敢怠慢，趕緊吩咐下人準備酒筵。同時，她看到孔寧擠眉弄眼的模樣，心中立刻明白國君此行的目的。

酒筵之上，夏姬秋波流盼，陳靈公心領神會、通體燥熱。當天晚上，靈公便留宿在夏府。總之，夏姬使出平生技藝，把已日薄西山的陳靈公伺候到天亮。

完事後，陳靈公用一句話做總結：「寡人就算是跟天上的仙女纏綿，感覺也不過如此吧？」

然後，他堅持要把夏姬納入後宮，當個妃子啥的，以便長久來往，圖個方便。但夏姬自由慣了，對體制並無嚮往之心，所以回絕了。

陳靈公納悶，便問：「妳是不是心中有其他人啊？」

夏姬比較坦率，便把與孔寧、儀行父的事如實相告，並發誓說：「那已經是過去的事了，往事如煙，就讓它隨風飄去吧！今後一定專心侍奉君王。」並脫下一件汗衫贈給靈公。

可陳靈公比較大度，答道：「不必，不必，獨樂樂不如眾樂樂，繼續，繼續。」

夏姬嫣然一笑，心想：「求之不得啊！」

陳靈公回宮後，立即召見孔寧與儀行父，嬉笑著問：「你倆好大膽，有如此美味竟敢獨自品嘗，直到今天才告知寡人。」

孔寧腦子轉得很快，同樣嬉笑地答道：「這好比君有食物，臣先嘗之，父有食物，子先嘗之。倘若嘗後覺得不美味，不敢進君。」

這話實在聽著漂亮，其實完全是外交辭令，但陳靈公並不在意，撫掌大笑，無恥地

說：「錢吾錢以及人之錢，妻吾妻以及人之妻。妙哉！今後咱君臣同去，同去！」

於是，自此之後，夏姬的大床上經常上演四P大戰的盛大場面，四人皆樂此不疲。

這得從一場宴會說起。

如此數年，待到夏南長到十八歲時，爲了取悅夏姬，陳靈公讓他世襲其父的司馬一

職，總領陳國兵權，沒想到，這個決定卻讓他斷送性命。

話說夏南接任世襲司馬一職後，心中十分歡喜，爲了答謝君恩，便舉行一場晚宴，

宴請陳靈公，並邀請父親的生前好友孔寧、儀行父作陪。

一開始，賓主之間相當友好，和樂融融。一會兒工夫，大夥就喝得酒酣腦熱，正好

在這個當下，夏南起身去小便，回來時，卻在門外聽到這麼一席話——

陳靈公說：「夏南這麼魁梧，有些像你，是不是你的兒子啊？」

儀行父大笑：「夏南兩目炯炯，極像主公，應該是主公所生。」

孔寧插嘴：「我猜他的爹爹極多，是個雜種，大概連夏夫人自己也記不起來吧！」

然後，三人拍掌大笑。

這是一種侵入骨髓的侮辱！在此之前，夏南一直在鄭國「留學」，對陳靈公、孔寧、

儀行父三人與自己母親的醜事所知甚少。

直到不久前學成歸國，他聽到陳國流傳的一首歌謠：「胡爲乎株林？從夏南；治酒歡會兮！從夏南！」

意思是說陳靈公的車駕經常來往於株林道上，都是要去會見夏南；而株林別墅中的笙歌美酒，也是他們通宵達旦的歡會所致！

一開始，他還納悶：「我一直在鄭國『留學』，回國才沒多久，哪裡有時間與陳靈公私下在株林見面與歡會呢？」

如今，他終於知道了答案——原來是老百姓在諷刺陳靈公與母親的醜聞啊！

年輕氣盛的夏南頓覺熱血直沖頭頂，拔腿就跑，拔出佩劍，進入廳堂，一劍了結陳靈公的老命。

孔寧與儀行父一看情況不妙，肯定不會饒過他們，看來在這裡是混不下去了！逃出株林後，他倆合計了一下，經過權衡，兩人逃往好管閒事的楚國，並申請到政治庇護。

夏南如今掌有兵權，肯定不會饒過他們，看來在這裡是混不下去了！逃出株林後，他倆合計了一下，經過權衡，兩人逃往好管閒事的楚國，並申請到政治庇護。

夏南一劍雪恥之後，心情平靜了許多，腦袋也清醒了。但是，把國君殺掉，這可不是小事啊！善後事宜要怎麼安排？

好在夏南很聰明，幾天後，陳國發布告示：「陳靈公因酗酒過度，腦溢血突發，崩了。國不可一日無君，經過眾臣一致討論後決定，立世子嬀午爲君。」

告示一發布，幾個比較正直的大臣紛紛表示異議，無奈夏南執掌兵權，他們手無縛雞之力，權衡一番之後，也就識時務者為俊傑了。

哦！親愛的讀者，看到這裡，你們應該也明白了——這算是一場成功的宮廷政變。

但夏南犯了一個致命的錯誤，他忽視了逃跑的孔寧與儀行父！

話說孔寧與儀行父逃亡楚國後，整天琢磨著如何滅掉夏南。

兩人利用一切機會，向楚莊王吹風，大肆渲染夏南弒君的罪行，卻絕口不提陳靈公與夏姬的醜聞。並以陳靈公遺臣的身份，大力慫恿楚國出兵，誅殺夏南，否則便是置陳國人民於水深火熱之中。

當時楚國十分強大，楚莊王也以世界領袖自居，自我感覺十分良好，遇上這麼一個可以耀武揚威的機會，當然不會錯過。於是，他派大夫轅頗率軍前往陳國緝拿夏南。陳國人雖然心知內政被干涉，但楚國的實力太大，他們也沒有說不的勇氣。

大臣們商量之後，為了讓陳國苟延殘喘，只好委屈夏將軍了。面對這個結局，夏南也無話可說。於是，陳國人城門大開，迎接楚軍進城，夏南在株林的家中被捕。然後，連國際軍事法庭的過場都沒走，就被處以車裂之刑。

夏姬也成了楚軍的戰利品，被大夫轅頗帶回楚國，送到楚莊王的面前。楚莊王早已

聽聞夏姬芳名，此時親眼目睹，更覺百聞不如一見。看著風姿綽約的美人，他心動了，當即決定納她為妃。

但莊王身邊有一個大臣叫做屈巫，對夏姬一見傾心，眼看自己喜愛的女人將要成為王的女人，日後再也沒有機會一親芳澤，心中頓時醋海翻動。於是，他靈機一動，偷偷進諫楚莊王：「這夏姬放蕩成性，是個不祥之物，之前跟她混過的男人非死即傷，沒有一個有好下場，希望君王三思而後行。」

楚莊王是個有稱霸雄心的大人物，自然不會為了滿足一時貪念而誤了大事。於是，他打消了這個念頭，並把夏姬賞賜給自己討厭的武將連尹襄。

事實證明屈巫的諫言果然不假，不到一年，可憐的連尹襄戰死在沙場之上。

夏姬又自由了，惦記她的人自然多了起來，但她向來喜歡就近原則，跟連尹襄的兒子搞在一塊。

很快的，人們都知道了這件事，頓時群情激奮了起來——倒不僅是因為對他倆亂倫的痛恨，我猜，更大的原因應該是不便言說的嫉妒吧！

楚莊王接到一封又一封的舉報信，全是對夏姬的痛斥。他本想殺了這個女人，以平眾怒，但骨子裡的憐香惜玉阻止他這麼做，最後，他選擇把她驅逐出境，派人送她回娘家——鄭國。

鄭國的大臣們聽到這個消息後，個個興奮得摩拳擦掌。可是，不好意思，這回沒輪著他們。

就在夏姬進入鄭國境內時，那個渴慕她的楚國大夫屈巫出現了。

當時，屈巫正身懷楚莊王的派遣，要去齊國商談一件大事。半路上突然得知夏姬被遣送回鄭國的消息，他興奮得不得了，心想：「他奶奶的，老子的機會終於來了！」

於是他立即快馬加鞭，繞道來到鄭國，在一個驛館中找到夏姬，並直截了當對她告白：「嫁給我吧！」

這句話讓夏姬感到很欣慰。

沒想到，屈巫非常堅決：「今日得以魚水之歡，大遂平生之願。其他在所不惜！」

歷盡波折的夏姬心有顧慮，問道：「這事有稟告楚王嗎？」

第二天，屈巫派人送了一封辭職信給楚莊王，上面寫道：「蒙鄭君以夏姬為妻室，臣不肖，遂不能推辭。恐君王見罪，暫時去了晉國，出使齊國之事，望君王另遣良臣，死罪！死罪！」

為了防止給鄭國惹來禍端，信發出後，他就帶著心愛的夏姬投奔強大的晉國。

等楚莊王看到屈巫的辭職信後，相當震怒。這怒中有兩層意思：一是身為國家公務

員，卻半路叛逃敵國，是謂叛國！二是，當初他一本正經地勸進不要納夏姬為妃，說對

方是紅顏禍水，如今卻……是謂欺君。

君王一發怒，後果當然很嚴重。但理智告訴他，不能像欺負陳國那樣對付晉國。所

以，他把怒火發洩到屈巫的家人身上，可憐的屈巫親族，全成了他的刀下之魂。

「從此，屈巫和夏姬過上了幸福的生活。」呵呵，這只是我的臆測，但史書上確實

沒有屈巫死於非命的記載。也許，對於千古尤物夏姬來說，之前的那些男人都是命中的

過客，只有不顧一切的屈巫才是她的真命天子。

那麼，就請允許我猜測──

從此，屈巫和夏姬過著幸福快樂的生活，直到老死。

第 2 章

翟叔隗——
皇兄、皇嫂與小叔

按照正常的劇情發展，翟叔隗紅杏出牆必定是早晚的事。果然，婚後的第二年，她和丈夫的弟弟姬帶搞上了。有趣的是，促成此事的正是她的老公。

周朝是個專出美女的朝代，但這些美女往往都是「破壞型」的。她們或輕施顰笑，或突然發飆，彈指間就能把強大的國君搞得灰飛煙滅。其中最典型的代表，就是那個喜歡耍酷的冰山美人——褒姒。

褒姒原本是一名棄嬰，被一對做小買賣的夫妻收養，在褒國（今陝西省漢中西北）長大。

西元前七七九年，周幽王征伐褒國，褒國兵少將寡，跟周朝的軍力根本不在一個檔次上。打個比方，如果把周國比做當今的美國，那褒國只能算是尼泊爾，實力如此懸殊，褒國人一點辦法也沒有，只好獻出美女褒姒乞降。

周幽王得到褒姒後，愛之如掌上明珠，但褒姒有個特點：平時很少露出笑容。

周幽王為了博美人一笑，勇敢地上演前無古人，後無來者的「烽火戲諸侯」一劇，至於結局，我想大家都知道了。

所以，基本上可以這麼說，這個疑似笑神經萎縮的美女，只用一個半生不熟的微笑，便把倒楣的周幽王送進閻王殿，順便把周朝弄得元氣大傷。

江山代有人才出，褒姒死後僅過一百多年，周朝又出了一個著名的破壞型美女，她叫翟叔隗。

這次倒楣的是周襄王姬鄭。

襄王時期，諸侯爭霸日益激烈，諸侯爲奪霸各顯其能，抓住一切可以擴張實力的機會。被後人稱爲春秋五霸的齊桓公、晉文公，此時地位已凌駕於其之上。

與前輩周幽王相比，周襄王是個時運更加不濟的衰人。當時，周朝早已淪落成一個貌似「聯合國」的組織了——名義上誰都管，其實誰都管不了。

爲什麼這麼說呢？

大家都知道，周朝的體制是諸侯負責制。打個比方，如果說諸侯是各大武林門派掌門的話，那周天子就相當於武林盟主。當盟主強大的時候，各掌門人自然會好好侍奉，不敢怠慢，一旦盟主變得脆弱，那人家就不會乖乖地聽話了，甚至還會趁機教訓你一頓。

不幸的是，周襄王恰巧就是這麼一個羸弱的盟主。

就這樣，在這種國際氣候下，原本蝸居於翟國的翟叔隗，在一個偶然的事件中獲得了出場機會。這一切，得從一場戰爭說起。

話說西元前六三七年，暴發戶鄭國爲了擴充地盤，突然攻打自己的弱鄰滑國，想兼而併之。

滑國本來是個微不足道的小國，定都於今河南睢縣西北，後來遷到今河南省偃師市緱氏鎮西南。它緊鄰著兩個大國——鄭國和衛國。爲了自保，它在外交上一向採用「一邊倒」的策略——遠離鄭國，認衛國爲老大，這讓鄭國十分不爽。

剛開始，鄭國忌憚衛國，處處隱忍。但後來，鄭國越來越強大，衛國卻一年不如一年。偏偏滑國的國君少一根筋，仍抱著衛國的大腿不放，於是，鄭國決定給他點顏色瞧瞧。

鄭國大軍一到，滑國一看打不過人家，趕緊向老大衛國求救（注意，滑國首先求救的對象是衛國，而不是周天子）。

但鄭國背後有個更強大的楚國充腰，所以衛國沒敢發兵支援，只向滑國發了一封文情並茂的信函，表示：「衛國全體人民在精神上支持你們！」

收到信後，滑國國君面色慘白，一根煙的工夫後，他幽幽地吐出了一句話：「關鍵時刻，老大也靠不住啊！」

就在這個時候，忽有謀士向他耳語三個字：周天子。

滑國國王愣了一下，繼而一陣琢磨，唉！反正沒辦法了，有棗沒棗都打一竿子吧！

於是，抱著死馬當活馬醫的心態，向名義上的盟主周襄王發出求救信。

周襄王好久沒有嘗到被求救的滋味了，心裡頓時熱血沸騰，激動不已，自己的形象彷彿突然間高大了好幾倍。當他的心緒略微恢復正常後，還是給了滑國一個理智的答覆：

「我非常想主持公道，但你看我這模樣，誰會聽我的啊？」

可滑國不高興了，他們回信之時使用了激將法：「你是國王啊！鄭國不是你的屬國嗎？」

周襄王顯然沒被激起什麼豪情壯志，甚至有點自憐地想：「你們也就在這時候才記起我，平日裡你們給那些大諸侯國送禮的時候，也沒見有我的份兒啊！」

但他畢竟是名義上的君主，為了給滑國一個表面上的交代，打腫臉充胖子，派了一個使臣前往鄭國，進行說服教育。這其實也只是個形式，連他自己也不相信會奏效，按照正常的邏輯，這個使臣應該會在三天內灰溜溜地跑回來。

但結果出乎周襄王的意料！

當然，不是鄭國答應退兵，而是他們把使臣關進大牢！自古兩軍交戰，皆不為難來使，何況這使者還只是第三方的斡旋者，更何況，還是周天子派來的。

這也未免太欺負人了！這可是赤裸裸的挑釁，讓周襄王出奇憤怒。於是，他苦思對策——沒招！再苦思——還是沒招！繼續苦思——終於，蒼天不負苦思人，他腦中靈光一閃，出現了兩個大字：翟國！

翟國是一個已經漢化的夷狄部落，國內尚武成風、兵強馬壯，軍事實力雄厚。但地處偏遠，又是少數民族，一直受到中原諸國的排擠。在一次次排座位、分果子的好事當中，總沒有它的身影。但是，它一直在等待機會，想要逐鹿中原。

周襄王很清楚這一點，於是，他向翟國國王發出邀請函，請他幫忙教訓一下囂張的鄭國。

得此機會，翟國國王當然是求之不得！終於逮到名正言順的藉口進軍中原了，於是，他立即發兵，沒多久，就南渡黃河，深入鄭國國境，把鄭國的陪都櫟城（今河南省禹州市）占領了。

鄭國國君姬捷一看這情況，原本囂張的氣勢頓時萎靡。趕緊賍著臉向周襄王發了一封服軟的檢討書：「滑國我不打了，使臣也馬上釋放，而且以後會老老實實地做您的屬國，不敢再違逆，請您命令翟國退兵吧！」

周襄王收到書信後，感到神清氣爽。他立即命人影印了幾萬份，然後在各國街頭散發，以揚君威。最後，氣也出了，威風也耍了，他就借坡下驢，答應鄭國的請求，請翟國退兵。

至於翟國人，看到所謂的中原不過如此——不但人口密集、房價老高，空氣污染也很嚴重，沒有他們當地草肥水美，於是在搶了該搶的、拿了該拿的之後，滿足地班師回國去了。

在這次危機處理中，周襄王幹得實在漂亮，爲此，他飄飄然了許久。但他深知，這一切全仰賴翟國的幫忙。周襄王是個懂得感恩的人，爲了報恩，他做出了一個決定：娶翟國國君的女兒當王后。

這對夷狄出身的翟國來說，可說是天大的榮耀。翟國國君得到消息後，興奮得不得

了，心花怒放之餘，迫不及待把女兒送進王宮。當然，這個女兒就是翟叔隗。

叔隗長得如何？天姿國色也！這可用翟國的一首歌謠來證明：「前叔隗，後叔隗，

如珠如玉生光輝。」

了卻自己「報恩」的情結，又娶了這麼一個美人，周襄王自然是心中歡喜。但翟叔

隗對丈夫並不滿意，原因是兩人的年齡相差太多。

當時，翟叔隗還不到二十歲，周襄王已年近五十，老夫少妻，夜晚相處的時候自然

不太和諧。

翟叔隗正處盛年，而且是彪悍的少數民族，需求量較大，而周襄王年老體衰，心有

餘而力不足，就這樣，供需之間出現了矛盾。

有幾次，被翟叔隗逼迫急了，窩囊的周襄王不敢回宮，只得隨便找個地方住下，以

躲避床上勞役。如此以來，矛盾就更大了——周襄王怨少妻的生理需求太旺盛，而翟叔

隗則笑話老夫占著茅坑不拉屎。

更要命的是，兩人在性格、情趣上也有代溝。

這麼說吧！如果翟叔隗說話的方式是：「姐姐當年出來混的時候，你丫還在娘肚子

裡混沌著呢！牛什麼啊？」那麼周襄王常用的句式就是：「小人這廂有禮了，禮數不周

之處，還請姑娘原諒則個。」

總之，兩人完全是兩條軌道上的列車。按照正常的劇情發展，長久下來，翟叔隗紅

杏出牆是早晚的事。果然，小翟也沒有讓我們失望。

西元前六三六年，也就是婚後的第二年，她和襄王的弟弟姬帶搞上了。更有趣的是，

從客觀上說，促成此事的正是那可憐的糟老頭周襄王。

前面我們說過，翟叔隗出身夷狄部落，夷狄是北方的游牧民族，翟叔隗自小喜騎射、

嗜田獵，當了王后之後，這個愛好有增無減。

但襄王年事已高，加上不善此道，只能陪著在屁股後邊看，卻不能陪她馳馬縱橫，

但他又不想因此惹得嬌妻不高興，便令同父異母的弟弟姬代替他去陪獵。

當年輕英俊的王子遭遇滿懷幽怨的王后，故事便理所當然地發生了。

關於此事，《東周列國志》裡有詳細的記述。

翟叔隗解下繡袍，袍內預穿著窄袖短衫，罩上黃金鎖子、輕細軟甲，腰繫玉綠純絲

束帶，用玄色輕絹，周圍抹額，籠薇鳳簪，以防塵土。腰懸箭袋，手執朱弓，妝束得好

不整齊，別是一番丰采，喜得姬鄭微微含笑，左右駕戎車以待。

翟叔隗曰：「行車不如騎馬，我陪嫁的婢女，都習慣騎馬。」

正欲縱身跨馬，姬鄭曰：「且慢。」遂問同姓諸卿中：「誰人善騎，保護王后下

場？」

姬帶曰：「我當效勞。」

這一請求，正暗合翟叔隗心意，侍婢簇擁翟叔隗，做一隊騎馬先行，姬帶隨後跨名駒趕上，不離左右。

翟叔隗要在姬帶面前，施逞精神。姬帶也要在翟叔隗面前，誇張手段。未試弓箭，先試跑馬。

翟叔隗將馬連鞭數下，那馬騰空般的飛馳而去，姬帶緊接著躍馬而前，轉過山腰，剛剛兩騎馳個並頭。

翟叔隗將絡轡勒住，誇獎曰：「久慕王子大才，今始見之。」

姬帶欠身曰：「我只是學騎耳，不及王后萬分之一。」

翟叔隗芳心搖晃，曰：「明早你可進宮向太后請安，我有話講。」言猶未畢，侍女數騎趕到，翟叔隗以目送情，姬帶會意，輕輕點頭，各勒馬而回。

次日，姬帶入朝謝賜，遂到生母太后宮中。翟叔隗早已先至，預將賄賂，買通隨行宮人，遂與姬帶眉來眼去，兩下意會，托言起身，私會於側室之中，男貪女愛，極其眷戀之情，依依不捨。

從此，翟叔隗便與姬帶建立穩定的情人關係，二人經常打著拜見太后的名義，在太

后宮內的側室裡大行苟且之事。當然，為了保證事不外洩，他們早就買通了太后的侍女，而太后向來喜愛姬帶遠勝過襄王，對此事也就睜一隻眼閉一隻眼。

剛開始，二人還比較謹慎，保密工作做得比較徹底，一直平安無事。但到了後來，他們輕視周襄王腦鈍眼花，越來越放肆，幾乎到了明目張膽的地步。結果，事情就敗露了。

事情的敗露，起源於一場酒宴。

這一天，姬帶和翟叔隗又在太后的行宮裡酒宴行歡。酒至酣時，姬帶歌興大發，就命太后的侍女小芳吹簫助興，而他則擊節而歌。

歌到一半，他的下半身忽有異動，而此時翟叔隗正好去洗手間，姬帶環顧四周，最後將視線落在頗有姿色的小芳身上，只見此時正在撫弄玉簫的小芳，更是優雅迷人，恍若仙子。

姬帶腦中一亂，就朝小芳撲了過去，扒掉對方的衣服，想要霸王硬上弓。

小芳本來對英俊瀟灑的姬帶並不反感，可做人不能這麼不講究啊！好歹也得花前月下在先，赤膊相對在後吧？更何況還是酒後性亂之時。

於是，她堅決地反抗了姬帶的羞辱，衣衫不整地跑到周襄王面前，將剛才發生的一

切說了出來。同時，為了防止日後遭到姬帶報復，還把他和翟叔隗的醜事全盤托出，希望周襄王可以將他們一網打盡。

可想而知，周襄王大怒，立即將翟叔隗囚入冷宮，並派人緝拿姬帶。

好在姬帶耳目眾多，一聽到消息，就趕緊跑路了。他一路向西，跑到翟國。然後鼓動自己的三寸不爛之舌，將周襄王刻劃成一個患有疑心病的精神病，並把自己和翟叔隗形容成純潔無瑕的被冤屈者。

他說，自己只是在拜見太后時，與恰好同去拜見的翟叔隗巧遇，周襄王卻不念夫妻之情，也不念翟國幫他修理鄭國之恩，竟然將王后囚入冷宮，還將自己的皇弟驅逐出境，簡直是喪心病狂。

翟國國君救女心切，再加上姬帶的表演功夫到位，立刻聽信他的控訴，再次發兵中原，討伐周襄王。

這次，諸侯皆置之不理，沒過多久，翟國的騎兵就打到周朝的首都洛陽。這次，輪到周襄王跑路了。

但是，往哪裡跑呢？誰會收留他這個定時炸彈，引火焚身呢？想來想去，他最後選擇了鄭國。為什麼偏偏選這個曾與他有衝突的國家呢？很簡單，它是唯一一個對翟國懷有仇恨的國家。

也許你會說：「要說仇恨，鄭國應該更仇恨周襄王吧？因為翟國軍隊就是他派去的

啊！」

但你也許忘了，鄭國戰敗後曾經立誓效忠周襄王，當時的人們是非常講究誠信的。

反正，周襄王也沒有別的更好的去處，鄭國的國君姬捷也隆重地接待他。兩個曾經

是敵人的人，彼此執手相看兩淚眼，無語凝噎。同時忍不住感慨，真是三十年河東，三

十年河西啊！

更讓人感動的是，姬捷還幫忙周襄王聯絡，發布詔書，請求各諸侯國派軍勤王救駕。

翟叔隗從大牢裡撈出來。二人重逢，自然是淚濕衣襟，破涕為笑。

然後，姬帶來到太后行宮，想探望一下自己的親媽。

沒想到之前老太后因為驚嚇過度，重病在床，此時突然見到兒子，心中一激動，腦

血管承受不住壓力，竟腦溢血過世了。

老太后死後，姬帶沒有忙著發喪，而是打著遵太后詔令的旗號，鳩占鵲巢，取代兄

長成為周朝天子，剛從冷宮中放出來的翟叔隗自然是金槍不倒，繼續擔任王后一職——

只是「王」換了而已。

這邊廂忙著反攻，那邊廂也沒閒著。姬帶跟翟國軍隊打回洛陽後，第一件事就是把

接著，他倆想起了一個人：告密的侍女小芳！可惜，小芳早在聽到姬帶回宮時，就跳井自殺了。

上述的事宜搞定以後，意氣風發的姬帶便和翟叔隗專心渡蜜月。可就在這時，他做了一個錯誤的決定：他把翟國的軍隊遣送回去了！

他以為周襄王不可能東山再起，但他顯然小看了自己的老哥，各國的勤王部隊正悄悄集結。

也許你看到這又要問了：「短短的時間內，諸侯的態度為什麼突然變了呢？」

因為有個人打算藉這個千載難逢的機會實現自己的霸業。他叫重耳，晉國的國君。

重耳是晉獻公之子，是當時著名的政治家。當年，因其父立幼子為嗣，曾流亡國外十九年，後在秦國援助之下，於六十二歲時回國繼位。

繼位後的重耳，深知王位得來之不易，也感慨時光流逝、青春不再，便發憤圖強，後來成為春秋五霸之一。

重耳一向善於發現機會、抓住機會、利用機會。於是，他提出了一個口號：「尊王攘夷。」一時間從者如雲。其實，什麼「尊王攘夷」的，無非是想「挾天子以令諸侯」罷了。

制定這個戰略之後，重耳兵分兩路：一路前往鄭國迎接周襄王，一路前去國都洛陽

攻打姬帶。事情進展得異常順利，重耳的部隊剛到首都，城內的部隊就起義了──他們

打開城門，將晉軍迎進城裡。

怎麼突然出現如此戲劇的場面呢？我猜，大概是因為那時候的人比較注重倫理道德，

姬帶搶了哥哥的媳婦，自然是不得人心的。

城門不攻自破，姬帶大吃一驚，他趕緊帶上翟叔隗，打算第二次跑路。但剛剛跑到

城門口，就被晉軍大將魏犨逮住了個正著。

姬帶原本想發揮自己的口才，二話不說，大刀一揮，姬帶人頭落地。

至於翟叔隗，則被綁在石柱上，被亂箭穿心而死，真是可惜了這麼一個大美女，其

恨口才好的人，二話不說，大刀一揮，姬帶人頭落地。但不巧的是，魏犨將軍向來口拙，生平最

實她又何過之有呢？

周襄王呢？解決完姬帶、翟叔隗後，很受傷的他故作雄赳赳、氣昂昂地還朝，繼續

當他那可憐兮兮的天子，直到西元前六一九年去世，是善終。

第 3 章

齊文姜——
當兄妹變成情人

儘管春秋是個混亂的時代，但亂倫擱在任何時代，都是違背普世價值觀的。文姜與儲兒深知這一點，但是，他們拉不住內心的韁繩，只好淪落紅塵了。

春秋是個神奇的時代。它兵荒馬亂，但人性張揚，激盪中流露一股懾人魂魄的迷人氣息。許多年之後，當時空穿梭機發明之後，旅行社經常使用的一句廣告詞應該會是：如果你愛一個人，那麼帶她回春秋，因爲這裡是天堂；如果你恨一個人，那麼帶他回春秋，因爲這裡是地獄。

春秋盛產美女。文姜就是其中最出類拔萃的一個！她出身顯貴，老爸是齊國國君齊僖公。

齊國是春秋時期一個比較大的諸侯國，西周時期，周武王封姜太公呂尙於齊，故又稱呂齊。但西元前三九一年，大臣田和廢掉齊康公，並於五年後自立爲國君，同年被周安王冊封爲齊侯，這個時期的齊國史稱田齊。

齊僖公原名呂祿甫，是齊莊公的兒子，在位時，沒有什麼太值得稱道的政績。但他生了兩個傾國傾城的寶貝女兒——文姜和宣姜。

尤其是文姜，齊僖公一直視她爲掌上明珠。美艷的她在當時就已迷倒衆生，數千年過去了，她的熱度依然不減。當然，這熱度的維持並不僅僅來自於她的美，還由於她與親哥哥的那段不倫之戀。

世上沒有無緣無故的愛與恨，同理，也沒有無緣無故的亂倫。要弄清文姜是如何走上亂倫之路的，就得先從她的一次婚約說起。

話說，文姜打小就是個活潑可愛的美人胚子，生得傾國傾城、秀色可餐，身上既有大家閨秀的高貴，又不乏小家碧玉的柔媚，簡直是天衣無縫、完美無瑕。

齊僖公對這個出眾的女兒寵愛有加，但女大不中留，眼看著文姜長到當嫁之年，他就開始給她物色合適的夫婿。

文姜人美，齊國勢大，希望締結良緣的公子哥兒自然是車載斗量，這讓齊僖公比較頭疼：選誰好呢？

對於一般的女人來說，嫁人的標準很簡單：取其幾點而不計全部──因為她們知道自己並不是完美無缺的，所以也沒有資格要求自己的男人無懈可擊。於是，她們當中的大多數總能在適當的時候把自己嫁出去。

然而對於不平凡的女人來說，嫁人的標準就苛刻多了，因為她們向來追求完美。可是常識告訴我們，生活中哪有那麼多完美？甚至「完美」本身就是個虛偽的假詞。於是，她們中的大多數成了高貴的「剩女」。

文姜就是個不平凡的女人。所以，她推掉了許多父親建議的婚事，天真又自信心十足地等待自己心中的白馬王子。

齊僖公相當無奈，但當時還不興父母包辦這一套。再說，他向來對文姜比較驕縱，養成她極其任性的性格。因此，寶貝女兒沒有同意，他也只好乾著急。

如此過了數年，白馬王子的消息依然虛無縹緲。眼看著文姜就要步入「剩女」的殿堂，成爲對鏡自憐的怨婦時，上天垂憐了她——鄭國王子姬忽閃亮登場，前來齊國求親。

在當時，鄭國也算是個大國，而且王子姬忽生得一表人才，兩人可謂門當戶對。

姬忽的出現，讓挑剔的文姜眼睛一亮，幾年來的悵然一刻一掃而空，她甚至佩服起自己寧缺毋濫的審美觀，並對「堅持到底就是勝利」這句名言有刻骨的感受。當然，這種執著的精神也在她的人生觀中根深柢固。

姬忽走後，文姜既羞澀又興奮地告訴她的老爸：「就是他了！」

齊僖公大喜，父女倆終於英雄所見略同了一回。

接下來便是婚前的一系列繁瑣儀式。當禮儀完畢，兩人就定了親，接著就是等待婚期了。可就在這萬事俱備，只欠東風的節骨眼上，不知哪根筋出了毛病的姬忽，突然單方面解除婚約，要求「退貨」。

理由很無厘頭：「人各有耦，齊大，非吾耦也。」概括起來就是那個成語：齊大非偶。

意思是說，齊國太強大了，所以它的公主文姜不適合做我的老婆。

這算哪門子理由啊？再說，齊國強大也不是一天兩天的事情，你既然沒這份自信，一開始就別來招惹人家嘛！

這個事件對文姜的打擊是相當巨大的。試想，一個原本集萬千寵愛於一身，那麼驕

傲、自信的公主，突然被人以莫須有的理由「退貨」，而且還是自己等待已久的心儀之

人，這之間的心理落差，都可以趕上三峽水庫蓄水、放水時的高度差了。

從此，文姜從一個活潑可愛的小美女，一夜之間變成一個自暴自棄的小怨婦。

繼而，她叛逆了！並把感情傾注在自己的好哥哥姜儲兒身上，順手把兄妹情深升華

成戀戀風塵——這是個化學反應，變化的是質，而不是量。

這怎麼得了？儘管春秋是個混亂的時代，但亂倫擱在任何時代，都是違背普世價值

觀的。文姜與儲兒深知這一點，但是，他們拉不住內心的韁繩，只好淪落紅塵了。

他們在叛逆中秘密地呵護著自己的不倫之戀，可紙是包不住火的，事情最終還是露

餡了。齊僖公獲知此事後，驚得目瞪口呆，接著勃然大怒。然後，像所有政治家一樣，

冷靜下來苦思如何解決這個棘手的問題。

生米已煮成熟飯，這是不可逆的過程，想要完璧歸趙也不可能了，能做的只有亡羊

補牢。此時，齊僖公想到的最佳對策，就是趕緊把文姜嫁出去，並且永遠不再讓她踏上

齊國的土地。看來，他對女兒的愛還是大不過他自己的面子。

恰好在這個時候，倒楣的魯桓公派人前來求親。

魯國緊臨齊國，是個說大不大，說小不小的二線國家。

魯桓公名為姬允，是魯國第十五代國君魯惠公之子。他是惠公正室夫人仲子所生，

被立為太子。但惠公去世時他尚且年幼，於是由公子息（魯隱公）即位攝政，魯隱公被

殺後，他才於西元前七一一年即位。

魯桓公早就聽聞文姜的美名，聽到她被「退貨」後，不顧外界盛傳的亂倫醜聞，立

即前來候補。魯桓公的提親，好比雪中送炭，令齊僖公內心萬分感激。他當即答應了婚

事，並要求魯國儘快把文姜弄過去──那迫切的心情，就像股民在股票崩盤前夕，急拋

燙手的垃圾股一樣。

姜儲兒的心情與父親完全相反，眼看著情妹妹就要遠嫁異鄉，心如刀割，卻無計可

施，文姜的感受也與他相同。

在齊僖公嚴密防守下，兩人想見面看來是不大可能了，而且那時候也沒有Skype、沒

有MSN，更沒有I-phone，隔山打牛根本不可能。

但辦法是人想出來的，有什麼能阻擋住熾烈的人心呢？

就在文姜將要離去的前一天晚上，姜儲兒派心腹侍從給妹妹送了一把紙扇。上面題

有一首詩：「桃樹有華，燦燦其霞，當戶不折，飄而為直，吁嗟復吁嗟！」

文姜當然明白他的意思，立即回詩：「桃樹有英，燁燁其靈，今茲不折，證無來者？

叮嚀兮復叮嚀！」

呼嗟也好，叮嚀也罷，都擋不住載著文姜的花轎，顫顫悠悠地朝魯國前進。從此，

文姜就是魯桓公的女人了。

一切看似都結束了，但之前那段情意綿綿的對答，卻爲日後的故事埋下了伏筆：情意既然未絕，自然會擇機再續。還是那句話，有什麼能阻擋住熾烈的人心呢？

嫁到魯國以後，文姜既不能回國省親，又不能把思念當飯吃，只好收起曾經的叛逆，把那顆激烈的亂倫之心暫時隱藏，連同心愛的姜儲兒埋在心底，安心做她的國君夫人。

事實證明，她做得不錯，不僅沒再傳出什麼叛逆之舉，還爲魯桓公生了兩個胖小子。

魯桓公很滿意。文姜也過得很平靜。但平靜只是表象，她那顆春心仍然在爲姜儲兒跳動著。她仍在尋覓靈魂出竅的機會。

終於，在苦苦等待十八年之後，機會來了。

西元前六九八年，一直爲了文姜和儲兒的事情風聲鶴唳、嚴密防守的齊僖公終於掛了，他的大兒子姜儲兒即位，是謂齊襄公。

據歷史記載，齊僖公有三個兒子，分別是姜儲兒、姜糾和姜小白，姜儲兒是長子。

那麼，問題就來了，姜儲兒犯了這麼大的錯誤，爲什麼繼承王位的還是他呢？

因爲他是長子？因爲自古立長不立幼？這顯然不是全部的理由。因爲上述的條件成立的前提，是長子未犯下重大罪過，歷史上有許多長子因犯錯被剝奪儲君資格的案例，例如唐太宗的大兒子，以及康熙皇帝的長子。

或者，因為姜糾和姜小白是白癡，難當大任？這個可能顯然是零，因為日後奪得皇位的姜小白就是大名鼎鼎的齊桓公——彪悍的春秋五霸之一。

那麼，就只有一個可能：姜儲兒是個情商很高的人，很會討人喜歡。所以，儘管齊僖公對他亂倫一事十分惱火，內心還是很喜歡他，捨不得廢了他。

情商？是的！也許只有一個情商很高的男人，才能讓一個女人為他牽腸掛肚十八年，終究不能忘懷。

好了，我心中的疑問解答完畢，言歸正傳。

如前所述，姜儲兒當上齊國的新國君，按照常理來說，文姜有正當的理由回國祝賀，但奇怪的是，她直到四年之後，才在魯桓公陪同下，踏上闊別十八年的故土。

我猜測，這阻力肯定來自魯桓公，對於文姜和姜儲兒亂倫的傳聞，他應該早在提親的時候就略有耳聞了。

那最後為什麼還是讓文姜回去了呢？也許是他拗不過妻子的一哭二鬧三上吊，也許是他掉以輕心，大意了。

反正，不管怎麼說，闊別齊國十八年的文姜，馬上就要踏上故國的土地了。

我們的姜儲兒同學，一聽到親妹妹要回國的消息後，沉默了一根煙的時間，在這短暫的沉默中，年輕時兩情相悅的畫面一幅一幅地重現於腦海，讓他的荷爾蒙瞬間激增。

為了馬上看到舊情人，他不惜千里迢迢趕到齊、魯兩國的邊境，列隊相迎。

兩人四目相接時，滄海已化作桑田，壓抑十八年的情慾「嘭」的一聲炸裂，奪體而出。

他們甚至不願再多等待一秒鐘。

但理智告訴他們，鬥爭需要技巧，偷情也是。

當天，心懷鬼胎的齊襄公，熱情地挽著妹夫魯桓公的手臂把酒言歡，十分盡興。然後，傻乎乎的魯桓公就醉得不省人事，變成一灘爛泥了。

唯一的障礙解除後，月黑風高夜，正是齷齪進行時。

據說，文姜在老哥的龍床上待了三天三夜。由於歷史太久遠，關於這三天裡發生的事，細節已經無跡可尋，但我們可以想像，那應該是如膠似漆、濃情蜜意、炮聲隆隆、日月無光的三天吧？

十八年的積鬱，在那三天的炮火之下一掃而空。

那一廂顛鸞倒鳳、快意人生，這一廂，酒醒後的魯桓公只剩孤燈冷床。他很納悶，在寬大的總統套房裡來回踱步，心底升起一種不祥的預感──這與他一直不願相信的那則傳聞有關。

就在他焦躁如發情的雄獅之時，滿面春風的文姜回來了，同時欲蓋彌彰地交代道：

「我是被大嫂們（即齊襄公的妃嬪們）拉去後宮閒話家常了。」

看著她一反往常的媚態，魯桓公大怒，反手給了她一個巴掌，同時大罵道：「他媽的！你們兄妹倆還真把老子當傻B啊？」

都到了這個地步，臉皮已經撕破了，魯桓公恨不得立即殺了眼前這個女人，但理智告訴他這不可行。於是，他決定馬上啓程回國，打算回國後再來清算文姜的大罪，但理智

文姜內心大駭，立即讓貼身丫鬟給情哥哥送信，要求他想個萬全之策。齊襄公一琢磨，事已至此，那就只有華山一條道——殺！

當天晚上，齊襄公大擺筵席，假裝要爲魯桓公餞行，魯桓公心中委屈，但在別人的地盤上不敢造次，只能忍氣吞聲，接受齊襄公的邀請。

酒宴之上，氣氛陰鬱，大家各懷心事。齊襄公與一干人等蓄意將魯桓公灌醉，便不停地勸酒，而魯桓公內心憂鬱，一時難以自抑，便不顧一切地狂飲起來，想藉此澆滅胸中的憂愁。

可惜，這魯桓公的酒量實在不大，於是，他又醉了。

這剛好正中齊襄公的下懷！酒宴結束後，在送魯桓公回賓館的路上，一個叫彭生的小子把他招死在馬車上。當然，這一切的都是齊襄公策劃的。

但是把人家的國君給弄死，得給魯國人民一個交代才說得過去啊！關於這點，齊襄公好早就想好了：飲酒過多，路又顛簸，腦溢血致死。

多麼無懈可擊的一個謊言！但魯國人民不相信，他們要求派出特別調查小組，堅決弄清事實的真相。人民的力量是強大的，齊襄公當然知道這一點，因此慌了。

我們都知道，人一慌，餿主意就會自己往外蹦，聰明的齊襄公也沒能免俗。在越來越大的國際輿論壓力下，他居然一咬牙，把凶手彭生給供了出來。

先前還領功受賞的彭生頓時發懵了：「我是替你辦事的啊！你怎麼把我給賣了？」

接著，他的思路清晰了起來：「哦！丟卒保車、卸磨殺驢啊？我靠！做人不是這樣的，做國君也不應該這樣的。」

他出奇憤怒，之前堅信不疑的人生觀在一瞬間坍塌。

於是，在通往刑場的路上，他破口大罵，將齊襄公與文姜的醜事抖了個底朝天。

齊襄公臉著紅，有點不好意思，但轉念一想：「都快死的人了，就讓他出出氣吧！

再說，反正這點破事兒也是齊國公開的秘密了。」

殺了彭生之後，魯國人民的怒火終於平息了，這事總算蒙過去了。

接下來，魯國大臣推舉文姜的兒子姬同繼任國君，即魯莊公。在他的率領下，眾大臣將魯桓公的遺體接回魯國——一切都按部就班，有條不紊，沒再出什麼亂子。

對齊襄公戀戀不捨的文姜一路隨行，來到齊魯交界一個叫做「禚」的地方時，突然鬧起彆扭，說什麼也不肯離開，口中還念念有詞：「此地不齊不魯，正是我的家呀！」

大家沒辦法，只好撇下她繼續前行，後來，孝順的姬同在那裡修了一座行宮，把母親安頓在那裡。齊襄公一看妹妹住在邊境，立即火速下令在離「禚」地不遠的地方也修了一個行宮。

如此一來，兄妹兩人又可以肆無忌憚地關關雎鳩了。

這段生活，充滿了詩情畫意，而且十分寧靜，沒有任何外人打擾。算得上是兩人之間最浪漫的美好時光。

但它只持續了五年。

五年之後，齊國發生內亂，齊襄公被內臣刺殺，他的弟弟小白奪得王位，是謂齊桓公。齊桓公即位後，任用管仲為相，推行改革，實行軍政合一、兵民合一的制度，使國家日漸強盛。

齊襄公死了，文姜的心也死了，流淚揮別傷心地，回到魯國洗心革面、重新做人，與曾經的荒淫徹底絕緣，全力輔佐兒子治國。

令人意想不到的是，文姜在政治、軍事各方面都身懷絕技。透過她的加盟，魯國沒多久就從一個無人在乎的小國，壯大成誰也不敢小覷的強國，最經典的證明就是，它在長勺之戰中以弱勝強，把不可一世的齊國打得滿地找牙。

長勺之戰是歷史上以少勝多的著名戰役，發生於周莊王十三年，齊桓公二年，魯莊公十年（西元前六八四年）。

當時，即位不久的齊桓公，不聽主政大夫管仲內修政治、外結諸國、待機而動的意見，貿然發兵攻魯，企圖一舉征服魯國。魯莊公在母親文姜協助下，堅決抵抗齊國入侵，同時，深具謀略的曹劌毛遂自薦，跟隨莊公出戰。

在曹劌的建議下，莊公率軍在長勺（今山東萊蕪東北，一說曲阜北）迎擊齊軍。魯軍按兵不動，齊軍三次擊鼓發動進攻，均未奏效，士氣逐漸低落。此時，魯軍一鼓作氣，大敗齊軍，後乘勝追擊，直逼齊國國都，獲得勝利。

西元前六七三年，功德圓滿的文姜去世。她死後，魯國人為感念她後期的功績，網開一面，不計前嫌，為她舉行風光大葬。

第 4 章

宣姜——
上對花轎嫁錯郎

殺父之仇、奪妻之恨，是男人心中永遠無法消除的仇恨。但是，如果奪妻的人是自己的親爹呢？換了誰都經受不住這樣戲謔的打擊。

前文提到，齊僖公有兩個女兒，一個是文姜，另一個是宣姜。兩姐妹可謂是春秋時的「絕代雙嬌」。

宣姜是文姜的姐姐，與文姜一樣，同樣貌美如花、芳名遠播。但紅顏往往薄命，這姐妹倆的一生，似乎就是這句成語的翻版。

如果說文姜的一生崎嶇坎坷、悲喜交加，那宣姜的一生就是徹底的悲劇。觀其一生，可用三個詞來形容：柔弱、任人擺布、無可奈何。

好了，下面咱們就從宣姜出嫁說起，將她這段淒冷的人生慢慢道來。

話說西元前七一八年，宣姜十五歲，放在今天，正是情竇初開、少女懷春的年紀，可在當時已是待嫁之年。這一年的某一天，齊國的王宮內來了一位客人——他是衛宣公的使臣，前來替衛國太子急子求親。

衛宣公是衛國的第十五代國君，在位十八年（西元前七一八年至前七百年）。急子是衛宣公的長子，當時年方十六、七歲，據說生得儒雅俊秀、儀表不凡，在各國之間享有美名，連宣姜也略有耳聞。

面對這麼優秀的如意郎君，宣姜當然沒有理由拒絕。再說，她也已經到了當嫁之年的末期，再過個幾年，就要變成明日黃花了。

於是，齊僖公父女雙雙同意這門親事，按照正常的劇情發展，這本該是郎才女貌、

令人稱羨的童話故事才對。但是，老天大概厭煩這樣平庸的劇情，於是大手一揮，扔進一個插曲。

這個插曲，使得宣姜的人生拐了一個巨大的彎，從此面目全非。

到底是怎麼樣的插曲呢？

話說衛宣公派來求親的使臣是個奸佞小人，一輩子的事業就是討好他老闆。他知道老闆是個大淫賊，於是回到衛國後，鼓動唇舌，向頭家大肆描述宣姜的美，說得對方內心澎湃。

看到衛宣公心動，他又趁機說道：「這麼個美人，不如您自己笑納了吧！」

衛宣公本就是個不正經的主兒，當年，他老爸衛莊公還活著的時候，他就曾與自己的繼母夷姜通姦，急子就是這二人通姦的產物。

所以，倫理道德在他眼裡根本是狗屁，他只服從自己內心的慾望。

於是，淫心大動的衛宣公決定笑納這個未來兒媳婦，但怎麼才能把此事辦得比較圓滿呢？他和使臣商量後，暗生一計——騙婚。

衛宣公先找了一個藉口，把急子派去宋國出一趟長差。然後，他在淇水邊火速建了一座名為「新台」的行宮，當做新房。再來，他派出浩浩蕩蕩的迎親隊伍，前往齊國迎娶宣姜。

宣姜看著聲勢浩大的迎親隊伍，心裡想著那一表人才的急子，喜孜孜地上了花轎。

直接被抬進「新台」。

當自己的蓋頭被揭開時，宣姜驚呆了。出現在她面前的不是翩翩美少年急子，而是一個又老又醜、一臉猥瑣的糟老頭。

一瞬間，她的腦子短路了：「這是怎麼一回事？不是做夢吧？」

但早就心猿意馬的衛宣公沒有給她時間弄明白這一切，直接霸王硬上弓，強行占有她，然後將她封為自己的妃子。

直到這時，宣姜才如夢初醒。可事已至此，柔弱的她沒有採取激烈的舉動，比如自殺、同歸於盡等等，這不符合她的性格，她默默地選擇了聽天由命。

心花怒放的衛宣公獸慾得到了滿足，但接下來，還有個棘手的問題擺在他面前：怎麼跟自己的兒子交代呢？

顯然，衛宣公並不把這當成問題。在他的眼裡，急子是個柔弱不堪的孩子，他有信心把對方搞定。

沒過多久，急子從宋國回來了。一路上，他還滿心歡喜，終於可以回家娶媳婦了，但一到家，就有人把殘酷的事實告訴了他。

他恍惚了，眼中的事物變得似是而非。

昨天的媳婦成了今天的後媽？昨天的公爹成了今天的新郎！

這世界實在是太幽默了，他沒法不恍惚。接著，他病倒了。

殺父之仇、奪妻之恨，是男人心中永遠無法消除的仇恨。但是，如果奪妻的人是自己的親爹呢？換了誰都承受不住這樣戲謔的打擊。

等急子的病好了以後，不要臉的衛宣公連句安撫都沒有，就直接從自己的後宮挑了幾個女人嫁給他，並指定其中一人當太子妃。

此時的急子早就眼神迷離、呆若木雞，儼然一個憂鬱症患者，對於這些，他全都無條件接受了。急子感受到自己的虛弱，所謂的太子頭銜不過是枚發霉的標籤，事實上他無法反抗任何事物。

但是，時間可以撫平一切。至少，對於宣姜來說是這樣的。

隨著時間的流逝，她慢慢的忘卻過去的委屈，熟悉當下的角色。她心平氣和地做她的宣公夫人，接連為宣公生了兩個兒子——姬壽和姬朔。有了兒子之後，她理所當然地相夫教子了。

但是，隨著宣公年歲漸長，繼承人的問題變得越來越敏感。

本來，急子是通過法律認證的繼承人，但宣姜的二兒子姬朔是個野心勃勃、不擇手段的狂人。為了取而代之，自己當上繼承人，他整天在老媽耳邊嘀咕：「急子看似無欲

無求，其實是在韜光養晦，他其實一直沒忘記從前的恥辱。他曾經說過，等老爸一死，他就要把咱們殺掉。」

宣姜本來不信，但她向來沒有主見，禁不住兒子整天在耳邊嘀咕，後來就相信了。

於是，她打算先下手為強，除掉急子。

不久後，宣公派急子出使齊國，宣姜發現機會來了，於是與兒子暗地謀劃，要派刺客在半路上幹掉他。

但宣姜的大兒子姬壽是個仁厚之人，與急子的關係比較好。他無意中聽見母親與弟弟的計劃，內心一陣羞愧、一陣淒涼。經過思考後，他決定救人，於是快馬加鞭，趕上正在路上的急子，並將母親的計劃告訴他。

此時的急子，早就變成一副心灰意冷、任人擺佈的模樣，面對姬壽的警告，慘然一笑，說了一句非常文藝腔的話：「反正我心已死，肉體的死活更是無所謂了。」

這意思很明顯：天要下雨，娘要嫁人，由他去吧！老子反正是歸然不動。

姬壽是個厚道人，但口才顯然不太好，看勸不動急子，居然把心一橫，決定代之去死，為自己的母親和弟弟贖罪。

當晚，哥兒倆借酒澆愁，姬壽把急子灌了個不省人事，然後換上對方的衣服，拿了證明身份的白旄（古代的一種軍旗，竿頭以牛尾為飾），領著隨從上路。

就在這時，殺手出現了！這個殺手估計不太老練，也不太細心。他一看到白旄，就認定那是自己的目標，於是利刃出鞘，只一刀，就把假扮成急子的姬壽給殺了。

急子酒醒後，發現姬壽跟白旄都不見了，立即明白事情的原委，快馬加鞭，拼命去追趕姬壽。但事情就這麼巧合，當急子趕到的時候，刺客剛完成任務，正準備回去交差領賞。

急子一看姬壽被殺，一股熱血湧上心頭，對著刺客脫口而出：「所欲殺者乃我也，此何罪，請殺我。」

意思是說：你要殺的人是老子，他有什麼罪呢？有種就過來殺老子！

也許是急子本來就不想活了，刺客一看他這麼囂張，心中冷笑。繼而手起刀落，順便送他上了西天。

姬壽被殺的惡耗傳回宮裡後，宣姜痛不欲生，不知道她是否在想：「這難道就是傳說中的報應嗎？」

已年邁的衛宣公也唏噓不已，兩個兒子一眨眼就沒了，但他沒有追查凶手，或許是早就知道凶手是誰，但人已老，心亦老，不想折騰了。

沒多久，衛宣公一命嗚呼。

原來的繼承人急子已經死了，姬朔順利登上了王位，是謂衛惠公。

姬朔雖然野心勃勃，卻是個志大才疏的貨色，上台後，並沒有把衛國治理好。而且，他和母親密謀殺害急子的事也傳了出來，使得衛國的貴族相當痛恨他。

失人心，必失掉江山，這是老祖宗用血淚刻劃出來的經驗。就在姬朔上台的第四年，衛國發生了一次政變。貴族們趁著姬朔外出遊玩之際，將他廢掉，擁立急子的同母胞弟黔牟做國君。

惠公聽到這個消息後，嚇得面如菜色，倉皇跑到母親的娘家齊國躲起來。

姬朔跑了，宣姜卻落在政變者手中。

衛國要求齊國交出姬朔，不然就殺了宣姜，齊國則要求衛國放了宣姜，不然就攻打衛國，替姬朔復位。雙方各執一端，該如何解決呢？

眾所周知，用武力解決爭端是不明智的，是不符合雙方利益的，談判才是解決國際爭端的正確途徑。顯然，齊國和衛國的國君也深知這一點。

最後，兩國透過談判，達成一個共識：衛國不殺宣姜，讓急子的胞弟姬頑迎娶她，來完成他哥哥未竟的心願，以慰亡靈。齊國則承認衛國的新政權，不再幫助姬朔復位。

就這樣，表面上兩國達成了雙贏的結果，儘管姬頑本來對宣姜十分厭惡，而且她是父親的遺孀，內心極其牴觸，但為了衛國的利益，只好勉為其難。

至於宣姜願不願意，根本沒人在乎事已至此，她還有選擇的餘地嗎？於是，可憐的

她便做了父子兩代的老婆。

故事本該到此為止。但八年之後，齊國撕毀和約，出兵伐衛，殺了黔牟，讓逃亡在外的姬朔成功復位。

看著親生兒子復位，而自己卻做他同父異母哥哥的老婆，宣姜的內心會是一種什麼感受呢？說來，這輩分也真夠亂的。

之後，宣姜的人生便如一潭死水，再也沒有在歷史上留下浪花，直到死。

第 5 章

哀姜——
慶父！慶父！

慶父出逃後不久，心驚膽戰的哀姜也偷偷跑回娘家齊國。遺憾的是，坐在王位上的是他的大伯齊桓公。為了討好魯國人，齊桓公派人用一杯毒酒把自己的侄女送往極樂世界。

哀姜是前面寫到著名的文姜、宣姜姐妹的親侄女，其父就是跟文姜上演曠世的亂倫之戀的姜儲兒——齊襄公。

當年，因為醜事敗露，齊襄公設計幹掉了文姜的老公魯桓公。這件事後來雖然得到了較為安善的解決，但齊國人民和魯國人民因此卻結下了樑子。

大概為了緩解這種敵對情緒，促進齊魯兩國的友好關係，西元前六七〇年，已升格為太后的文姜小手一揮，命令自己的兒子魯莊公娶哀姜。

這完全可以理解，自古以來，聯姻一直都是政客們稱手的結盟工具。

這一年，魯莊公三十五歲左右，哀姜大約二十歲。

按照常理來說，魯莊公與齊襄公有殺父之仇，本來仇人見面，應該分外眼紅才是。

那他為什麼會娶仇人的女兒呢？這一方面與文姜干涉有關，另一方面，我們猜測，應該是因為魯莊公窩囊懦弱的關係。

魯莊公內心並不喜歡這個小媳婦，但並不是源於仇恨，而是他另有所愛，叫做孟任，為魯莊公育有一子，名曰般。

哀姜在魯宮的日子是鬱悶的，魯莊公寧可跟陪嫁來的叔姜同房，也不願意碰哀姜一下。以致於數年之後，叔姜生下了一個叫做啓的兒子，哀姜依然是顆粒無收。

這讓哀姜感到惱怒，惱怒的結果就是她出軌了，與魯莊公的弟弟慶父纏綿在一起。

慶父是魯莊公同父異母的弟弟，模樣、身材都沒話說，唯有品德方面比較惡劣，並且野心勃勃，整天做著國君夢。

西元前六六二年，魯莊公大病不起，沒過幾天就駕鶴西去了。

他輕輕地離去，沒帶走一片雲彩，卻給魯國留下一個大難題——他一向糊塗，生前竟然沒有立下法定繼承人！

我們知道，在封建社會，接班人一向是最為敏感的問題，涉及到各方政治力量的角逐。魯莊公死後，一直心懷叵測的慶父變得異常活躍，四處活動，想拉攏各方力量，支持他登上王位。

但是，這顯然不合常理，因為魯莊公有兒子啊！怎麼輪得到他這個當弟弟的人呢？

何況又不是一母同胞，再說，他的品德一直受人詬病，所以白忙了一場，仍沒有幾個人支持他。

最後，經由魯莊公另一個弟弟季友主持，在魯國貴族支持下，身為長子的公子般順利勝出，登上王位。

搶奪王位的失敗，讓心高氣傲的慶父很受傷，繼而氣急敗壞，變得喪心病狂。既然明的不行，那老子就來陰的！於是，他和哀姜合計，暗地裡找了一個叫犖的殺手，趁公子般外出，把他幹掉。

此事令魯國舉國震驚，雖然大家都知道主謀是慶父，但犖殺掉般之後，就被侍衛用亂刀砍死，死無對證，大家都拿慶父沒辦法。

殺了般之後，慶父又委婉地提出想當國君的想法，但魯國的貴族們堅決不答應，經過大家相互妥協，最終，叔姜的兒子啓被立為國君，是謂魯閔公。

叔姜是哀姜的妹妹，啓就是哀姜的外甥。按常理來說，他應該跟哀姜比較親近。但事情恰恰相反，啓是個很有主見的人，對哀姜與慶父的醜事非常不齒，登位後，從來不給這兩人好臉色看。

慶父是個十分敏感的人，對啓的態度心知肚明，為了防止日後成為對方的刀下亡魂，他又跟哀姜合謀，派人把對方暗殺掉。

對此，魯國人民又震驚了！全世界人民都震驚了。這個叫慶父的雜種居然接連幹掉兩任國君，這還得了？

於是，魯國的貴族們再也不在乎有沒有證據，群情激憤，要求處死慶父。為了發動群眾，他們還撰寫了一句宣傳語：「慶父不死，魯難未已。」

宣傳的力量是很強大的，魯國人民一下子就沸騰了，紛紛貼出大字報要求懲治害人精慶父。

眼看自己即將陷入人民戰爭的汪洋中，慶父害怕了，連夜收拾細軟，逃到莒國去。

莒國受封於周朝初期，當時國勢正強，不斷與齊、晉等大國會盟，還不斷對周圍小國發動戰爭，是個愛招事兒的主兒。這樣的國家，恰巧適合愛惹事的慶父。

慶父叛逃國外後，魯國人民迎回之前逃亡在外的季友和魯莊公的三兒子申，並立公子申為新任國君，是謂魯僖公。

季友吸取以往的教訓，為了防止慶父三度鹹魚翻身，便以彼之道還施彼身，派出魯國的頂級殺手，前往莒國追殺他。

慶父整天被趕得跟個兔子似的，有時候一晚上要換三個房間。這種日子太折磨人了！有時候，比死亡更可怕的，是明知死之將至，卻不知道它到底何時前來。如此持續十幾天後，他就精神崩潰了，找了一個風景秀麗的地方，自殺身亡。

慶父出逃後不久，心驚膽戰的哀姜也偷偷跑回娘家齊國。遺憾的是，此時她老爸齊襄公已死，坐在王座上的是齊桓公。

齊桓公是個很有政治頭腦的國君，早就聽聞哀姜和慶父的骯髒事，也知道魯國人對這兩人的憤恨之深。

為了討好魯國人，加深兩國的友好關係，以便日後他稱霸時獲得幫助，齊桓公派人用一杯毒酒把自己的姪女送往極樂世界。

哀姜死後，兒子輩的魯僖公為了顯示自己的仁慈和寬宏大量，派人將屍體運回魯國，

並以國君夫人之禮厚葬，算是給她保留一點薄面。

念塵世之囂囂，生有何歡？死亦何懼？何況貽害蒼生之人？如此一想，雖是不得善

終，但哀姜與慶父也應該沒有什麼好委屈的了。

第 6 章

息媯——
一次非禮引發的蝴蝶效應

改嫁後，息媯始終悶悶不樂，最後，她清清楚楚地告訴楚王：「這一切的罪魁禍首，是蔡哀侯，只要他還活著，我就不知道快樂為何物？」這意思相當明白。

前面我們說過，春秋產美女。其實這個說法並不全面，正確的說法應該是：春秋產美女，尤其盛產姐妹花！

春秋時有兩對姐妹花名聞遐邇，一對是前面提到的文姜、宣姜，另一對就是名聲稍遜的息嬀和蔡嬀。

跟自己的姐姐蔡嬀相比，息嬀更加嬌艷動人，當然，根據越紅顏越薄命的理論，她的命運也就越坎坷。

這麼說吧，息嬀是個有故事的女人。

息嬀到底何許人也？她是陳國的公主，因為面若桃花，人稱「桃花夫人」。

陳國是春秋戰國時代的一個諸侯國，國君姓嬀，是舜的後代。據說，舜娶了前領導堯的兩個女兒娥皇、女英為妻，女英生有一子，名為商均，商均的後代嬀滿娶了周武王的大女兒太姬，於西元前一○四五年受封於陳（轄地大致為現在的河南東部和安徽一部分），建都宛丘（今河南淮陽附近）。

息嬀的老爸陳宣公，是陳莊公胞弟，繼其兄擔任陳國國君，在位長達四十五年。

息嬀出生時就異於常人，不僅額頭上有桃花胎記，降生時還引來百鳥朝鳳，可謂不同凡響。但不幸的是，如此大排場的降世，並沒有給她帶來好運。她出生沒多久，就被陳國的著名術士（類似袁天罡之類的神棍）預言：「此女降生必將引來生靈塗炭」。

陳宣公對此十分忌諱，於是息媯很小就被送出皇宮，在鄉野之間，由乳娘撫養長大。

長大後，息媯和姐姐蔡媯前後被嫁給息國國君息侯，以及蔡國國君蔡哀侯。

蔡國在今河南上蔡縣一帶，轄地大致為現在的河南駐馬店市上蔡縣一帶。蔡國的始祖叔度為周武王姬發之弟，周滅商後，受封於蔡，與管叔、霍叔一起監管殷商的遺民，稱為「三監」。

息國在今河南淮陽縣一帶，息國的始祖羽達為周文王第三十七子，西元前一一二二年，周武王將其封為息侯，建立息國。

息國是個小國，息侯也不是胸懷大志之人，所以，嫁到息國的息媯過著比較平靜的日子。息侯待她如掌上明珠，她也賢慧通達，二人琴瑟和諧，小日子打理得有滋有味。

但世事總難料，天老有不測風雲。一件小事徹底打破了這份寧靜，並引發了一系列連鎖效應。

西元前六八四年的某一天，息媯突然想念起陳國的爹娘。這份想念有點突如其來，而且越來越強烈，一發而不可收拾，讓她坐立不安。她心中開始狐疑：這是不是傳說中的心靈感應？是不是爹娘發生了什麼意外？

她決定回家看看。

息侯本來打算同行，但手上有要緊的政事要處理，沒能脫身，只好把妻子送上馬車，並對護送的人員叮囑了一番「注意安全，早去早回」等話後，便目送她離開。

息侯原本以為，這只是一次簡單的省親，沒想到卻為息國帶來莫名其妙的災難。也許，這印證了當初陳國術士的預言。

息嬌馬不停蹄地趕到陳國後，發現爹娘都好好的，沒缺手也沒缺腳，兩人容光煥發、老當益壯，這下她放心了。小住幾天之後，就又坐上返回息國的馬車。

在回家的路上，息嬌思念起自己的姐姐，蔡國恰好在陳國旁邊，於是她決定稍微繞一下路，到蔡國去探望一下自己的姐姐。

這本是人之常情，可沒想到，正是這貌似不經意的一「看」，引發後面的風雲突變。

話說息嬌到達蔡國後，姐姐蔡嬌十分高興，姐妹倆拉著手聊起家常，姐夫蔡哀侯則吩咐下人設宴為她接風。

酒宴之上，一開始還把酒言歡、和樂融融。可酒過三巡後，意外就發生了。趁蔡嬌上廁所的工夫，老色狼蔡哀侯居然淫性大發，對息嬌動起手腳。

事情來得突然，息嬌先是呆住了，繼而勃然大怒。身為金枝玉葉，卻被人輕薄，這已是奇恥大辱，何況輕薄自己的還是親姐夫？

息嬌出奇地憤怒，一番怒罵之後，也沒來得及跟姐姐告別，逕自拂袖而去。坐在馬

車上時，她越想越氣，便一路哭哭啼啼地回到息國。

見到自己的男人息侯，從沒受過如此大辱的她嚎啕大哭，一邊哭，一邊把事情的經過重複了一遍。

息侯聽罷，頓時怒從心中起，惡向膽邊生。他厲聲罵道：「狗娘養的蔡哀侯，此仇不報，誓不為人。我一定要剁了你餵豬！」

但問題是，此仇怎麼報呢？他想出兵攻打蔡國，可息國的兵力顯然不夠，若要真打，純屬白白送死。他想派刺客暗殺，可手頭卻沒有堪用之人，再說暗殺需要時機，不是一蹴可就的，即使他有耐心等待，他的憤怒卻等不得。

到底該怎麼辦呢？有什麼更快更省又保險的妙計呢？

息侯苦苦思索著。終於，功夫不負苦心人，最後還真讓他想出來了。

他決定借刀殺人。

具體的計劃是這樣的：他買通楚國，讓楚國假意前來攻打息國，然後再派人向蔡國求救，蔡哀侯念在連襟的份上，肯定不會坐視不理。然後，等蔡國大軍一到，他就反戈一擊，與楚國軍隊一起包夾蔡軍，活捉蔡哀侯，實現自己「剁了他餵豬」的毒誓。

聽起來是一條挺不錯的計策，但問題是，楚國會配合嗎？

答案是肯定的！

為什麼？因為楚國當時正在往成為大國的路上狂奔，先不說息侯會不會給錢，即使他不給錢，愛管閒事的楚國也肯定會欣然前往。這可是一本萬利的買賣啊！一則藉機展現實力、震懾諸國，二則趁機擴張勢力範圍，多美好的機會！當今的美利堅不就是這麼做的嗎？

既然計策擬定，可行性調查也已通過，那接下來就是付諸行動了。

息侯派人覲見楚文王，說明來意。果然，楚文王求之不得，毫不猶豫地就答應了。

於是，當初設計好的場面出現了，楚軍假意要攻打息國，息侯派人到蔡國求救。蔡哀侯果然率大軍來救。結果，安營未定，楚軍與息軍就從四面包圍過來，形成關門打狗的局面。

一瞬間，蔡哀侯的腦子有點混亂：「這唱的到底是哪齣啊？」

但沒有時間讓他整理思緒，左奔右突中，蔡哀侯大敗而逃，不過終究沒逃掉，最終在莘野被楚軍活捉。

直到他被帶到楚營，看到息侯正大張旗鼓地犒勞楚軍，才方知中計，心中頓時懊悔不已，並且明白息侯為什麼要如此對待他，心中大嘆：「泡妞有風險，非禮須謹慎啊！」

可世上從來沒有後悔藥可以吃，個人造業個人擔，只能努力把苦果消化掉，然後東山再起。在息侯一再要求下，楚文王決定殺了蔡哀侯。可就在這時候，楚國有個比較有

戰略眼光的大臣鬻拳進諫道：「大王的志向是問鼎中原，若殺了此人，別的小國肯定會懼怕，說不定會結成聯盟與我國為敵，不如放了他，並結為盟友，這樣別的小國就會前來歸順了。」

楚文王畢竟是個希望一統天下的大人物，聽了鬻拳的分析，心中豁然開朗，於是不顧息侯的鬱悶，立即釋放蔡哀侯。

蔡哀侯死裡逃生，狂喜不已。喜過之後，對息侯心生暗恨：「我不過調戲了一下你媳婦，你卻施此毒計要我性命，何其毒也！息侯，我已經為錯誤付出代價了，你也得為你的歹毒付出代價。」

《教父》告誡我們：「千萬不要恨你的敵人，因為仇恨會讓你失去理智。」

蔡哀侯被釋放以後，楚王設宴為他餞行。在宴席之上，他採用「以其人之道，還治其人之身」的策略，極力向楚王描述息嬀的美麗和嬌媚，以勾起對方的淫心，從而挑撥他和息侯的關係。

蔡哀侯成功了，這個「文學中年」，靠著一張嘴，使楚文王對息嬀產生了濃厚的興趣。不久之後，楚文王就藉訪問之名來到息國，息侯對他放了蔡哀侯極不滿意，但又不敢怠慢，連忙設宴款待。

酒宴之上，楚文王半真半假地說：「之前我為尊夫人盡了大力，如今夫人怎麼連酒

也不敬一杯啊？」

息侯懾於楚國的實力，不敢拒絕，就命息媯出來敬了楚王一杯酒。

敬酒的過程中，楚王細緻地把息媯全身打量了個遍。果然是國色天香、名不虛傳啊！

他頓時沉醉了，並決定得到她，甚至不惜影響自己的大國夢。

回到楚國後，楚文王滿腦子都是息媯艷麗的身影，揮之不去，愈演愈烈。繼而，他失眠了。第二天，他便以答謝的名義設宴，派人把息侯請到楚國赴宴。暗地裡，他早埋伏下軍士——要殺了息侯。

酒過三巡，假裝喝醉了的楚文王對息侯說：「我對你夫人有大功，你夫人能不能屈尊來替我慰勞一下三軍將士啊？」

這可是明顯的挑釁。息媯是王后，又不是軍妓，如何能慰勞啊？息侯大窘，扭扭捏捏，不知該如何作答。

看到息侯的樣子，楚王一下子拍案而起，厲聲道：「忘恩負義的東西，左右軍士還不給我拿下？」

聽到命令，軍士呼啦一下子全出來了，息侯瞬間成了甕中之鱉。

抓住息侯後，楚文王親自帶著將士直奔息國的王宮找息媯。息媯聽說息侯被擒，自嘆道：「笨蛋息侯，引狼入室，咎由自取。」說完就要跳井。

說時遲，那時快，一個叫鬥丹的大將搶先一步，以迅雷不及掩耳之勢，一把抓住息嬀的衣裙，威脅道：「夫人難道不想保全息侯的性命嗎？妳要真跳下去，那息侯也活不了了。」

為了保全息侯，可憐的息嬀只好忍辱滿足楚文王的慾望，做他的楚國夫人，而仰仗自己的女人才苟且偷生的息侯，被安排到楚國的保衛部，做一名楚國都城的守門小吏。

改嫁給楚文王後，息嬀為他生了兩個兒子：熊艱與熊惲。但三年之內，她始終悶悶不樂，一句話也不跟對方說。

開始，楚文王忍著，想用自己濃濃的愛意去感化她。最終，他實在忍不住了，就開口問道：「這究竟是為什麼呢？難道妳還想著那個息侯？」

三年不語的息嬀終於開了金口：「那個懦夫我早就把他忘了。只是，吾一婦人，而事二夫，縱弗能死，其又奚言？」

然後，她清清楚楚地告訴楚王：「這一切的罪魁禍首，是蔡哀侯，只要他還活著，我就不知道快樂為何物？」

這意思已經很明白了。

聰明的楚文王當然心領神會，他立即派兵攻打蔡國（這時也不顧他逐鹿中原的大業了），蔡國雖比息國強大，但跟楚國相比，還是不堪一擊，於是，蔡哀侯又成了楚國的

階下囚。

但楚王並沒有立即殺掉他，而是把他囚禁起來。這其實比殺頭更痛苦——求死不能、求生不得。

苦苦熬了九年之後，蔡哀侯終於自己主動掛了。蔡哀侯死去之後，息嬀心事全無，迅速進入了角色，忘掉過去，專心做起她的楚夫人。

西元前六七五年，楚文王抱病而亡。

楚文王死後的十二年間，楚國內亂激烈。文王的兒子們為了王位自相殘殺，爭鬥不休，結果，文王的弟弟——王叔子元趁機控制政權。

但子元是個沒啥出息的貨色。控制政權後，他把大部分的精力用在挑逗自己的皇嫂息嬀上。他狂妄恣肆，無賴不堪，有時候，竟然公然住進王宮，對嫂子百般挑逗。

為了進一步誘惑息嬀，他甚至在她宮室旁修建一座別院，整天在裡面搖鈴鐺、跳艷舞，可是從骨子裡蔑視他的息嬀就是不從。

實在承受不住騷擾時，她有徹夜哭泣。

終於，她的哭泣得到效果——楚國貴族對子元的醜態十分不滿，於是在西元前六六四年發動政變，殺掉他，平定「子元之亂」。

子元死後，息嬀的幼子熊惲奪得王位，即日後大名鼎鼎的楚成王。

楚成王（西元前六七一年至前六二六年在位）是一代明君，以「布德施惠」、「結好諸侯」和「重貢周王」來鞏固王位，即位初盡力與中原諸侯結好，以謀和平發展，同時借周惠王之命，鎮壓夷越，大力開拓疆域。

自西元前六五五年以來，先後滅掉貳、穀、絞、弦、黃、英、蔣、道、柏、房、軫、夔等國。並於西元前六三八年擊敗宋軍，大挫意欲稱霸的宋襄公威勢，從此，楚國國威大振，稱雄中原。

目睹著兒子的英姿，息嬀在楚宮平靜地度過了人生中最後的歲月。

她死後，被安葬在漢陽城外的桃花山上，山麓中建有一祠，稱為「桃花夫人廟」，至今仍為漢陽的名勝之一。

第 7 章

懷嬴——
一枚瘋狂旋轉的棋子

有一次，懷嬴端了一盆水給重耳洗手，重耳洗完後不小心把水珠揮到她的臉上。她馬上把盆子往地下一摔，破口大罵：「你牛 B 什麼？你不過是個臭要飯的，欺負誰呢你？」

一般來說，身為人子（或者人女），能攤上一個八面威風的牛B老爸，是多麼令人羨慕的一件事啊！至少可以少奮鬥幾十年，提前過著體面而有尊嚴的生活。

但事物往往是一體兩面的，有一利就必有一弊。比如春秋五霸之一的秦穆公（西元前六五九年至前六二一年在位）的女兒懷嬴，在享盡富貴的同時，她付出的代價就是：要用一輩子來成就父親的政治抱負。

坦白說，她一輩子的主要事業就是當秦穆公手中的棋子——嫁給晉國的太子圉，是做棋子；後來，改嫁給太子圉的大伯重耳，也是棋子。總之，如果要用三個名詞來概括懷嬴的一生，第一個是棋子，第二個是棋子，第三個還是棋子。

那麼，是什麼樣的力量，讓一個父親可以不顧女兒的幸福，狠心把她當成一枚棋子呢？是野心！是像岩漿一樣猛烈迸發的野心。

秦穆公是個天生野心勃勃的人，當年即位之時，就發誓：「寡人將來一定要做霸主中的霸主！」

秦國是春秋戰國時期最著名的一個諸侯國，因為它在戰國末年，相繼滅掉其他六國，於西元前二二一年建立大秦，一統天下。

但秦國並非一開始就是大國，相反的，一直到戰國初期，它還是一個弱小的國家。

秦最初的領地在今天陝西省西部，當時屬於中國邊緣，也正因為地處偏僻，沒有受到其

他諸侯國的重視。直到西元前六五九年，秦穆公即位，秦國才在他的率領下參與中原爭霸，成為僅次於晉國、楚國、齊國的二線強國，開始屬於自己的大國崛起。

秦穆公在秦國的壯大過程中居功甚偉，可剛即位時，秦國還只是個跑龍套的角色，與霸主的地位相距十萬八千里。不過，它的鄰居晉國，已初具霸主的風範。

晉國（今山西省南部）一直是春秋時的大國。據《史記》記載，晉國的始祖是周成王的弟弟叔虞。

周成王和叔虞還是孩子的時候，在一起玩耍，恰逢周公旦誅滅叛亂的唐國，於是周成王對叔虞嬉戲道：「我把唐國分封給你吧！」

這話讓一旁負責記錄天子言行的史官聽到了，這哥們是個嚴謹的人，就稟奏成王，請他擇日分封叔虞。

但成王笑著說：「封啥啊封？我跟我弟弟開玩笑的。」

史官振振有詞：「天子無戲言，說封就得封。這話我都記下來了，將進入史書。」

這話沒想到後果這麼嚴重，不得已，只好封叔虞於唐。後來，叔虞的兒子變徙居晉水之濱，改國號為晉。

晉獻公名詭諸，是晉武公曲沃之子，因其父活捉戎狄首領詭諸而得名。他是一位雄主，即位後，帶著晉國大肆擴張，先後伐滅霍、魏、耿、虢、虞等諸侯國，一路打來「併

國十七，服國三十八」，從此「西有河西，與秦接境，北邊翟，東至河內」，強盛空前。

晉獻公成就很大，彪炳史冊，但讓他被大眾熟知的卻不是他的豐功偉績，而是一個典故——假道伐虢。

話說西元前六五五年，晉獻公想吞併鄰近的兩個小國：虞和虢，但這兩個國家之間關係不錯。如果伐虞，虢會出兵救援；如果攻虢，虞也會出兵相助。面對這個棘手的問題，他採用大臣荀息的計策，向虞公行賄，然後請求借道討伐虢國。

當時，虞國大夫宮之奇警告虞公：「不可以讓晉軍攻打虢國，因為虢國是虞國的屏障，虢國滅亡了的話，虞國一定隨之而亡。」

但虞公昏庸，不聽勸諫，結果，晉國滅掉虢國之後，迅速滅掉虞國，俘虜虞公。這就是著名的「假道伐虢」，是三十六計之一。

由此事可見，晉獻公可謂智謀之君，在如此英明的君主的領導下，晉國怎麼可能不強大呢？秦穆公見識過晉國的強大，發誓也要讓秦國變得強大，為了巴結強大的晉國，以獲得有力的援助，他勇敢地向晉獻公發出申請：希望做他的女婿。

晉獻公也很欣賞秦穆公的簡單直接，以及強悍的心理素質，於是就把大女兒嫁給他。

後來，晉國內亂，太子申生被殺，晉獻公的另外兩個兒子夷吾和重耳為了活命，分別逃往他國避難。夷吾以割讓河東五城為條件，獲得姐夫秦穆公的幫助，一舉打回晉國，

做了晉國國君，是謂晉惠公。

但晉惠公是個小氣的人，不久就開始心疼那河東五城，於是發兵攻打秦國，結果慘敗，河東五城不但沒收回來，還成了俘虜。

在虛心接受姐夫秦穆公的一番批評後，惠公答應讓自己的兒子——太子圉前來做人質，才得以脫身，灰溜溜地跑回晉國。

夷吾走了，太子圉來了，懷嬴身不由己的棋子生涯也就此展開。

話說太子圉來到秦國之後，秦穆公為了拉攏這個晉國未來國君，替自己的霸主之路掃除障礙，不但沒把他當成人質，反而奉為上賓，甚至把自己的寶貝女兒懷嬴嫁給他。

但太子圉顯然不是個傻B，深知秦穆公此舉的目的，內心顯然沒把對方當自己人。

到秦國後的第五年，太子圉通過線民得到一個消息：老爸晉惠公得了重病，好像快要掛了！獲得這個消息後，他坐立難安，他知道自己必須馬上回去，如果無法在老爸升天之前趕回去，等晉惠公一死，國內的大臣就會擁立別的王子即位，那他這個太子估計就要永遠流亡在外了。

問題是，秦穆公會放他回去嗎？太子圉分析了半天，得出自己的答案：會！但他知道，秦穆公從來不是那種樂於助人、不求回報的主兒，如果他在此事上幫了自己的忙，

那日後肯定會索取與之相稱的回報。

太子圉受夠了寄人籬下的傀儡生活，不想再受制於人，想靠自己登上王位，然後掌控自己的命運，於是，他做了一個大膽的決定：逃回晉國！

出逃前，他的心中還有個牽掛，那就是懷嬴。這些年她待他還真不錯，所以，他忍不住把自己的計劃告訴妻子，並蠱惑她說：「跟我一起逃吧！」

懷嬴是個傳統觀念比較強的女人，考慮了一炷香的時間後，回答道：「我要是跟你跑了，就對不起我爸；如果我去告密，就對不起你。所以，為了不虧欠任何人，我不會跟你走，也不會去告密，你自己跑吧！」

太子圉見懷嬴這麼呆板，嘆息一聲：「也罷！那妳自己保重，我走了。」

事情進展得很順利，最後，太子圉安全地逃回晉國，沒多久，晉惠公果然掛了，他便即位，是謂晉懷公。

太子圉的出逃，讓秦穆公大發雷霆，對著自己的大臣們破口大罵：「這忘恩負義的東西，跟他爹一樣的貨色，都是白眼狼。」

盛怒之後，秦穆公決定教訓教訓這個不聽話的女婿，於是派人四處尋找逃亡在外的重耳（就是前文提到的晉懷公的大伯），決定推翻晉懷公，幫重耳登上國君之位。

當時，重耳正在楚國避難，過著豬狗不如的生活，聽到秦穆公的召喚，如飲甘霖，

立刻風塵僕僕地趕過來。

見到秦穆公後，重耳畢恭畢敬，一副悉聽遵命的奴才相，這讓對方十分滿意：「看起來，重耳是個忠厚老實之人，值得信任。」

為了抓住對方的心，秦穆公又故技重施，想把被甩的懷嬴改嫁給他。重耳聽到以後，心中一陣噁心：「這秦穆公還真是個下三濫，把我侄子拋棄的媳婦扔給我，這不扯淡嗎？」但他臉上還是一如既往的謙恭，小心翼翼地謝絕道：「這，好像有點不大合適吧？您看，懷嬴小姐是我侄子的夫人，而且，貌似還沒有辦理離婚手續啊，我若是……那啥……是不是有點……是不？」

秦穆公眉頭一皺，不耐煩地打斷他：「你到底在說什麼？難道我女兒配不上你？我都要幫你打回晉國了，你還顧忌什麼叔侄關係呢？」

一看穆公有點生氣，重耳趕緊道歉：「不是，不是！只要您願意，我十分樂意娶懷嬴小姐。」

聽到這話，秦穆公嘿嘿一笑，樂了。

就這樣，懷嬴又成了重耳的媳婦。這一年，重耳已是六十多歲的小老頭了。

對於懷嬴來說，如果說之前被強行嫁給太子圉還能勉強接受的話，那這次改嫁給重耳，就是極其牴觸的。但是礙於父王的淫威，她不得不從，只是她的內心，對於這個唯

唯諾諾的六十多歲小老頭，肯定是十分厭惡的。

懷嬴一直在找機會發洩自己的不滿。

有一次，按照古代夫妻的禮節，懷嬴端了一盆水給重耳洗手，重耳洗完後，習慣性地一揮，結果把水珠兒揮到了懷嬴的臉上。

懷嬴一看，嘿，機會來了！於是把盆子「砰」地一聲往地下一摔，破口大罵：「你牛B什麼？不過是個臭要飯的，欺負誰呢你？」

重耳一看懷嬴很生氣，後果很嚴重，頓時結巴起來：「不是這個樣子的，真的不是妳想的這個樣子的⋯⋯我沒有⋯⋯只是⋯⋯」

看著重耳手足無措的模樣，懷嬴內心的鬱悶突然莫名地一掃而空，她第一次發自內心地覺得，這個老頭其實還滿可愛的。而且，她發現這個人身上具有能夠成就大事的特質——隱忍。之前，她把那份隱忍誤解成窩囊。從那之後，懷嬴開始把重耳真正當成自己的男人，並全心全意地輔助他成就大業。

一年之後，重耳帶著秦穆公贈送的財物，在秦國重兵護送下渡過黃河，返回晉國，並集合舊部、招兵買馬，開始自己的革命生涯。

說來也是天意，沒過多久，重耳就將侄子晉懷公趕下台，殺之，然後取而代之，登

上國君的寶座。大業完成，接下來，就得把自己的老婆接過來了。

重耳比較有人情味，為了表示對懷嬴的重視，更顯示對秦穆公的感謝，他率領大臣，親自到黃河邊「逆夫人嬴氏以歸」。這裡的「逆」，是迎接新娘子的高貴禮儀。

那場面相當壯觀，據韓非子在《買櫝還珠》中記載，懷嬴除了帶來豐厚的嫁妝，還帶了七十位穿著錦繡華服的美女陪嫁做妾滕（即侍妾）。

最後，需要說明的是，這個忍辱負重的重耳，就是日後大名鼎鼎的晉文公──與老丈人秦穆公平起平坐的春秋五霸之一。

而懷嬴，終於結束了自己的棋子生涯，過著幸福的生活，直到終老。

第 8 章

趙姬——
你的江山，我的男人

異人一死，趙姬和呂不韋更加有恃無恐，過起一般夫妻的生活。
但是，趙姬正值虎狼之年，呂不韋年紀漸長，又有國事纏身，加
上害怕被嬴政發現，所以有抽身之意。

時光快速流轉，帶我們前往戰國末年。此時，諸侯征戰已進入白熱化階段，一些小國逐漸被大國吞併，只剩下齊、楚、燕、韓、魏、趙、秦七個勢均力敵的大國，也就是戰國七雄。

秦國地處西陲，剛開始比其他六國都要弱小，但秦孝公即位後，重用商鞅，實行變法，使國力逐漸強盛，成為七國中的頭號強國。

鏡頭在七國的上空掃過，越過秦國，一路往東，然後不斷拉近，最終聚焦在趙國都城邯鄲的一所豪華夜總會裡。

在這裡，有一個歌姬，正在用她的天籟之音與傾城之色，服務台下亢奮的男人。在這裡，也只有她有這個能力，把眾多男人從脫衣舞孃那裡吸引過來，讓他們欣賞流行歌曲這一略微高雅的藝術。

這個女人姓趙，人稱趙姬，那一年，她年芳二八、風華絕代，是夜總會裡的頭牌歌姬。普通人都說，此女色藝雙絕，但賣藝不賣色。其實，這只是對普通人來說，對不平凡的人來說，那就不同了。

這天晚上，台下的眾多粉絲之中，就有一個不平凡的人，叫呂不韋，是一位超級巨商。他原本只是衛國濮陽的普通商人，為了發展自己的事業，五年前，舉家遷來邯鄲，生意越做越大，時至今日，終於成為邯鄲城富比士富豪排行榜第一人。

儘管富可敵國，但呂不韋的心中一直有一個夢想，那就是做一個政治家。

當時的人們思想不像現在這麼開放，他們的官本位思想極其嚴重，眼裡只有當官的，至於商人，不管你有多少錢，得到的敬畏和尊重永遠無法與當官的比。

恰巧一年前，呂不韋在一個偶然的機會中，結識一個落魄的大貴人，叫做嬴異人，是秦國昭襄王的孫子，太子安國君的小兒子。

為什麼秦國的王子會落魄在趙國的都城呢？因為當時有個習慣，戰敗的國家，為了表示自己不會在日後興兵報復，會派自己的王子到戰勝國去做人質，以示誠意。

秦昭襄王曾派兵入侵趙國，趙國在名將廉頗指揮下，兩度擊退秦國。於是，秦國被迫把異人送入趙國，做為人質。

按常理而言，自己的親孫子在人家手裡捏著，昭襄王也該消停消停了。但他全然不顧孫子的死活，多次對趙國用兵。

西元前二六〇年，昭襄王派兵攻打韓國，奪取上黨郡，上黨郡的百姓不願降秦，紛紛逃往毗鄰的趙國。

趙國便駐兵長平（今山西省高平市長平村），庇護逃過來的韓國難民。

對於趙國的舉動，昭襄王十分生氣，於是在這年四月，派兵攻打趙國。趙王派老將廉頗率兵抵抗，但由於寡不敵眾，兩軍激戰數月後，趙軍損失慘重。

後來，廉頗根據敵強我弱的實際情況，採取堅守營壘，以耗秦兵給養的戰略，趙王為此屢次責備他。

於是，秦國使用離間計，散布流言說：「秦軍只害怕一個人，那就是馬服君趙奢的兒子趙括。廉頗無能，十分容易對付，他快要投降了。」

趙王原本就怨怒廉頗連吃敗仗，再加上嫌他一味堅守、不敢出戰迎敵，聽到流言後，立即派趙括替代廉頗為將。昭襄王見趙王中計，立即暗派白起為大將，率兵攻趙。面對只會紙上談兵的趙括，白起使用詐敗誘敵等戰法，將趙軍團團圍住，使他走投無路，親率精兵突圍，結果被秦軍射殺。

趙括一死，趙軍大亂，在毫無突圍可能的情況下，四十幾萬趙軍一起投降白起，結果全被坑殺。後由於魏國公子信陵君竊符救趙，在邯鄲大敗秦軍，才使趙國沒有滅亡，這就是歷史上著名的長平之戰。

經過長平之戰後，異人在趙國的處境每況愈下。雖然沒被殺，但缺衣少食，還回不了國，過著求生不得、求死不能的痛苦生活。

能結識有錢的呂不韋，他非常開心，因為他在這裡舉目無親，對方不但幫他解決經濟困難，而且願意聽他訴說苦楚，真是感激涕零。

呂不韋認識異人之後也興奮得不得了，回到家做的第一件事就是彙報給他老爸，並

向他提出三個問題。

呂不韋：「種地的利潤如何？」

呂老爹：「是本錢的十倍。」

呂不韋：「經商的利潤呢？」

呂老爹：「一百倍。」

呂不韋：「那，假如幫一個王子回到自己的國家，並取得王位呢？」

呂老爹：「我靠，那就不可計量了！」

從此以後，呂不韋就定了下一階段的人生計劃：幫助嬴異人回國，並當上大王。

同時，他還在心中醞釀另一個計劃。這晚來聽趙姬的演唱會，正是計劃的一部分。

演唱完畢，呂不韋徑直直來到後台，見了趙姬，對她開門見山地說：「敝人呂不韋，仰慕姑娘已久，今願以千金為姑娘贖身，納為小妾，如何？老闆那邊我已談好了，現在就等妳的答覆了。」

趙姬年紀雖輕，但風月場上閱人無數，見到呂不韋的第一眼，就喜歡上這個又帥又有錢，且氣質不俗的男人。但她沒有立即答應，而是含羞帶怯地說：「謝官人的好意，容我思量思量。」

其實，她哪需要思量？內心早就心花朵朵開了，如此回答，只是想試試呂不韋的誠

心罷了。

三天後，呂不韋真的來了，趙姬早收拾好行李，一見馬車來了，興奮得不得了，直接跳上馬車，跟著對方回家了。

兩人顛鸞倒鳳數日，恩愛得不得了。

兩個月後，呂不韋請來一個郎中，為趙姬把脈。趙姬很納悶，她沒生病啊？問呂不韋，對方只是笑而不答。

把完脈後，郎中來到客廳，朝呂不韋拱手作揖：「恭喜呂爺，貴夫人有喜了，從脈象看，是個公子。」

呂不韋聽後大喜，重金酬謝郎中。把郎中送走後，一個人在客廳裡興奮地歡呼，叫完後進入臥室，嚴肅地對趙姬說道：「如今，我不想瞞妳了。我有個計劃，需要妳幫我完成。如此如此⋯⋯」

趙姬聽完呂不韋的計劃，心中頓時失落起來，以為幸福生活就要沒了，但她畢竟是個見過大場面的女人，早就看透人間冷暖，雖然心中不悅，但還是答道：「賤妾是大爺買回來的，怎麼處置，自然全聽大爺的。」

呂不韋聽出她的不悅，於是開導道：「不幸只是暫時的，異人是個傻瓜，等妳做了

王后，我做了大臣，咱們還可以私下來往啊！」

一聽到王后兩個字，趙姬內心的不悅頓時一掃而空，同時面色潮紅，興奮得差點歡

呼出聲，懂事地說道：「我一定全力配合你。」

呂不韋大喜，當天晚上，他就買通看管異人的趙國衛兵，把他請來家中做客。異人

一看又有好吃的了，興奮得哇哇大叫。呂不韋糾正他道：「是嗷，不是哇，你得入鄉隨

俗。」於是，贏異人立即改以嗷嗷大叫。

三杯過後，呂不韋拍了兩下巴掌，屏風後便走出來一個美人，裊娜娉婷、楚楚動人，

輕撫琵琶，朱唇微啓，唱起時興的流行歌曲，正是趙姬。

再看那贏異人，呆了，從趙姬出場的那一刻，他整個人都傻了。

呂不韋看在眼裡，樂在心中，但面上絲毫表情未露。

一曲唱罷，異人才從恍神中走出來，他「撲通」一聲跪在呂不韋面前，道：「大哥，

這誰啊？給我當老婆吧！求你了。」

呂不韋假裝不悅道：「你也太那個了，這是我媳婦啊！」

異人驚得不知道說什麼好，這時呂不韋又假裝嘆氣道：「唉，反正為了你，我萬貫

家財都不打算要了，何況一小妾呢？好，大哥成全你，她歸你了。但來日你若登基，千

萬不能老哥我啊！」

異人聞言大喜，興奮得連感謝都忘了，只是一個勁地點頭如搗蒜道：「大哥放心，只要我做了國君，你就是丞相，一人之下，萬人之上。」

呂不韋這時才露出欣慰的表情說：「那我就放心了。」

接下來，為了讓異人當上秦國國君，呂不韋首先來到秦國，用大量的珠寶買通太子寵妃華陽夫人的姐姐。

這位姐姐敬獻了許多珠寶給華陽夫人，並捎話說：「您雖是安國君最寵愛的姬妾，但是無子嗣，應該盡早過繼一個，不然待至色衰愛弛，有何依靠？現在異人在趙國當人質，日夜泣思太子及夫人，何不趁此機會，立他為嫡嗣，這樣他必感德不忘，夫人亦終身有靠，一舉兩得！」

這一席話說得華陽夫人如夢初醒，當夜即轉告太子，決定立異人為嗣子。就這樣，異人朝秦國國君的位子又邁進了一大步。

回到邯鄲後，呂不韋把這個消息告訴異人，異人自是對他感激不盡。

幾個月後，趙姬為異人生了一個兒子，名叫嬴政，也就是日後大名鼎鼎的秦始皇。當然，傻乎乎的嬴異人理所當然地以為是自己的血脈。

幾年後，昭襄王駕崩，安國君即位，不久後，通過外交斡旋，嬴異人終於得以回國。

當然，他除帶上趙姬和嬴政，還帶著以賓客為身份的呂不韋回國。

安國君當了幾十年太子，即位時已年老體衰，國君才當沒多久就一命嗚呼了。歷盡劫難的嬴異人同學，終於登上歷史的舞台。

需要提到的一點是，趙姬嫁給異人後，她和呂不韋一直保持來往，異人當上國君後仍然如此。加上兩人太聰明，異人又太傻，一直沒被發現。

且說異人當上國君後，立即提拔呂不韋當丞相，並封趙姬為王后，立嬴政為太子，算是兌現自己當年的承諾。

當上國君的嬴異人，為了彌補自己殘酷荒蕪的青春，決定加倍地補償自己。於是，他把舉國事務交給呂丞相打理，自己專心地享受風花雪月。

可是，酒色傷身，加上呂不韋指使趙姬沒日沒夜，使盡渾身招數，極盡妖媚之能事和異人顛鸞倒鳳，導致他的身體狀況每況愈下。沒多久，他便一命嗚呼，這年，他才三十六歲。

嬴異人死後，嬴政登基，趙姬成了太后，呂不韋被尊為相父，一手把持朝政。這一年，嬴政十三歲。

異人一死，趙姬和呂不韋更加有恃無恐，幾乎過起一般夫妻的生活。但是，此時的趙姬才三十多歲，正值虎狼之年，對生理方面的需求極其旺盛，呂不韋年紀漸長，又有

國事纏身，加上害怕被嬴政發現，頗有抽身而出之意。

但趙姬那邊怎麼辦呢？這時呂不韋想到了一個人，此人在當時的「亂搞界」算是第一把交椅，不但陽物雄偉——把它插進小車的輪軸裡，不用手力，輪軸就能活動自如。

據說床第之事也能力異常，這個人叫嫪毐。

「也許，他能滿足趙姬的需求。」呂不韋在心裡暗想道。

於是，呂不韋趕緊派人把嫪毐請進府裡，向他說明自己的計劃。嫪毐本是咸陽城裡的無業遊民，如今有這樣的好事降臨到自己頭上，自然歡欣鼓舞地接受。

於是，呂不韋讓人拔了嫪毐的鬍鬚，讓他裝成太監，送進宮裡。趙姬得此尤物，床上一試，果然是美妙無窮。從此以後，晝夜不捨，日日笙歌，小日子過得有滋有味，慢慢也就不再糾纏呂不韋了。

至此，呂不韋終於鬆了一口氣，輕鬆了許多。從趙姬那裡抽身後，他專心於政事，協助嬴政將國家治理得井井有條。

不久，他聽到流言，說太后懷孕了，內心大驚，趕緊觀見趙姬。

趙姬剛跟嫪毐雲雨完畢，尚沉浸在高潮的餘波中，見呂不韋神色有異，便問他：「難道出事了？」

呂不韋以實相告，並詢問趙姬：「是否真的已孕？」

趙姬點頭承認，並驚駭不已，她本以為此事機密，沒想到居然傳出風聲，若傳到嬴政耳中，這滔天之恥豈不招致禍端嗎？

為了避免讓嬴政得知此事，在呂不韋建議下，她與嫪毐躲到距咸陽西北二十里處，一座幽靜而華麗的雍宮居住，不久，生下一名男孩。

可趙姬不長記性，一年後，居然又生了一個男孩。世上沒有不透風的牆，日子一長，嬴政對此也有所耳聞，但此時他把精力全放在吞併六國的宏圖偉略上，只能忍而不發。

但嬴政還沒急，有人就先急了，這個人就是嫪毐。

嫪毐畢竟是個市井小人，沒什麼文化，不大懂得謀略。如今，他和趙姬生了兩個兒子，這事若讓對方知道，那不得生吃了他嗎？因此他決定先下手為強，反了他娘的！他積極收買黨羽，並與趙姬密謀，欲除掉對方。

造反是殺頭的大事，一般是要秘密行事的。可嫪毐在一次宴會中喝多了，一不留神，就跟朝臣說出自己的野心，對方一聽，這怎麼了得？

於是，朝臣慌忙地跑去報告嬴政，嬴政早就看嫪毐不順眼，當即下令逮人，誅滅三族！又出兵包圍雍宮，搜出他跟趙姬私生的兩個兒子，當場殺死，接著把她驅往椷陽宮監禁。

此時的嬴政，已是一隻翅膀堅硬的雄鷹，沒有人能阻止他了。為了鞏固自己的權力，他藉口嫪毐是呂不韋所送，說呂不韋是他的同謀，本該處斬，但念他勞苦功高，削其官職，回自己的封地河南養老。

呂不韋接到旨意後，矛盾萬分，若說出實情，以嬴政的暴戾與高傲，會認他這個親爸爸嗎？眼看自己費盡心機，幾十年的功績毀於一旦，便在絕望之中飲鴆自盡了。

趙姬失去嫪毐以後，本已鬱鬱寡歡，如今聽說呂不韋也死了，想到與他共度的幾十年風雨，更是痛不欲生，三十四年後也抑鬱而終。

第 9 章

呂后——
你可以，我當然也可以

一直待在沛縣的審食其來說，既無戰功，也無旁功，唯一的功勞，就是幫呂后解決生理需要。但呂后靠著一副肥膽兒，硬是替他要了個大獎，審食其被封為辟陽侯。

在中國古代，后妃干政是一道獨特的風景線。

這些強勢的女人，或隱身幕後，或垂簾聽政，或直接鳩占鵲巢，取而代之，談笑之間便殺伐決斷，指點江山，將整個王朝的男人都籠罩在她們的陰影之下，實在是巾幗勝過鬚眉，令人不得不佩服她們的威力。

這些當國的后妃中，呂后無疑是當之無愧的開山鼻祖。

呂后姓呂名雉，是漢高祖劉邦的髮妻，出身於小土紳家庭，雖然長得不是特別漂亮，但天生就有一種大女人的彪悍氣質。

當初，呂后的老爸呂太公慧眼識人，認定尚處在流氓無賴階段的劉邦日後必能成就一番大事業，便不顧妻子極力反對，將呂后嫁給一窮二白的他。此時，呂后還不滿二十歲，劉邦已經四十多歲。

呂太公怎麼就能認定劉邦能稱成大事呢？據歷史記載，因為他會相面！他曾經跟自己的老婆說過，一生相人無數，但沒有一個能比得過劉邦的面相。

你肯定會說，這也太唯心主義了吧？

好，那就來點唯物的。

根據歷史記載，呂太公曾經宴請沛縣名流。當時有個規矩，送禮超過「千錢」才能到堂上入席，「千錢」之下的，只能在堂下湊合。

當時，一個縣令的年奉只不過數千錢，所以，「千錢」應當是個不小的數目。

這個時候，劉邦來了，他大大咧咧、旁若無人，高喊一聲「泗水亭長劉季」、「賀錢萬」，然後直接來到堂上。

呂太公一聽「泗水亭長劉季」、「賀錢萬」，大為驚訝，這幾乎是個天文數字啊！於是趕快起身相迎。後來才知道，其實劉邦一個子兒都沒拿，是來吃霸王餐的，但他不怒反喜。

為啥？因為他是一個極具政治頭腦的人，從劉邦揮灑自如的霸氣中，看出其中蘊藏的膽識，以及常人不具備的政治家素質。

其實，也正是這個原因，呂太公才最終下定決心孤注一擲，把寶貝女兒嫁給他。

嫁給劉邦後，呂后任勞任怨、溫順賢慧，既照顧一家老小的起居，又要下地勞作。

劉邦則繼續游手好閒，喝酒賭博，順便做他的小官——泗水亭長，換點微薄的薪水。

亭長是秦朝時的一個官名，在鄉村之間，每十里設一亭，亭有亭長，掌管治安警衛，兼管停留旅客、治理民事。按官銜來看，它的等級和孫悟空的弼馬溫其實差不多。

有一次，他負責往驪山押送勞役，結果一路上不斷有人開小差，跑掉了。若是這樣到達驪山，肯定交不了差，就算不被殺頭，也得被關個十年八載。

無奈之下，他乾脆在半路上將沒跑的人全放了，並且說：「公等皆去，吾亦從此逝

矣。」意思就是，你們也都各回各家各找各媽吧，我劉邦也要跑路啦！

沒想到，劉邦這一番話反而把他們感動了，他們不但沒跑，還揚言要死心塌地跟著他造反。

劉邦一看，既然各位這麼給面子，那麼，造反就造反吧！於是，他大手一揮：「爺們反了！」

適逢當時天下大亂，造反是一門時尚而且十分有前途的職業。無意中，劉邦被裹挾進這股潮流，從此一發不可收拾，似乎冥冥中真的自有天意。

劉邦造反後，大多過著流寇般的生活，根本沒有能力攜帶自己的家眷。當他帶著沛縣的子弟兵離開時，留下自己的哥哥劉仲，和一個叫審食其的人一起照料自己的父親和妻兒子女。

可萬萬沒想到，這個審食其日後竟給他戴了一頂大大的綠帽子。

其實，審食其應該是個老實、謹慎的人，試想，劉邦如果不是個白癡的話，他肯定不會留下一個大色狼照顧自己的妻兒老小。所以，經過選拔的他，至少是劉邦能信任的人裡最老實的。

但是，人這個玩意，是最經不起時間考驗的。劉邦一走，長時間杳無音信，留下正

值虎狼之年的呂后在家獨守空房，想想也的確殘忍。

我們可以想見，呂后一開始是儘量忍著的，畢竟當時是封建社會，而且她也不太像天生淫蕩的人兒。但最後終歸沒能忍住，於是，人性戰勝了道德的約束，她和審食其好上了。後來幾乎像地下夫妻一般生活在一起。從他們到死都還糾纏不斷的曖昧關係來看，兩人應該是比較恩愛的，生活應該是比較和諧的。

這種生活一直持續了三年，劉邦依然不回家，但已經有他的消息了⋯聽說他做大了。

儘管如此，呂后依然不管不顧，照樣和審食其過著幸福的小日子。直到那一天，一個叫項羽的人派了一大隊兵馬來到沛縣，二話不說就把他們一家子抓去做俘虜。這俘虜一做就是三年，這三年間，二人相濡以沫，幾乎到了公開同居的地步。

項羽看到此情此景，興奮得哈哈大笑：「你他奶奶的劉邦，你丟人丟大了！」

我想，這也是項羽一直不殺呂后的原因，他就是要留著她，看她給劉邦戴綠帽子。

後來，劉邦忽悠項羽，跟他訂了個楚河漢界、停戰協議之類的東西，呂后等一千人等就被釋放了。此時，劉邦已經稱得上是一方王侯，呂后等人也不能回沛縣過小日子了，得跟著他風風光光地混，這段日子，對於她來說，卻是不幸福的。

為什麼呢？

因為她不能跟審食其顛鸞倒鳳了。

你肯定會說啦，不還有劉邦嗎？真是笑話！劉邦此時對女人可挑了，既有漂亮賢慧的戚夫人，還有那些可以隨便取用的漂亮美眉，他會乖乖給呂后交公糧嗎？因此，此時的呂后是不幸福的。

後來，劉邦幹掉項羽，平定寰宇，建立大漢朝，做了皇帝。江山打下來了，就要論功行賞、封侯拜相了。

本來，以一直待在沛縣的審食其來說，既無戰功，也無旁功，唯一可以稱道的功勞，就是幫呂后解決生理需要。所以，論功行賞根本不關他的事，他自己也沒敢妄想。

但呂后是個不平凡的女人，靠著一副肥膽兒，硬是替審食其要了個大獎——審食其被封為辟陽侯。這就足見二人情誼之深，甚至超越簡單的情慾。

劉邦當上皇帝以後，女人就更數不出來了，呂后當然也更輪不上了。她鬱悶，相當鬱悶！終於，抑制不住她大膽地把審食其召進未央宮，兩人一夜雲雨。

第二天，這事被劉邦知道了（假設），他把呂后叫來後一陣怒罵（還是假設），但對方毫不示弱，說出自己的正常需要，也說出當年的困苦。

劉邦不是個小心眼的人，一經思量，心想也是，妳也確實挺苦的。最後，他長嘆一聲，跟呂后訂了個君子協定：「我搞我的，妳搞妳的，但妳可得保密，不能把妳們兩個的事宣揚出去，我做皇帝的，畢竟得有點面子啊！」

對於這個結果，呂后當然是滿意的，肯定滿口答應。（這個結果可能性很大吧？）

從此之後，經常有捲成一卷的席子被送往未央宮。當然，席子裡的正是審食其同學。

如此數年，大家相安無事。

西元前一九五年，高祖劉邦駕崩，惠帝劉盈即位，年僅十六歲。

劉盈是劉邦和呂后的親生兒子。我們知道，劉邦和呂后都是一等一的狠角色，按照遺傳學來看，他們生的兒子應該也是性格剛毅的生猛之人。

遺憾的是，劉盈大概在受精過程中產生了變異──他身上毫無半點乃父乃母的狠勁，完全是個優柔寡斷、寬厚仁慈之人。

在尋常百姓家裡，寬厚仁慈算不上是缺點，甚至還是美德，最多受點欺負、吃點小虧罷了。可要玩政治，這就是致命的弱點了！因為寬厚仁慈與優柔寡斷搭配，幾乎等於懦弱的同義詞，政治是殘酷的，根本容不得懦弱二字。

因為生性懦弱，他老爸劉邦打心底瞧不起他，怎麼看怎麼不順眼，整天一副「我怎麼生了這麼個玩意」的表情，還萌生廢掉他的念頭，幸虧勇猛的呂后鬥智鬥勇，才使他保住太子之位。

這件事，對敏感的劉盈造成不小的打擊，並使他對自己的能力更加懷疑，結果就是，他越來越自卑。他的羸弱，給了呂后專權的機會。

呂后是個極具城府和野心的女人，她知道自己的兒子性格太過軟弱，如果找個外人當皇后，皇后可能會藉機參政，造成外戚專權。爲了不讓權力旁落，她想出一個兩全其美的辦法：把自己的親外孫女——也就是魯元公主的女兒張嫣嫁給他。

可憐的劉盈，甚至連自己的婚事都沒有半點發言權。

聽到這個消息後，他差點昏死過去，娶自己的外甥女？這怎麼下了手啊？但他沒有反抗的能力，只好唯唯諾諾地接受，就這樣，他與小自己八歲的外甥女成了親。

新婚當夜，看著昨日還稱呼自己舅舅的小姑娘坐在大床上，他有種想嘔吐的感覺。

於是，他合衣而坐，給自己的外甥女兼小新娘，講了一整夜的童話故事。之後的每個夜晚，幾乎也是這麼度過的，根據歷史記載，張嫣至死都還是純潔的處子之身。

本來，娶外甥女這件事就夠劉盈承受的了，但沒想到，更刺激的還在後頭。

呂后掌權後，開始喪心病狂地迫害那些曾經跟自己爭寵的女人。其中，最受劉邦寵愛的戚夫人下場最淒慘。

呂后先是設計毒死戚夫人唯一的兒子劉如意，然後把她囚禁起來，讓她戴著笨重的枷具做搗米的粗活。後來覺得這樣不過癮，竟派人殘忍地將她四肢砍斷、挖去眼睛、薰聾雙耳，灌藥使她變成啞巴，最後扔進廁所，稱爲「人彘」。

如果此事悄悄進行也就罷了，可她偏偏邀請兒子去觀賞自己的傑作——大概想以此

激發他內心的狠勁。

但事與願違，劉盈看到這恐怖的畫面時，嚇得臉色大變，差點昏死過去，然後大叫：

「這真不是人能幹出來的事兒啊！作為妳的兒子，我沒臉再掌管天下了！」之後大病一場，直到一年之後才恢復健康。

這事對劉盈的刺激太大了，從此之後，他徹底自暴自棄，不再關心國事，整日飲酒嬉戲，飲完酒就跟後宮的美女們瘋狂歡愛。於是，呂后徹底把持朝政，成了大漢朝的無冕女王。大權在握以後，她也沒必要再躲躲閃閃了，於是，她和審食其的關係幾乎公開化了。當劉盈得知此事後，氣得差點吐血——這是明目張膽地給先皇戴綠帽啊！是可忍孰不可忍？

當下，他便發誓一定要找機會幹掉審食其，皇天不負苦心人，某一天，他終於逮著機會，把對方關進大牢，準備治其死罪。

對此，呂后十分惱火，知道是自己的兒子在發洩內心的不滿，但以她的身份，還真沒法去給情夫講情，只好尷尬地觀望事態的發展。

這時候，審食其的朋友朱建挺身而出，救了他一命。

朱建曾是淮南王黥布的手下，當年，黥布要造反，他曾大力反對，無奈對方不聽。

後來，黥布兵敗被殺後，劉邦聽說朱建曾勸不要造反，並且沒參與造反之事，對他另眼

相看，召入朝中，委以重任，並封其為平原君。

朱建能言善辯、口才極佳，同時性格剛正，為官清廉，口碑良好，因此，朝中大臣都喜歡與他結交。

審食其也曾經向朱建伸出過橄欖枝，但朱建鄙視他「二爺」的身份，根本不甩他。

後來，朱建的母親去世，手中拮据，沒錢安葬，精明的審食其抓住機會，給他送了一大筆錢。為了葬母，朱建也顧不得那麼多，只好照單全收。俗話說，吃人家的嘴短，收了審食其的錢後，他也不好意思對人家冷眼相對，於是，二人成了朋友。

這次，朱建幫審食其出頭，只是在報答他之前的饋贈。

朱建很聰明，他沒有直接去劉盈那裡碰壁，而是採用迂迴路線，讓對方的男寵宏孺去講情。但宏孺憑什麼聽他的呢？這就需要策略了。朱建首先對他恫嚇道：「審食其一死，你的性命也就難保了。」

聽到這話，膽小的宏孺嚇了一跳，不太敢相信是真的。

於是，朱建繼續苦口婆心地分析：「你想想啊！你受皇上寵愛，審食其受太后寵愛，而如今的大權掌握在太后的手中，一旦皇上將審食其殺掉，太后必定報復，那你就難逃一死了。」

這話說得太有道理了，讓宏孺不得不信，於是使出渾身解數，在劉盈面前替審食其

求情。

本來，劉盈對此事十分堅決，幾乎油鹽不進，但在自己的男寵面前卻敗下陣來，長嘆一聲：「放了審食其吧！」沒辦法，誰讓他自己也不乾淨呢？

就這樣，審食其平安無事地逃過一劫。等到惠帝死後，他與呂后關係更加密切，簡直到了肆無忌憚的地步。

呂后死後，諸呂被殺，但是審食其未雨綢繆，得到陸賈、朱建等人的幫助，仍平安無事，直到漢文帝三年，淮陽王劉長因為恨他在漢高祖時對其親母見死不救，伺機殺了他。

於是九泉之下，這對地下愛侶又見面了。

第 10 章

館陶公主——
我牛，故我在

當天，漢武帝一進門就對館陶公主說：「怎麼只有妳一個人呢？
我還想看看那個英俊的『主人翁』呢！」這裡的「主人翁」指的
當然是董偃。

館陶公主原名劉嫖，是漢文帝和竇太后一母同胞的親妹妹，更是漢武帝的姑姑兼丈母娘，可謂三朝名媛，風光無限。

對於館陶公主，也許你不太熟悉，但有一個成語你肯定不陌生——金屋藏嬌。這成語中的「嬌」，就是漢武帝劉徹的皇后阿嬌，也就是館陶公主的女兒。

歷史經常充滿意外，按照館陶公主的最初意願，這個阿嬌本來是要嫁給她的另一個姪子劉榮的，無奈陰差陽錯，最終跟了劉徹，並造就「金屋藏嬌」這個千古佳話。這其中的過程比較曲折，也耐人尋味，各位客倌坐好，聽我慢慢敘來。

話說漢景帝有兩個最寵幸的妃子，一個叫栗姬，為景帝生下了兒子劉榮；另一個叫王娡，為景帝生下了兒子劉徹。

其中，劉榮在景帝的所有兒子中排名老大，於是，按照古代「立長不立幼的」的普世價值，被立為太子。

館陶公主是個聰明的女人，看到劉榮被立為太子，馬上做出一個決定：把自己的女兒嫁給自己的姪子劉榮！

這麼一來，自己是老牌公主，自己的女兒將成為新晉太子妃——也就是預備役的皇后，那麼家族的榮耀就長久不衰了。

做出決議後，她開始將它付諸行動。自己的老弟景帝這邊當然沒問題，關鍵是打通劉榮的老媽栗姬那方的關係。

找了一個艷陽高照的好天氣，館陶公主笑嘻嘻地來到栗姬宮中，閒扯一段家常拉近距離後，便把自己的想法告訴對方。

館陶公主原本認為，憑著自己的面子，這事是十拿九穩的，可沒想到，栗姬是個比較傻B的女人，不知腦袋中的哪根神經出了毛病，居然拒絕她的建議，而且拒絕得十分不委婉。

館陶公主面子掛不住，立即拂袖而去。出門以後，她越想越氣憤，決定報復這個不知天高地厚的笨女人。然後，她逕直來到王娡的宮中，把剛才的憋屈事一五一十地和盤托出。

王娡是個聰明人，人情練達，世事洞明。看館陶公主如此義憤填膺，她當即試探性地說道：「妳家阿嬌是個好閨女，要是我家徹兒能娶到這樣的好媳婦，那就真得要感謝佛祖了。」

這句話正中館陶公主的下懷，於是順勢接話道：「那就讓阿嬌嫁給妳家劉徹吧！我保證徹兒日後會比那劉榮更有出息。」

這話暗示得十分明顯，王娡大喜，當即拍板定案，二人即刻結為親家，順便也結成

盟友。接下來，館陶公主的工作就是把劉榮從太子之位拉下來，然後把自己未來的女婿劉徹扶上去。

館陶公主利用自己跟景帝的親戚關係，開始在他耳邊吹風，一邊陳述栗姬的惡毒、狹隘、沒素質等等不堪之事，一邊吹捧王娡的賢慧、博大、氣質高雅。

景帝向來比較信任自己的親姐姐，聽到這些話後，心中的天平漸漸傾斜了。

恰在這個關口，王娡收買一位大臣，給景帝上了一封奏摺，內容是請求景帝馬上立栗姬為皇后（景帝原來的皇后薄氏因為不能生育被廢，皇后的位子一直空著）。

景帝看到奏摺後，認為這一定是栗姬的把戲，因此大怒，把上摺子的大臣召來痛罵一頓，罵完後還不解恨，大手一揮，把那倒楣鬼拉出去斬了。

這個倒楣的孩子至死也沒弄明白：「皇帝為什麼要殺我啊。」

這件事之後，糊塗的景帝便徹底冷落栗姬，把所有的熱情都投向王娡。

原本屬於優勢一方的栗姬地位突然被逆轉，內心的鬱悶是可想而知的。畢竟爭取皇帝的恩寵是妃嬪們一生的事業，一旦失去恩寵，就會瞬間淪落為失敗者。

難以接受現實的栗姬大病了一場，景帝表現得很絕情，堅決不去探視，這讓她徹底絕望，病情也越來越重。

就在她病入膏肓的時候，一個致命的消息摧毀了她：王娡被立為皇后。

沒過幾天，栗姬就死了。

搞掉栗姬以後，館陶公主長出一口惡氣，頓時心曠神怡、暢快不已。不過，她還不能掉以輕心，得再接再厲，把劉榮也搞下來。

於是，她開始在弟弟面前大肆宣揚劉徹的優點，什麼聰明、孝順，小小年紀胸懷大志……等等，反正任何可以替他加分的標籤，統統都往他身上貼去。

更離譜的是，她還編造大肆宣揚封建迷信的謊言──說劉徹出生前，他老媽王娡就夢見自己吞下了一枚太陽。

靠！難道王娡是太陽系？

不過，景帝的耳根向來比較軟，一來二去，也就對這個兒子興趣濃厚了起來。再說，王娡都被立為皇后了，那改立皇后的兒子為太子，也是合乎情理的事嘛！

就這樣，可憐的劉榮在沒有犯什麼錯誤的情況下，被強行剝奪太子的職位，降階為王，由劉徹取而代之，成為法定接班人。

至此皆大歡喜，館陶公主的任務也已完成一半了，剩下的，就是把阿嬌嫁給劉徹。

當時，劉徹和阿嬌年齡尚小，未到談婚論嫁的年紀，但館陶公主為防節外生枝，硬是導演了一齣情景劇，讓景帝覺得劉徹和阿嬌是青梅竹馬、天造地設的一對。

這個情景劇的名字叫做「金屋藏嬌」，劇情是這樣的：

某日，景帝召集家族內部成員聚餐。

在宴會上，館陶公主半開玩笑半當真地問劉徹：「姑姑給你找個媳婦怎麼樣啊？」

劉徹答道：「好啊！」

於是館陶公主隨便指了一個宮女說：「那你娶她如何？」

小劉徹連連搖頭。

接著，館陶公主指著阿嬌說：「那你娶阿嬌姐姐好不好啊？」

劉徹聞言連忙點頭，並說出了那句經典台詞：「若得阿嬌作婦，當做金屋貯之也。」

景帝聞聽此言後，頓時龍心大悅，當即拍板，定了劉徹和阿嬌的婚事。

多麼嚴謹的劇本啊！

不過，這也僅僅是個劇本，所有的情景和對話都是館陶公主和王娡事先預設好的。

劉徹小兒只不過是個照著劇本念台詞的小演員而已，只是他演得太逼真，把景帝騙得一愣一愣的。

演完這齣戲之後，館陶公主苦心經營的連環計總算大功告成。之後，她只需要耐心地等待景帝駕崩，然後就可以看著自己的女兒登上皇后的寶座，自己也可以順利升級為皇帝的丈母娘。

西元前一四一年，景帝終於在館陶公主的熱切盼望中，十分知趣地掛了。劉徹登基，

是謂漢武帝，封阿嬌姑娘爲皇后。

剛開始，劉徹跟阿嬌過著舉案齊眉的幸福生活，但不久後，劉徹喜歡上姐姐平陽公主家的一個歌女衛子夫，並把她弄進宮裡來。從此，他專心寵幸衛子夫，漸漸把阿嬌冷落了。

阿嬌是個心氣較高的姑娘，一直認爲，是她的老媽把劉徹弄上皇帝的寶座，他應該知恩圖報才是。可是，他竟然爲了一個歌女而冷落了自己，真是太讓人傷心了。

一般來說，當夫妻關係出現矛盾時，有人會選擇溝通、交流，有的人則會選擇惱羞成怒。很不幸，阿嬌姑娘屬於後者。

而且她的反應十分激烈，爲了報復，居然從宮外請來巫師，以巫術詛咒衛子夫。

這可是歷代宮廷大忌啊！撤除施行此道者不會有善終，如果事情未曾敗露，那也就算了，反正天知地知你知我知而已。但很遺憾，事情敗露，漢武帝劉徹大怒，將巫師碎屍萬段。

念及舊日的情分，他沒有殺阿嬌，而是將她廢掉，打入冷宮。其實這種生不如此的懲罰，甚至比死還更加殘酷。

苦心經營的富貴之路就這麼戛然而止了，這使館陶公主很受傷，但也無可奈何。從此，她淡出政治舞台，開始專心享受生活。

而生活的最重要的部分，當然就是性了。

館陶公主的丈夫叫陳午，世襲堂邑侯，也算是個一表人才的錚錚男子漢。婚後最初幾年，兩人的關係還很甜蜜。但隨著歲月的流逝，兩人越來越老，彼此之間的吸引力也就越來越少。

最後，館陶公主乾脆拋開陳午，專心蓄養起面首——也就是男寵。

但館陶公主相對比較專一，她一生只有一個男寵，就是風流倜儻英俊瀟灑的玉面小飛龍——董偃。

董偃出身珠寶商之家，十三歲那年，跟隨母親去給館陶公主送貨，結果被有戀童癖嫌疑的館陶公主看中，留在府裡。

不過，館陶公主比較守法，為了避免與未成年人發生關係，硬挺著，直到董偃十八歲那年，才順理成章把他弄進自己的床幃。

剛開始，礙於陳午的面子問題，這事很隱蔽，至少外面的人都不知道。等到陳午死了之後，這事就幾乎公開化了，王公貴族，黎民百姓，誰都知道館陶公主有個叫董偃的帥哥情人。

漢武帝當然也知道此事，膽小的董偃整天提心吊膽的，生怕哪天漢武帝發飆，把他

的小命給報銷了。

董偃把自己的擔憂告訴好朋友袁叔。

袁叔是個很有智慧的人，替朋友謀劃道：「要想安枕無憂，只有討好當今聖上。皇上每年都要去祖墳安陵祭祀，可那地方偏遠，附近沒有大的行宮。剛好館陶公主的私家園林長門園就在安陵旁，如果你讓公主把它獻給皇上，皇上一高興，你倆的事兒不就安全了嗎？再說，據我推測，皇上遲早會霸佔這個園子，與其等他開口，不如主動獻上，還能賺個人情。」

董偃聽後大喜，當即表示照辦。回到館陶公主的府邸後，他把袁叔的話重複了一遍，館陶公主表示同意，立即將園子獻給漢武帝。

漢武帝得到這個園子後，心裡十分滿意，立即將它更名為長門宮，作為自己祭祖時的寢宮。同時，他發表談話，表示對自己的姑姑兼丈母娘的做法十分讚賞。

把漢武帝哄樂以後，館陶公主和董偃就依照袁叔的計策，打鐵趁熱，請武帝到自己的府上做客。

漢武帝是個聰明人，當然知道館陶公主此舉的用意。當天，他一進門就對館陶公主說：「怎麼只有妳一個人呢？我還想看看那個英俊的『主人翁』呢！」這裡的「主人翁」指的當然就是董偃。

館陶公主也不是笨蛋，既然皇帝把話說到這個份上，那就代表沒事了，當即跪下，假意自我檢討道：「我有罪啊！私自弄了個男寵，敗壞皇家的名聲，還請皇上懲罰。但我倆確實有真感情啊！」

漢武帝哈哈一笑，他從來就不是個呆板的道德至上者，伸手扶起館陶公主，吐出了一句千古名言：「生命誠可貴乎？愛情價更高也。人存活於天地之間，為了愛情違背點道德準則，沒什麼大不了的。」

聽了漢武帝的金口玉言，館陶公主徹底放心了。

她請出董偃，二人一塊陪皇帝把酒言歡。宴席之上，氣氛輕鬆熱烈，賓主雙方進行了親切友好的交談，通過一番接觸，漢武帝對董偃越來越喜歡，見此情此景，館陶公主也大感欣慰。

第二天，全國上流人物都收到消息：「漢武帝昨晚跟董偃一塊把酒言歡了。」又過了幾天，全國人民也都知道了。

這是一個意義非凡的政治信號。連漢武帝都默認了，那別人還有什麼話可說呢？董偃從此安枕無憂。

不過，大概是生活太無憂了，縱慾過度的董偃剛滿三十歲就撒手人寰了，留下日漸衰老的館陶公主空守幾年孤燈，之後也跟著去了。

館陶公主臨死前，留下遺囑：「死後與董偃同穴，不與法定丈夫陳午合葬。」

從這個決定可以看出，館陶與董偃之間，的確存在一種叫做愛情的物質，否則，怎

會連死後都不捨得分離呢？

漢武帝成全了他們，將二人合葬於霸陵，可憐的是正牌老公陳午，空給後世留下一

個「正房」完敗於「小三」的經典案例。

他若地下有知，應該會此恨綿綿無絕期吧！

第 11 章

趙飛燕姐妹——
快樂至死

劉驁一見趙合德，頓時大喜，發現她並不輸飛燕，而且，姐妹倆的風格不同，正好形成互補。此後，他把後宮三千佳麗視為糞土，專心寵幸趙氏姐妹。

趙飛燕是中國歷史上的著名美女，在形容美女的成語「環肥燕瘦」中，「燕瘦」就是指她。

趙飛燕最重要的一個身份，便是漢成帝劉驁的皇后。

說到劉驁，可是個赫赫有名的人物。不過，和前輩們相比，他留下的卻是惡名——荒淫、無恥、下流、王八。總之，在歷代昏君的排行榜之中，他絕對名列前茅，更刺激的是，他不僅喜好女色，連男寵也一塊收歸帳內。

漢成帝的男寵名叫張放，出身名門，爺爺曾官至大司馬，姥姥乃是大漢朝的公主，可謂身份顯赫。與所有的男寵一樣，張放有一張讓人過目不忘的好臉蛋，而且聰明伶俐、善解人意，按史書的記載就是「少年殊麗，性開敏」。而且他的帥十分邪乎，不僅讓女人心旌搖曳，連男人也不能自持。

漢成帝對張放可謂寵愛備至，根據記載，張放「與上臥起，寵愛殊絕」，兩人幾乎到了一秒鐘都不能分開的地步。

為了不被外人打擾甜蜜的兩人世界，他倆還經常喬裝打扮，以微服出巡為由，公然結伴外出，而且經常一遊就是數月，使眾人欣羨不已。

更詭異的是，漢成帝還親自做媒，把皇后的侄女嫁給他。大婚當天，漢成帝親自安排人布置禮堂，並撥款數萬，供「治婚委員會」使用。

但有個成語叫做「盛極而衰」，大概是漢成帝與張放做事太張揚，引起以國舅王鳳為首的皇室貴族的不滿，他們是這麼想的：「你小小張放，不就是皇上的小寵物嗎？怎敢招搖到如此地步？」

貴族一不滿意，後果就嚴重了，他們聯合上書，同時在太后面前大肆渲兩人之間的種種不堪，並揚言：「這怎麼了得？如此以往，國將不國。」

當時，外戚的政治勢力十分強大，連皇帝都要忌憚三分。太后在娘家力挺下，對皇帝施加壓力，要求把張放這個害人的玩意趕出京城，發配到鳥不拉屎的地方，永世不得翻身。面對龐大的外戚勢力，漢成帝毫無辦法，只好在悲痛欲絕之中，將張發配到偏遠之地。離別之時，兩人抱頭痛哭，雖沒法跟熱戀中的情侶比，也的確令人動容。

唉，張放獲得的這份恩寵，簡直可以與趙飛燕姐妹相媲美！

呵呵！有點跑題了，咱們接著說趙飛燕。

雖然後來貴為皇后，深受劉驁寵愛，但趙飛燕的出身其實十分卑微，人生的前十幾年一直生活在社會底層，因為上天賜予的詭異機緣，才得以一步升天。

這個機緣，來源於一場舞會。

那天，百般無聊的劉驁到他姐姐陽阿公主那裡串門子時，肯定料想不到，自己會遇上那個令他神魂顛倒的女人。

事實上，當陽阿公主要自己府上的歌女為皇帝弟弟助興的時候，他還是一貫的意興闌珊，但趙飛燕翩翩而出時，那攝人心魄的眼神、婀娜曼妙的舞姿，讓他雙眼確確實實地發直許久。那一刻起，他欣喜若狂，為自己難以置信的意外收穫。

當天，劉驁把趙飛燕帶回宮裡，並以閃電般的速度封她為婕妤，從此，我們的飛燕姐姐開始她輝煌的皇宮征途，過不了多久，這一片金碧輝煌的大漢後宮，將是她趙氏姐妹的天下。

許多年以後，也許趙飛燕會感謝他的死鬼父親，因為他雖然沒有給她一個幸福的童年，卻為她做了兩件好事：一是遺傳給她絕佳的藝術天賦，令她輕而易舉地成為舞技高超的舞蹈家；二是把她賣到陽阿公主府裡做歌姬，讓她遇到一生中最重要的男人。

其實，趙飛燕的老爸並不是一個稱職的父親，他是漢代宮府裡謀生的家奴，日子過得窮困潦倒。當年，因為無力撫養，竟把趙飛燕和趙合德這對孿生姐妹扔在荒郊野外。

但出乎意料的是，這對小尤物的生命力特別頑強，三天後，當這個良心尚存的男人準備去給自己的女兒收屍時，卻發現她們活得好好的，看到他時，甚至還朝他咧嘴微笑。

他頓時熱淚盈眶，二話不說，抱起兩女回到家。

粗茶淡飯養到五六歲，飛燕的老爸感到自己實在沒能力了，於是就把這對標緻的女兒賣到培訓超女的陽阿公主家裡。人生往往由意外鑄就，這看似迫不得已的一賣，竟然

賣出這對孿生姐妹精采的一生。

劉驁把趙飛燕帶回皇宮的頭一晚，就迫不及待地想直搗黃龍，但赤身裸體的一對男女在龍床上四目相對時，趙飛燕卻緊張得哆嗦起來，以致於劉驁的命根子根本無法進入這尤物的身體。

這種狀況持續了三天，幸好，劉驁是個比較有素質和品味的皇帝，看到這種情景，不但不急，也沒有霸王硬上弓，而是為這個看似不經世事的姑娘激動起來。他放下自己旺盛的欲念，慢慢地和她溝通起感情來。

終於，在第四天晚上，他如願以償，一抹血紅也證明了飛燕姐姐的冰清玉潔。

可真相往往是滑稽的！這一切，不過是趙飛燕欲擒故縱的手段罷了。事實是，這個看似不諳世事的女孩，在很久以前，就把自己的第一次獻給自己的初戀情人——一個窮困潦倒的英俊小夥。只不過，這個英俊小夥家境清寒，飛燕沒有嫁給他。

所以，她的緊張、哆嗦，都只不過是為了激起漢成帝的征服之心而已。

那麼，那一抹鮮紅是怎麼一回事呢？

根據史書上記載，那是因為飛燕閱讀大量記載房中術的書籍，照著裡面的招數反覆練習，恢復自己的處子之身罷了。

這個可能性大嗎？我以為比較大。因為那時候的書籍，尤其是健康教育類書籍，不

像現在這麼爛和胡說八道，都是由具有真材實料的專家學者撰寫的，不是由隨便工作室胡亂組稿，再打上所謂專家的名字。所以，這個說法是比較可信的。

當然，如果你堅持不信，也可以想像那是飛燕姐姐事先用小刀割破大腿，留下血跡……等等。

總之，趙飛燕成功地、印象深刻地讓劉驁和她發生了第一次關係。接下來，嘗到好滋味的劉驁幾乎夜夜寵幸她，使她成為大漢後宮集三千寵愛於一身的超級女生。

但後宮裡的女人爭鬥是相當殘酷的，而且競爭也十分激烈，也許今天還是掌上明珠，明天就草芥不如了。為了增強自己的實力，趙飛燕在宮裡的地位穩定下來以後，決定把自己的妹妹趙合德也弄進宮來。打仗親兄弟，上陣父子兵，一對姐妹花的力量，肯定比她在這裡人生地不熟地孤軍奮戰要強大得多。

劉驁一見趙合德，心中大喜，發現她並不輸於飛燕，而且，姐妹倆的風格不同，一個瘦弱、一個豐滿，一個直爽、一個內斂，正好形成互補。此後，漢成帝把後宮三千佳麗視為糞土，專心寵幸趙氏姐妹。

寵愛到什麼程度呢？

傳說，有一次飛燕在跳舞，突然大風乍起，把她吹得飛了起來，幸虧下面的宮女趕緊伸手拽住，才沒讓她飛走。為了防止類似事件再次發生，漢成帝專門命人打造了水晶

盤讓她起舞，又專門定製七寶避風台爲她避風，可見寵愛之深。

若是普通人，到此地步也不會得隴望蜀，但趙氏姐妹不是普通人。爲了進一步鞏固自己的地位，姐妹倆合謀，誣陷許皇后，又誣告另一個稍有競爭能力的妃嬪——班婕妤有。結果，漢成帝照單全收，廢了許皇后、冷落班婕妤，並冊封飛燕爲皇后，冊封合德爲昭儀，至此，趙氏姐妹已是權傾後宮，無人能對她們造成威脅了。

然而，命運有時候是公平的，本來應該無憂無慮的趙氏姐妹，卻被一件大事弄得心情鬱悶——她倆皆不能生育！

爲什麼不能生育呢？

因爲她們一直使用一種藥——息肌丸，這是趙氏姐妹配製的獨門美容藥方，只要把藥丸塞進肚臍，融化到體內，就會使肌膚勝雪、雙眸似星。但就像化療會殺死癌細胞，同樣會導致脫髮一樣，這種藥物的副作用就是導致不孕。

這是個大問題！古人崇尚母以子爲貴，女人再美也有人老色衰的時候，爲了保證富貴永久，必須生個兒子做後盾。可殘酷的事實是，趙飛燕姐妹沒有生育能力，這對兩人的打擊是相當巨大的。

面對同樣的打擊，姐妹兩人選擇了不同的道路：飛燕認爲主要問題在皇帝，所以她選擇假裝懷孕，躲避皇帝，然後想盡辦法借精生子；趙合德以爲是功夫不夠，只要假以

時日，她一定能懷孕，所以選擇獨霸龍體，日以繼夜、尋歡不只。

於是，趙飛燕以禱神為名義，在自己的宮殿內建了一間內室，除了左右侍婢外，任何人皆不得進入。

然後，她打發親信去民間尋找年輕力壯、長相英俊的年輕小夥，讓他們裝扮成宮女，用小牛車拉進宮，躲進內室供她借精。據史料記載，趙飛燕「日以數十，無時休息，有疲怠者，輒代之」，可見她的努力程度。

至於妹妹趙合德，則利用自己的醫學知識，研製出古代的「威而剛」，供漢成帝服用，然後兩人夜以繼日地顛鸞倒鳳。

為了獨霸龍體，只要被漢成帝寵幸過的女人，她都會想盡辦法除之而後快。另外，對懷孕的妃嬪更是妒火中燒，只要誰懷孕了，那等待的一定是滅頂之災。

因為趙合德的存在，漢成帝一直膝下無子。而且，有些斷子絕孫的命令還是他在她的淫威之下，親口下達的。

本來，這對姐妹各忙各的，沒有事業的交集，但生活往往充滿意外，一個小帥哥的出現，使得姐妹倆差點反目成仇。

話說，趙飛燕一開始的目的只是借精生子，但慢慢的，她的志向產生偏移，不把生子當成自己的首要目標了，而是專心地享受肉慾。當時，跟她上過床的男子不計其數。

咸陽城裡的小夥子們，要是沒跟飛燕姐姐上過床，都不好意思說自己是個男人，出門都抬不起頭，招呼都不好意思跟別人打。

在趙飛燕的亂搞生涯中，身份最高的情夫應該算是成帝的侍郎慶安世。此人是貴族出身，十五歲就當上侍郎，且琴藝非凡，是一名具有藝術氣質的翩翩美少年。趙飛燕當然不會放過他，以學琴為名召入宮中據為己有。

但引起趙氏姐妹倆糾紛的，卻不是這個美少年，而是另外一個身強力壯的老帥哥，這人有個很女人味的名字——燕赤鳳。

燕赤鳳是飛燕的情夫中身份最低微的，低微到什麼程度呢？他只是個宮廷僕役，但有自己的優勢，不但長得帥，而且身強體壯，是一個威猛的肌肉男。很快的，他就成為飛燕的掌上明珠，兩人更是到了難分難捨的地步。

巧合的是，趙合德也對這個小僕役很感興趣，在和漢成帝胡搞的中場休息時間，也時常把他召進自己的臥室享用。但這樣一來，趙飛燕就不高興了，我自己開發出來的產品，卻要跟妳共享，憑什麼啊？

這個時候，所謂的姐妹情深早已被熊熊妒火燃燒殆盡。逮著了一個機會，飛燕居然跑到妹妹那裡捉姦，可不巧的是，當她趕到時，對方剛完事，姦沒捉成，但姐妹間的芥蒂卻結成了，矛盾衝突到頂點。

這一晚，趙合德失眠了，她想起小時候的家裡事情：那時候家裡窮，冬天沒錢買羽絨衣、保暖內衣什麼的，姐妹倆只有一條棉褲，實在凍得受不了，飛燕就讓妹妹摟著她的後背取暖，為此，她陷入了深深的自責中，這是怎麼一回事呢？富貴以後反而成仇人了。

想了一夜的趙合德，第二天就去給姐姐賠禮道歉。她發自誠心、聲淚俱下，趙飛燕也被妹妹給感動，二人重修舊好，重新組成堅固的統一戰線。

從此，飛燕繼續借她的精，合德繼續搞她的皇帝，二人各自分工、互不干涉，還互相掩護。漢成帝躲在合德溫暖的懷抱裡，大發感慨：「我要老死在溫柔鄉裡，不求武帝的白雲鄉。」

但是，某一天晚上，趙合德算錯了藥量，給漢成帝服用過量的「威而剛」，幾番雲雨之後，漢成帝精盡人亡，真的死在趙合德的「溫柔鄉」裡，實現了自己的夙願。

皇帝死在自己的床上，這罪過大了，趙合德思量再三，最後發現自己只有一條路可走，她找了三尺白綾，上吊自盡了。

漢成帝死後，由於沒有子嗣，他的侄子漢哀帝即位。與自己的叔叔相似，漢哀帝也乃皇帝中的奇葩。大家都知道，有個和「龍陽之好」並列的「同性戀」專有名詞，叫做「斷袖之癖」，這個成語的製造者，就是漢哀帝和他的男寵董賢。

話說，某日，哀帝與董賢午休，哀帝早醒，就想下床溜達溜達，可剛要起身，卻發

現自己的袖子被董賢壓住了。此時的董賢睡得正香，要是硬扯，說不定會把他弄醒。怎麼辦呢？

為了怕打擾了心愛之人的清眠，哀帝靈機一動，伸手抽出床邊的佩劍，哧哧兩下，就把袖子給割斷了。這下好了，自己能下床了，董賢也可以繼續午休，一舉兩得。

自此之後，人們便使用「斷袖之癖」來當做「同性戀」委婉的同義詞。

漢哀帝即位後，對趙飛燕的印象還不錯，把她尊為皇太后。但遺憾的是，他的身體比較差，在位沒幾年就駕崩了，死後，由漢平帝劉衎即位。

劉衎早就知道飛燕淫亂後宮之事，而且，他對年老色衰的她沒有任何興趣，一即位就把她貶為庶人。又挨了一些日子，在淒涼與絕望之中，飛燕姐姐也自盡了。

攪動漢宮幾十年的趙氏姐妹，這對曾經令人神魂顛倒的超級尤物，就這樣走進歷史的故紙堆，只在某些時刻，比如這樣的夜晚，才會被流淌的筆觸喚醒。

第 12 章

賈南風——
我很醜，可是我很剽悍

當時，經常有帥哥突然失蹤的事情發生，他們都是被賈南風弄到宮中，淫樂後被秘密殺掉。只有這個小吏命好，不但長帥，而且生性乖巧、能言善道，很得賈皇后憐愛。

在我這個俗人的潛意識裡，皇后應該是個高貴的字眼。閉上眼睛想一想，有這種號稱的人，應當有傾國傾城的臉蛋，沉魚落雁的樣貌，加上冰雪聰明的大腦和鶴立雞群的氣質，然而，孔子跟耶穌都曾經說過：「生活中充滿了大量的意外。」

當我讀到生猛的賈南風皇后傳記時，我頓時懂了！繼而憤怒得用力跺腳，一堆髒話窩在我的嘴裡，等著噴發而出，最後，最簡潔有力的那個率先悠揚而出：靠！

這個賈皇后的出現——不，應該是她在我視野中出現，讓我心中儲存的所有形容皇后的美好詞彙，頓時如通貨膨脹時的貨幣，縮水了一大半。

這個賈皇后，到底極品到什麼程度呢？別急，聽我慢慢道來。

賈南風，女性，西晉晉惠帝司馬衷的皇后，也就是西晉開國皇帝晉武帝司馬炎的兒媳婦。如果對這兩個人你沒有什麼概念，那我繼續往上數，《三國演義》裡那個著名的司馬懿同學你不陌生吧？這個司馬懿，就是司馬炎的爺爺，司馬衷的曾祖父。

西晉是三國後的大一統政權，由晉武帝司馬炎於西元二六五年取代曹魏政權而建立，首都設在洛陽。

西晉皇族的源頭為河內（今河南省）司馬氏，在曹魏時代已世代為官。其中最為著名的是具有雄才大略的司馬懿，是魏國舉足輕重的大臣。

西元二三九年，魏明帝曹睿去世，其子曹芳即位，年僅八歲，司馬懿與大將軍曹爽

共同輔政，但之後受到曹爽的排擠，被剝奪軍政大權。

老謀深算的司馬懿裝病不起，有意麻痹著曹爽，暗中卻在策劃反戈一擊。西元二四九年正月，司馬懿乘曹爽兄弟隨魏帝祭掃明帝高平陵時發動政變，奪回政權，從此開始司馬氏專政。

司馬懿死後，其子司馬師和司馬昭鞏固司馬氏的勢力，司馬昭去世以後，其子司馬炎於西元二六五年篡位建晉。

據史書記載，賈南風皇后不僅又矮又胖又醜，而且嫉妒心奇重，善權謀心機，個性凶悍、手段奇黑、淫亂後宮，是個不折不扣的剽悍潑婦。

賈南風的老爸叫賈充，是晉武帝司馬炎身邊的大紅人，在司馬炎開國的一系列大動作中，立下許多汗馬功勞，這也正是為什麼司馬炎會給兒子選這個醜女人做老婆的原因。

賈南風的母親叫郭槐，是賈充的第二任老婆。這個郭槐可不是一般的女人，最突出的特點就是，女兒賈南風身上的所有缺點她一樣不少，而且在程度上大上不只一倍。也就是說，賈南風那些剽悍的性格元素，絕大多數是從母親那裡遺傳過來的。

關於這個女人，有很多剽悍的故事，現在，我們就挑其中最普通尋常的那個說一說，以免嚇著諸位讀者。

話說，賈充沒有兒子，並不是郭槐沒有給他生兒子，而是他的兩個兒子都先後夭折了，這兩個兒子之所以夭折，是因為他們的母親。

郭槐為賈充生下第一個兒子後，為了減少她的勞動量，賈充就按當時有錢人家的習慣，給兒子找了一個漂亮的奶媽。

為什麼要找漂亮的呢？並不是賈充想和奶媽搞點什麼花花事兒——他就是有這賊心也沒這賊膽，只是覺得找個漂亮奶媽照顧孩子，天天和她待在一起，孩子說不定也會長得漂亮點。

儘管這個想法不符合遺傳學，但由於歷史的侷限性，賈充這麼想也是可以理解的。

但郭槐可不幹，這個嫉妒心奇重的女人，一直以為自己的老公和奶媽有什麼不正當的關係，像私家偵探一樣，天天盯丈夫的梢。

終於，功夫不負苦心人，有一天，賈充下班回家後，看到奶媽正抱著孩子在院裡坐著，就過去逗孩子玩，並問了奶媽幾句孩子的健康狀況。

這一問不要緊，剛好被躲在門後監視的郭槐看到，她二話不說，拿起藤條就往奶媽身上抽，一邊抽一邊還罵咧咧：「讓妳丫再勾引我老公！」

剛開始，奶媽還被抽得哀嚎連連，又過了一會兒，居然不吭聲了。一看，死了。

孩子一直都是由奶媽帶的，奶媽一死，孩子不吃不喝，跟害相思病似的，沒過多久，

也跟著一命嗚呼。就這樣，賈充的第一個兒子，就被自己母親的嫉妒心間接害死了。

幾年後，郭槐又生了一個兒子，按常理來說，這次賈充也該吸取教訓了，可現實往往是歷史的重複，沒過多久，奶娘又被打死，孩子也跟著去了。

從此之後，郭槐再也沒生出孩子，賈充也就沒有兒子了。

費了這麼大的勁，敘述了這個故事，只是想驗證一個古老的真理：有其母必有其女。

試想，有如此極品的母親，怎麼可能沒有極品的女兒呢？賈南風的一生，正好印證了遺傳學的科學性。

要說賈南風，還有一個人不能不介紹一下，那就是她的老公晉惠帝司馬衷。

司馬衷是晉武帝司馬炎的二兒子，西元二九○至三○六年在位。

這個司馬衷，算是皇帝中的極品。從小就不愛讀書，整天只知道吃喝玩樂，不務正業，白癡程度，在皇帝這個行業中絕對是空前絕後。

有這麼一個例子：話說某年天下大旱，餓莩載道，手下稟報他說，由於沒有糧食，好多人都餓死了。意想不到的是，這個白癡居然不屑地反問：沒有糧食，那他們為什麼不吃肉呢？

我靠，還真幽默！

這樣一位腦殘的白癡，怎麼會當上皇帝呢？難道他老爸司馬炎也腦殘了不成？

其實，當年司馬衷還是太子的時候，司馬炎曾想過要廢了他，無奈他唯一的哥哥司馬軌很早就死了，大臣們則拿出什麼「立長不立幼」的狗屁教條來反對他，他一煩，也就懶得再堅持。但他還是不大放心，出了張測試卷，想測測這個傻兒子的智商，看看他是不是真的傻。

拿到測試題後，司馬衷一看，靠，一題也不會。他身邊的小太監就給他出主意：「找個太子府的官員替答，交上去不就完事了嗎？」

司馬衷一聽，好主意！馬上就要照著辦。

這個時候，時任太子妃的賈南風發話了：「你豬頭啊！若叫官員答，萬一得個滿分，你老子能相信嗎？」於是，他就找了個笨笨的，但絕對比自己聰明的小太監替答，然後把試卷交上去。

司馬炎一看：「嗯，還在及格邊緣，不算太傻。」於是，司馬衷的太子之位就坐穩當了。

從這個小事可以看出來，這個賈南風是很有心機的。

慢慢的，太子的位子坐穩後，她就沒有表現自己智慧的地方了，於是，這個不安穩的醜女人暴躁起來，潛伏在內心的凶殘、嫉妒等統統像放出鐵籠的猛虎一樣，開始剽悍

地爭鬥殺伐。

在賈南風看來，封建禮教簡直是吃人的，憑什麼男人可以有三妻四妾呢？於是，在這個女權主義者的淫威下，老實的司馬衷很少敢與別的女人有染。

偶爾染一次，導致某個妃子懷孕了，結果賈南風手挺一桿長矛，直接扎進對方的肚子，大人孩子一命嗚呼。受到驚嚇的司馬衷，從此再也不敢對別的女人有啥想法了，即使後來做了皇帝，也不敢越雷池半步。

西元二九〇年，五十五歲的司馬炎駕崩，由司馬衷即位。賈南風也跟著搖身一變，從太子妃變成皇后。這對野心勃勃的她來說，算是件超級無敵大好事。

司馬衷一即位，賈南風就想替自己的傻老公出頭，達到參與議政的目的，但當時的朝廷被司馬衷的姥爺——皇太后楊芷的父親，時任太傅的楊駿一手把持，水潑不進、針插不入，讓她很難插手。

對此，她又恨又憤，在心裡咬牙切齒地說：「他奶奶的，看老娘怎麼收拾你們。」

俗話說，成功只垂青有準備的頭腦。一直在等待機會的賈皇后，終於發現了曙光。

當時的汝南王司馬亮、楚王司馬瑋和楊駿產生了矛盾，她抓住這個機會，秘密派人與雙方聯絡，要求他們帶兵進京，討伐楊駿。

汝南王司馬亮僅在精神上表示支持，並沒有派兵，但楚王司馬瑋則從荊州帶兵進洛

陽。有了他的支持，西元二九一年三月，賈南風設計讓晉惠帝下詔，宣稱楊駿謀反，令楚王率軍保衛皇宮，同時圍攻楊駿的府第。

結果，躲在馬廄中的楊駿被殺，同時，衛將軍楊珧，太子太保楊濟，中護軍張劭，散騎常侍段廣、楊邈，左將軍劉預，河南尹李斌，中書令蔣陵，東夷校尉文淑和尚書武茂等，「皆夷三族」。

接著，賈南風又下詔把皇太后楊氏貶為庶人，沒多久便將她迫害致死。至此，楊駿一派的政治勢力被徹底清理乾淨。

楊駿被殺後，賈南風本以為朝政大權可以一手獨握。沒想到，它卻鬼使神差地落到汝南王司馬亮與司空衛瓘手中，她對此顯然不滿，於是串通楚王司馬瑋誅殺兩人。

司馬瑋在殺了司馬亮他們後，她就以「擅殺」的罪名，設計誅殺幫助過自己的楚王。幹完這事之後，放眼長城內外，賈皇后已經沒有什麼值得她重視的對手了。從此，大晉朝完全是她的天下了，至於那個腦殘的皇帝晉惠帝司馬衷，不過是個擺設罷了。

滿足了自己的權慾之後，就要滿足一下性慾了。據歷史記載，賈皇后相當荒淫放蕩，她不但明目張膽地與太醫令程據等人淫亂，公然給司馬衷戴綠帽子，還秘密派人大肆搜羅英俊、體壯的年輕男寵供自己淫樂，弄得後宮淫風四起。

據史載，當時有一個相貌堂堂的小吏，曠職幾天後突然穿著極其華麗的衣服到衙門

上班，同事看到了，都懷疑那衣服是他偷來的，連他的上司也這麼懷疑，於是命他當眾解釋清楚。

小吏萬般無奈，只好從實招來。原來，前幾天，這哥們正在逛街，突然被幾個黑衣人綁架到馬車上，蒙著眼睛，送到一個華麗的地方。接著，有人替他洗完澡，吃完美食後，走出一個三十多歲的婦人，身材矮小、臉色青黑，眉後還有一塊小疤。她留他住了幾晚，與她同床共枕，整日整夜地顛鸞倒鳳，臨走前，贈給了他這些東西。

眾人聽他講完，彼此心照不宣地相互一笑，都明白這婦人正是他們的賈皇后。當時，經常有帥哥突然失蹤的事情發生，他們都是被賈南風弄到宮中，淫樂後被秘密殺死埋掉了。只有這個小吏命好，不但長帥，而且生性乖巧、能言善道，很得賈皇后憐愛，才撿回一條命，活著回來。

然而，天網恢恢，疏而不漏，賈南風的行為早就惹怒了眾人。西元三○○年，一直春風得意的賈南風被率兵入宮的趙王司馬倫貶為庶人，賈氏黨羽也被一網打盡。

被廢以後的賈南風先被幽禁在宮中，後又被囚於金墉城。幾天後，趙王司馬倫如法炮製，下詔賜給她金屑酒，此酒一飲，她馬上就掛了。

賈南風死後的第二年（西元三○一年），趙王司馬倫廢掉晉惠帝自立，引起其他諸王強烈不滿，結果引發諸王爭權奪利的混戰，相繼有齊王司馬冏、河間王司馬顒、成都

王司馬穎、長沙王司馬乂、東海王司馬越捲入其中。

這場混戰直到西元三〇六年才完全結束。世人便從二九一年楚王司馬瑋帶兵入洛陽開始算起，到諸王混戰結束為止，將這十六年稱為「八王之亂」。

「八王之亂」使西晉的元氣大傷，最終導致滅亡，而「八王之亂」的肇始者，正是臭名昭著的賈南風。

嗚呼哀哉！害人無數、淫人無數的賈南風，在生命的最後一刻，她心裡會有些什麼感想呢？

第 13 章

馮太后——
命運，你好

王睿這小子功夫一流，把馮太后伺候得欲仙欲死，官階也跟著一路狂飆。我們以前只知道屁股決定腦袋，不知道什麼決定屁股。現在明白，原來是老二決定屁股！

在這個世界上，存在著許多看不見、摸不著的抽象的事物，有時候，這些事物決定了歷史的走向，也決定一個人的一生，在這些事物尚未被破解之前，人們喜歡用神怪亂力加以解釋，或者乾脆直接稱之爲天意。

很多年以前，當北魏文成帝的皇后馮氏站在權力的巔峰，四顧無人、享盡榮華的時候，她一定會想起那個國家滅亡的夜晚，想起自己的爹娘，也想起那個自己深愛至可以爲之殉葬的皇帝丈夫。

而當她面對權力的召喚，迫不得已忍痛幹掉自己的兒子時，她還會想起這些嗎？此時，她的心中會有一種痛徹心扉的淒涼痛楚嗎？

在這個歷盡人間劫難也嘗遍人間富貴的女強人身上，我看到了「規律」這個詞彙的光芒：一是，大多數成就一番大業的人，必先要接受異於常人的挫折與磨練，這是常識。二是，權力是個戴著面紗的魔術師，能把人異化成內心冰冷的石頭人，這也是常識。

於是，常識造就了歷史。

好了，酸溜溜的一番小感慨之後，咱還是趕緊言歸正傳，讓我們看看這個馮皇后到底是何許人也。

馮皇后是北魏文成帝的正牌老婆。

北魏（三八六年至五五七年）是南北朝時期，位於今日華北地區的第一個王朝。又

稱後魏，由鮮卑拓跋氏建立，建都平城（今山西省大同市）。西元四三九年統一北方，四九三年遷都洛陽，皇帝改姓元。

自西元三八六年拓跋珪稱帝建國，至五三四年北魏孝武帝兵敗逃往長安投奔宇文泰，歷經十四帝，歷時一百四十九年。

遺憾的是，馮太后並沒有在歷史上留下自己的名字，人們稱她為馮氏，她出身名門，她爺爺是北燕國的國王。

西晉末年，戰亂不息，北方的游牧民族趁虛而起，各顯神通。匈奴、鮮卑、氐、羯、羌，紛紛越過北方草原進入中原地區，形成所謂「五胡亂華」的混亂局面。

馮氏的北燕，正是在這種局勢下崛起的。後來，北魏太武帝進逼北燕，馮太后的爺爺馮弘被迫逃往高麗，最後死在那裡。而她的父親馮朗，為防止遭後母慕容氏陷害，帶著其他幾個兄弟投降北魏，之後，馮朗被加封為西城郡公，領秦（治今甘肅天水）、雍（今陝西西安）二州刺史。

馮太后的母親則是出身高麗（今朝鮮平壤）的名門望族：王氏家族的千金小姐。出生於這樣一個雙強聯合的重量級豪門，馮氏可謂是含著金匙降生的大小姐，本該得到庇蔭。但不幸的是，馮氏出生後不久，馮家突然遭遇飛來橫禍。

不知是馮氏的老爸真的做了什麼不該做的事，讓朝廷發現他的不忠之心，或是當時

的太武帝看他不順眼，存心找茬收拾他。反正，結果就是馮朗被朝廷誅殺了，理由是牽連進了一樁大案。

按照慣例，馮氏因為年幼，又是女孩，於是收入宮中，當了婢女，當時她只有五歲。

從名門千金一下子變成小丫頭，馮氏幼小的靈魂經歷了命運的第一次「親吻」，儘管她的內心被咬得生疼，但為了好好活下去，她必須忍受這心理落差帶來的精神撞擊。

事實證明，她真的很堅強！

也許為了表彰她的堅強，上天對她殘忍之後，又馬上輕輕地給了她一個淺淺的微笑。

馮氏入宮時，那裡還有一個親人等著她，這個人就是馮昭儀。

馮昭儀是馮氏的姑姑，當年，身為北燕國王的馮弘為了巴結強大的太武帝，便把自己漂亮的小女兒嫁給他。

沒過多久，這個聰明乖巧的女孩就被太武帝封為左昭儀。

有了馮昭儀這層關係，入宮後的馮氏免去了雜役類的勞動，被姑姑收在自己的身邊，名義上是做丫鬟，實際上和她的「養女」差不多。

馮昭儀對馮氏特別好，史書上說是：「雅有母德」。馮氏早年失去的母愛，從姑姑身上獲得了補償。而且，馮昭儀是個聰慧的女人，長期身處複雜的後宮，對人情世故必然有深刻的見解。

馮氏是個聰明的孩子，耳濡目染之餘，肯定學到了許多同齡人難以獲得的東西，這些在她日後的人生裡，都是殺人不見血的秘密武器。

在姑姑悉心撫養下，馮氏健康地長大，童年的血雨腥風慢慢褪去了，如果要說童年遭遇有什麼影響的話，那就是促成了她堅強的個性，使她變得更積極。

這樣平靜地過了幾年，馮氏已經出落成亭亭玉立的豆蔻少女，嫵媚動人，而且善解人意。這時候，一個男人悄悄把她記在心裡，他就是當時的太子拓跋濬。

太子是個前途光明得有點明目張膽的職業，如果不出意外，那麼升職後就是皇帝，而在成為皇帝前，唯一的工作就是等待。

既然是等待，那也沒有什麼工作壓力，沒有壓力，自然就有很多閒暇時間，要如何打發這些時光呢？

拓跋濬同學選擇的是談情說愛，這個選擇儘管平庸，卻也無可厚非，和當今富二代們差不多。

就在這個時候，同在後宮混的馮氏進入了他的視野。於是，一個月亮不太明亮，或者根本沒有月亮的夜晚，風流倜儻的拓跋濬把已顯風流萬種之態的馮氏約了出來，然後含情脈脈地對她說了四個字：「我喜歡妳。」

我們可以想見，馮氏應該也對這個後宮唯一的男人仰慕已久。再說，太子是個大大

的潛力股，這樣一條大魚誰會輕易錯過？儘管他的老爸殺了自己的老爸，但冤家宜解不

宜結，冤冤相報何時了啊？

就這樣，經歷了一小番內心的鬥爭後，馮氏也梨花帶雨般嬌羞地回了五個字……「我

也喜歡你。」

事已至此，那啥都別說了，就是緣分嘛！於是，兩個年輕人戀愛了。

正處在熱戀中的拓跋濬，沒多久就迎來事業高峰。興安元年（西元四五二年），太

武帝掛了，他自動升級為皇帝，可謂愛情事業兩得意。

拓跋濬當了皇帝後，立即封馮氏為貴人，四年後，也就是太安二年（西元四五六

年），把她扶上皇后的寶座，從此，馮氏的身份就是歷史上鼎鼎大名的北魏文明皇后了。

也許你會問，既然拓跋濬那麼喜歡馮氏，那怎麼當皇帝後不直接把她弄成皇后？為

什麼先要封個貴人呢？

我們知道，如果你當了皇帝，那你的私生活就不只是你自己的了，還是國家的大事。

要獲得「皇后」這個象徵一國之母的職位，不僅僅要得到皇帝的認可，還得必須通過一

班大臣的縝密審查，何況這些大臣都是十分認真又頑固的。

前面提到，馮氏的老爸是做為反賊被誅殺的，這個家庭出身當然會成為大臣們的把

柄，馮氏如何能順利通過他們的審查，直接當上皇后呢？

所以，聰明的拓跋濬就來了個迂迴路線，先封她為貴人，等自己翅膀硬了，再把她立為皇后。

成了皇帝的女人後，尤其是做了母儀天下的皇后之後，馮氏並沒有得意忘形、恃寵而驕，相反，她比以往更加賢慧、謹慎。身居後宮多年的她，完全了解後宮爭鬥的殘酷，知道「得寵」容易「守寵」難的千古真理，所以甘心做拓跋濬身後的賢內助，全力侍奉自己的丈夫。

這個做法不僅贏得了人們的讚美，也贏得了拓跋濬內心無比的尊重，兩人的感情更加甜蜜，簡直到了如膠似漆的地步。

如果一直這麼過下去，馮氏一定會是個幸福的小女人。但上天賦予她的角色不是這個，而是要交給她更大的任務，要讓她成就一番大事。

我在開篇提到過，「大多能成就一番大業的人，必先要接受異於常人的挫折與磨礪。」之前，馮氏已經經歷了家滅國亡的痛楚，但在老天看來，也許這個挫折還不夠。

於是，下一個磨礪就來了。

北魏和平六年（西元四六五年），年僅二十六歲的拓跋濬去世了，原本享有幸福婚姻生活的馮氏一下子成了寡婦。

按照北魏的國葬制度，國喪三天之後，要把死者生前用過的衣服器物全部燒毀，文

武官員和嬪妃宮女都要大聲嚎哭以示悼念。

在這個儀式上，馮氏居然異常冷靜，一下子便撲進熊熊烈火之中，想跟自己的丈夫共赴黃泉。面對這個舉動，原本傷心得靜靜抽泣、悲傷得嚎啕大哭的眾人大吃一驚，幾個眼疾手快的趕緊挺身搶救，把她從烈火中拽了出來。

所幸，由於搶救及時，馮氏並無大礙，但昏迷不醒的她過了很久才醒過來，由此可見她對拓跋濬的一往情深。

國不可一日無君，拓跋濬死後，十二歲的太子拓跋弘即位，是謂獻文帝，馮氏也升級為皇太后。儘管拓跋弘不是馮氏的親生兒子（按照北魏立子殺母的慣例，拓跋弘的生母在他被立為太子時，就已被賜死了），但從此之後，這對「繼母版」的孤兒寡母必須共同抵抗來自權力漩渦的強大逆力。

按照歷朝歷代的規律，若皇帝弱小，必有權臣湧現。如清朝的多爾袞、鰲拜等都是例證。北魏也不例外，獻文帝即位之時只有十二歲，還是個什麼也不懂的孩子，馮氏也只有二十四歲，儘管比同齡人擁有更多的閱歷和心計，但畢竟年紀太輕，沒有多少政治經驗。

所以，車騎大將軍乙渾趁機崛起，把持朝廷的軍政大權，且日益驕縱，無法無天。

一開始，出於穩定大局、促進社會和諧的考慮，馮氏忍了下來。可這個小人心不足蛇吞

象，看馮氏母子軟弱可欺，便得寸進尺，大有取而代之的勢頭。

他甚至膽大妄為到假傳聖旨，偽造獻文帝的詔令，瘋狂打擊那些他的反對者，尚書楊保年、平陽公賈愛仁、南陽公張天度、平原王陸麗等都被他用這個方法搞掉。

事情發展到這個地步，馮氏一看，再也不能為了表面的和諧而姑息養奸了，決定發動致命一擊。

做這個決定需要很大的魄力，因為當時乙渾手握兵權，勢力龐大，馮氏一旦搞不定他，那自己和小皇帝的境地就危險了。

所幸，上天成全了她。天安元年（西元四六六年），在馮氏運籌帷幄下，元丕、元賀、牛益得等人率領軍隊，闖入乙渾府邸，二話不說將他就地斬首。就這樣，馮氏漂漂亮亮地打了自己的第一仗。

誅滅乙渾後，為了穩定北魏的政局，也為了防止再冒出其他的權臣，馮氏決定把獻文帝晾在一邊，自己臨朝聽政。

馮氏聽了一年多的政，把北魏打理得井井有條，而獻文帝這一年也沒閒著，最大的成績就是製造出一枚接班人──他的兒子拓跋宏，也就是後來的孝文帝。

年紀輕輕就做了祖母的馮氏，心裡十分高興，眼看著政局穩定了，孫子也出生了，就不想繼續聽政了，把政權還給獻文帝，自己則專心撫養那個叫拓跋宏的寶貝孫子。

獻文帝重新掌權後，意氣風發，立志要有一番大作為。可大家都知道，中國政治的

規律是一朝天子一朝臣，此時，他面對的是馮太后的原班人馬，不是自己的心腹。為了

建立以自己為核心的領導班子，首先要做的就是提拔一些自己的心腹。

可職位只有那些，要提拔新的，不可避免地就要把老的拿掉。於是，馮太后的那些

老臣就被獻文帝清出領導隊伍。

本來馮太后心裡也沒什麼太大的不滿，但她禁不住那幫老臣的訴苦，更重要的是，

她從老臣們的口中得知，獻文帝提拔的那些人淨是對她不滿的，這就引起她的猜忌了⋯

「這小子究竟想幹啥呢？老娘也沒有虧待他啊！」

儘管這樣，馮太后還是面不改色，沒有顯露出什麼，其實，她是在靜靜地觀察獻文帝之

後的作為，有點「以觀後效」的意思。

不久，一個事件的發生，讓她和獻文帝的矛盾在瞬間激化了。

事情是這樣的。前面我們提到，馮太后守寡那年，剛剛二十四歲。這正是懷春的年

紀，突然要面對孤枕冷燈，心裡難免波瀾起伏，慾火蕩漾。

為了解決這個「蕩漾」問題，她就開始打起帥哥們的主意。就在這時候，一個叫李

奕的哥們適時地出現了。

人就怕琢磨，越琢磨疑心就越重。慢慢的，原本站在同一戰線的母子產生了隔閡。

李奕出身官宦之家，不僅貌似潘安，而且體態魁梧、氣質風流、多才多藝，能言善道，更重要的是，他十分懂得風情之事，床上功夫也十分了得。

這一切，簡直是一隻高水平的「鴨」具備的素質啊！面對這樣一個尤物，馮太后怎肯輕易放過？她一聲令下，再略施媚態，李奕就繳械投降了，從此夜夜相伴、鞠躬盡瘁，大大地解決她的「蕩漾」之渴，自然對他寵愛備至。

馮太后自己爽了，可她的兒子獻文帝心裡是何感受呢？閉著眼睛也能猜到，那是一種天大的恥辱。為了抹掉這份恥辱，年輕氣盛的獻文帝一怒之下，居然尋了一個藉口將李奕給幹掉。

這下換馮太后不高興了！好不容易找到如意郎，就這樣突然不見了，如何捨得？或者說，她如何受得了這份窩囊？於是放話，一定要替李奕報仇雪恨。

獻文帝一聽這話，心裡頓時萎靡了。他知道，馮太后雖然不聽政，雖然她的心腹被拿掉了，但她的威望和勢力都還在，憑目前的實力，根本對抗不了。更要命的是，他聽到風聲，馮太后已經暗中聯絡朝中之臣逼他退位了。

與其被人家逼退，還不如自己主動退，好歹也算態度好，還能換個「坦白從寬，抗拒從嚴」。

就這樣，皇興五年（西元四七一年），十八歲的獻文帝宣布退位，將皇位讓給五歲

的兒子拓跋宏，自己當了史上最年輕的太上皇。

可五歲的孩子懂什麼呢？更別提從政了。所以，這個退位事件的真相是：獻文帝給

馮太后讓了位子。

也許你又要問了：「那為什麼馮太后不直接坐上那把椅子，舒舒服服地做女皇呢？」

我們都知道，政治是個各方勢力相互博弈又相互平衡的玩意，說白了就是鬥爭和妥

協，最終目的都是為了讓利益最大化。

獻文帝退位時，儘管他的勢力鬥爭不過馮太后，但並不代表他沒有能力。退位給自己

的兒子（儘管只是表面上如此），這還勉強能接受，但假若馮太后想取而代之，那他們

也許會拼個你死我活。

權衡完以後，雙方安協了一下，於是，大家都拿出點誠意，各退一步，最終的結果

就是把五歲的拓跋宏弄上龍椅。當然，這個孩子代表的是馮太后的意志，也就是說，此

後獻文帝說話不大好使了，大伙主要得聽馮太后的。

當然，在形式上，馮太后的話是透過一個五歲孩子之口講出來的。

政治就是這麼搞笑、虛偽、拐彎抹角、令人討厭的東西。

馮太后重新掌權後，和之前獻文帝做的事一樣，首先，她把獻文帝提拔上的親信統

統踢下去，換上自己的人馬。當然，這個過程不是一蹴可幾的，需要慢慢來，藉口得找

好吧？方法得得當吧？接替人選得考察清楚吧？反正，急不得。

而在這段期間，獻文帝也沒閒著。

前面說過，他雖然下台，但自己的勢力還在，馮太后要想清洗也得慢慢來，所以，他表現得相當活躍，讓人不放心的就是，他居然懂得「槍桿子裡出政權」這個道理，集中精力抓住軍權。

據史書記載，這段期間，他主要幹了兩件事：一是率兵打仗：延興二年（西元四七二年），他率軍隊征討柔然，大勝而歸。二是搞了個大閱兵：延興五年（西元四七五年），他南下舉行了一次大規模的閱兵儀式，其中傳達的政治信息不言而名。

除了幹這兩件事，他還經常隨手把被馮太后搞掉的大臣重新提拔上來，一是解決他們的就業問題，二是保證自己的勢力不會減弱。這就出現了一個好玩的現象：馮太后拼命拆他的磚，他也拼命壘自己的牆，雙方幾乎打成平手。

一開始，馮太后還念在母子之情隱忍著，可獻文帝愈演愈烈，大有東山再起之意。於是，熟悉宮廷政變的馮太后，打算亮出自己的撒手鐧。

天無二日，國無二君，馮太后一琢磨，與其讓你鹹魚翻身，不如我先下手為強了。

承明元年（四七六年）六月某一天，京師氣氛突然多雲轉晴，宮禁之中內更是戒備森嚴。不久，獻文帝應召前來陪馮太后喝下午茶時，被早已安排好的伏兵一舉拿下，軟

禁於平城永安殿，接著，馮太后命人將其鴆殺。

獻文帝一死，馮太后再度臨朝聽政。事已至此，也沒必要遮遮掩掩了，她開始明目張膽地清洗獻文帝的同黨。

此時獻文帝生前的親信也在密謀一場政變，準備在天宮寺的大法會上囚禁馮氏，讓她歸政孝文帝。無奈，這幫人的策劃能力和保密水平都不高，還沒等到夢想現實，就提前走漏風聲，統統成了馮太后的刀下亡魂。

據說，受牽連者有數千人，這些累累的白骨，全都義務充當馮太后踏上權力巔峰的墊腳石。

清洗完獻文帝的勢力，還有一個勢力引起馮太后的注意，那就是孝文帝的外公——南郡王李惠代表的外戚家族。

外戚專權是在皇帝幼小時經常出現的現象，西漢時的呂氏就是個教訓。因此，儘管孝文帝的生母李貴人，早在兒子被立爲太子的那一天，就按照北魏的規矩被賜死，但她身後的李氏家族，讓馮太后依然不敢掉以輕心。

馮太后磨刀霍霍，準備充分後，就馬不停蹄地尋了一個「叛國」的莫須有罪名，把李惠的李氏家族滅了。

把所有的善後問題都搞定之後，馮太后終於鬆了一口氣。舉目四望，剩下的全是聽

話的乖孩子了。終於，她重新當上北魏的老大，建立以自己為核心的領導集體。此時的她已過三十，無論人生閱歷還是政治才幹，都已非當年的水準了。她的稱謂也從皇太后，升級為太皇太后。

可這個太皇太后只有三十多歲啊！如狼似虎的年紀啊！雖然守寡後曾弄了個李奕解決燃眉之急，可半路讓不開眼的獻文帝給宰了。之後又忙於政治鬥爭，無暇顧及此事。現在，塵埃落定、四海昇平了，自己的春心蕩漾問題又該提到議程上來了。

這還不簡單？只見馮太后小手一揮，帥哥便滾滾而來。

這些面首中，做得比較成功的有兩個，一個叫王睿，一個叫李沖。

王睿是山西太原人，除了身體氣質各方面條件適合做「鴨」外，還有一個特長，那就是精通卜算之術。一個偶然的機會，馮太后看上他，而且一見鍾情，小手一揮，以召他入宮算命為由，弄進自己的床幃之中。

這小子功夫一流，把馮太后伺候得欲仙欲死，她一高興，就賜了個「給事中」的官，後來她發現這哥們不僅床上屬害，朝堂之上也表現出色，便將他升為吏部尚書和太原公，並一路飆升至中書令、鎮東大將軍和中山王。

我們以前只知道屁股決定腦袋，不知道什麼決定屁股。現在明白了，原來是老二決定屁股！你看，王睿屁股下的椅子，很大程度上就是由他的老二決定的。

馮太后對待王睿如此優厚也就罷了，對待他的家人也不輸毫釐。王睿的兩個閨女出嫁時，她為她們大肆操辦，親自主婚，規格竟然與公主一樣。

除此之外，馮太后還經常在夜深人靜之時，讓太監將豐厚的禮品拖到王睿家中，以賞賜他的翻雲覆雨之功，羨煞旁人。

說完王睿，再說說李沖。

李沖是隴西人，因為有本事而入朝為官。和王睿不同的是，馮太后對他算不上一見鍾情，而是慢慢喜歡上的。自從被喜歡上之後，這小子也發達了，據記載，馮太后曾在一個月之內賞賜他幾千萬銀兩，讓他一下子從中產階級躍升為大資產階級。

同時，他的仕途也一帆風順，直至成為朝中重臣，做了馮太后的床幃之賓、朝堂雙料親信，面首做得如此成功，也算是馮太后慧眼識珠了。

生活作風如此不檢點，是否說明馮太后墮落為一個只知淫蕩，不聞政事的傻B呢？錯，人家啥事都沒耽誤，不僅把政事打理得井井有條、把大臣籠絡得服服貼貼，還把孝文帝培養成一個漸顯明君之態的好皇帝，算是給自己預備好高質量的接班人。

更重要的是，她和孝文帝處得非常融洽，彷彿孝文帝的老爸並不是她殺的，或者說，孝文帝親這個繼奶奶勝過自己的親爸一萬倍。

馮太后就是這麼牛，別提什麼巾幗不讓鬚眉，在她面前，男人只有羞愧的份兒。

把這些事都做好已經很不容易了，但馮太后居然牛到把身後的事都提前安排好。大概是出於私心，為了保住馮家的富貴，她在盡心培養孝文帝的同時，還把自己的幾個姪女先後接進宮裡來，讓她們和孝文帝一塊讀書一塊玩耍，說白了就是讓他們培養感情。

培養的結果就是，這二姪女中的馮清、馮潤先後做了孝文帝的皇后。

該挫折的都挫折了，該享受的也享受了，該安排的早安排好了，把這些都做完，也該眼睛一閉，一輩子過去了吧？

太和十四年（西元四九○年），強大的馮太后一病不起，御醫也無力回天，逝世於太和殿，享年四十九歲。

第 14 章

馮潤——
與夫鬥，其樂無窮

終於，缺乏男人滋潤的馮潤出軌了，江湖傳聞，她和一個叫高菩薩的太監搞上了。太監還有那功能嗎？當然沒有，可如果是個假太監呢？

和自己的姑姑——前文大氣磅礴的馮太后相比，馮潤實在只算個小角色。但擱在古代后妃這個大集體當中，馮潤也算是個有「特殊經歷」的人物。

她一生做得最狠的一件事，就是用先鋒的後現代主義行為藝術，把自己的皇帝老公孝文帝拓跋宏給活活氣死。

拓跋宏是獻文帝的長子，北魏的第六任國君，即位那年才五歲。

北魏一直採用漢武帝的殘酷法則，「立其子殺其母」，為的是防止呂后專權那樣的悲劇重演。拓跋宏的生母在他被立為太子之時就被殺死了。

年幼的拓跋宏一直由奶奶馮太后撫養長大。待他即位後，由於年齡幼小，北魏的大權一直由馮太后執掌。

馮潤就是馮太后的哥哥馮熙的女兒。十四歲那年，她和同父異母的妹妹馮清一塊被送進宮裡，與和自己年齡相仿的孝文帝拓跋宏培養感情，終極目標就是像馮太后一樣問鼎後宮之主，永保馮家富貴。

其實若要認真思考的話，這個安排實屬亂倫，因為馮潤和馮清是馮太后的侄女，而孝文帝是馮太后的孫子，明擺著差了一輩嘛！

但我們也知道，皇帝家的親事都是比較愚蠢的，人家呂后還把自己的親外孫女張嫣，嫁給自己的親兒子漢惠帝劉盈呢（那可是外甥女和親舅舅的關係啊），孝文帝這點亂倫

算啥啊？

話題扯遠了，咱們言歸正傳。

馮潤是和自己同父異母的妹妹一塊進宮的。一開始，這二人就注定是一種既相互合作，又相互競爭的關係。儘管她們都是天生的美人胚子，且越出落越迷人，但和自己的妹妹相比，馮潤長得更加婀娜多姿，性格也比較討人喜歡，更重要的是，在為人處事上也更加靈活。

所以，在培養感情的那個階段，馮潤略勝一籌，孝文帝對她更加鍾情一點。根據記載，兩人幾乎形影不離，整天卿卿我我，馮清儼然成了一個電燈泡。

如果這樣一帆風順發展下去，那皇后的名號自然是屬於馮潤的，但人定不能勝天。

就在馮太后準備把她扶上皇后的鳳座時，她卻在關鍵時刻掉鍊子了！

怎麼回事呢？

史書記載，她突然得了咳血症。這咳血症大概和今天的肺結核類似，不但一時半會兒難以痊癒，更要命的是它會傳染。

於是，為了防止孝文帝被傳染，馮潤就被馮太后給隔離了，隔離地點是個尼姑庵。

馮太后對她說：「尼姑庵是個好地方，妳就在那裡好生養病吧！」

馮潤一走，馮家雙保險就只剩馮清一人了。按孝文帝的意思，反正我還年輕，皇后

也不急著立，等小情人馮潤的病好了再說唄！

可馮太后等不及了，她預感自己快掛了，死前必須把這事給搞定，不然等她眼睛一閉，誰知道會出現什麼新情況呢？出於對權勢的控制慾，她不顧孝文帝的無精打采，硬將馮清立為皇后。

馮太后的預感還挺準的，這事辦完以後，沒過多久她就真的掛了。

沒了馮太后的束縛，孝文帝終於可以按自己的意願行事了。他心裡一直念念不忘的小情人馮潤，也終於能夠重見天日了！但此事不能急，按照規矩，孝文帝得為馮太后守孝三年，這三年之內是不能婚嫁的，否則便是大逆不道，天下人皆可誅之，聰明的孝文帝當然不會冒這個天下之大不韙。

苦苦挨了三年，孝期一滿，孝文帝便迫不及待地把馮潤接回宮裡。此時馮潤的肺結核早已徹底痊癒了。

都說小別勝新婚，何況別了這麼多年，兩人之間的甜言蜜語、海誓山盟、顛鸞倒鳳自然是少不了。

遺憾的是，皇后的位子已被馮清霸占了，人家沒犯錯誤，也不好硬生生拉下來，所以馮潤只好委屈點，暫居左昭儀的職位了。其實也算不上什麼大委屈，只不過比皇后略低了一點罷了。

但是，隨著馮潤的歸來，原本的競爭格局又重現江湖，和多年前不同的是，兩人都長大了，心思自然多了。此外，兩人的位置與皇上的寵愛係數成反比，這自然加劇了兩人的心結。

馮清想著：「我可是皇后，可你這王八蛋心裡只裝著馮潤，把姑奶奶當空氣呢！」

馮潤則認為：「原本這個皇后的位置就是我的，老娘出了點事，讓妳白白坐了四、五年，現在也該還給我了吧？」

兩人的心態都不平衡，人心一失衡，就會有鬥爭。

無奈的是，馮清在各個方面都不是她姐姐的對手。她的境況越來越差，心情自然也越來越糟，偏偏她是個偏強的孩子，不懂得識時務者為俊傑的道理，因此越來越讓孝文帝厭煩。而馮潤那邊更沒閒著，枕邊風呼呼地吹，主題自然只有一個：把我的皇后之位還給我。

孝文帝也早有這個想法了，可他得找個像樣的藉口啊！不過，藉口就像女人的G點，只要耐心找，總會找到的。這不，機會來了。

話說馮太后死後，擺脫束縛的孝文帝進行了一系列振興國家的改革。

這些改革措施中有這麼四條：一是遷都洛陽，二是禁止胡服，三是語正中原，四是「不殺太子母」。

為了為天下人做表率，順便減少改革的阻力，孝文帝便一馬當先，從自己身體力行做起。首先，他率先改姓為元，又找著名服裝設計師製作一套漢人冠服，賜給德高望重的皇叔——祖安定王拓跋休。

然後，頒令天下：「三十歲以上聽其自便，三十歲以下一律改習漢語和中原正音，官民改穿漢人衣冠，概莫能外。否則一律重罰，朝官違禁罰其俸。」

可心情不好又生性倔強的馮清偏偏帶頭造反，堅決不說漢語。這不是明目張膽地把藉口往人家手裡送嗎？

於是，太和二十年七月，孝文帝下詔，將馮清廢為庶人。也許是在馮潤的耳語下，為了讓馮清也嘗嘗做尼姑的滋味，他還把人家安頓在了瑤光寺。

從皇后到尼姑，馮清欲哭無淚，只是輕輕地吐出了三個字：算妳狠。

馮清一走，馮潤立即鳩占鵲巢，穩當當地坐上皇后的位置。

至此，北魏的後宮之爭終於消停了。該失去的已經失去，該得到的也已經得到，王子與公主從此過上了幸福的生活，而可憐的灰姑娘在尼姑庵念著討厭的佛經。

一切都理所當然，一切都順理成章。如果一直這麼下去，就真的是童話了。可事實上，生活原本就不是童話，憑什麼用童話的標準要求它？

於是，問題又出現了。

問題的導火在孝文帝，為什麼這麼說呢？因為他是個胸懷大志的皇帝，整天卯著勁要一統天下，很有「問蒼茫大地誰主沉浮」的責任感。

但是，要統一天下也可以，你自己待在宮裡，派個牛B大將出去統一就是了，可他偏偏不。不知是北魏無大將，還是孝文帝自己有打仗的癮。反正，每逢討伐他必親自掛帥，威風凜凜，很有那麼一回事。

但我們都知道，打仗這種事，不是一時半會的活，何況是統一天下這麼浩大的工程？於是，孝文帝就像民工一樣，整天飄泊在遙遠的異地，一年沒回幾次家。

其實，這樣也行，你把自己的女人帶在身邊就好了，可他偏偏不，非要一個人清心寡欲地去打仗。

這樣一來，問題就出現了，你可以要求自己清心寡欲，但你沒法要求人家像你一樣清心寡欲啊！這明顯的不符合人性嘛。他的漂亮皇后馮潤就是這麼想的。

這個想法一出，那某些事情的發生就是早晚的事了。

終於，久居深宮缺乏男人滋潤的馮潤出軌了，江湖傳聞，她和一個叫高菩薩的太監搞上了。

太監還有那功能嗎？當然沒有，可如果是個假太監呢？那一切就順理成章了。不巧的是，高菩薩就是一個假太監，從這方面來說，公司在招聘員工時，體檢是多麼不可缺

少的一個環節啊！

關於馮潤和高菩薩亂搞之事，史書上沒好意思記載，只說高菩薩是個長得不錯、身體素質很強的男人。這不用它記載我們也知道，只不過是千篇一律的鐵律罷了。

如果馮潤能低調做人，好好善待周圍的人，那大家也會出於人性的考慮，不替妳聲張。可她偏偏是個把柄在人家手裡，還依然囂張的女人。

碰上軟柿子，妳囂張也就罷了，可一旦碰上硬茬兒，這囂張也許就是往自己插的匕首了。

非常不幸的是，馮潤就碰上了一個硬茬兒——孝文帝的妹妹彭城公主。

這個彭城公主是北魏的大美人，她的第一任丈夫是大臣劉昶的兒子劉承緒。

劉昶是個牛B之人，先後娶過三位公主。可他的兒子劉承緒沒有乃父之威，史書上說他「少而尪疾」，患有脊椎彎曲的毛病，行走坐臥全都歪歪扭扭，非常影響形象。更嚴重的是，他二十七歲左右就死了，留下年紀輕輕的彭城公主當秀色可餐的寡婦。

我們知道，單單占著「大美人」這一條，就夠讓人惦記的了，何況還是個沒了丈夫的大美人，尤其還是個高貴優雅的公主，這怎麼能不讓人蠢蠢欲動呢？

這些蠢蠢欲動的男人之中，動得最熱烈而且條件最好的，是馮潤的弟弟北平公馮夙。

這個馮夙仗著自己有個當皇后的姐姐，又趁著孝文帝出差在外，對彭城公主三番五次地進行性騷擾，一心想要得到她。

可人家彭城公主根本看不上他，對他十分鄙視和討厭，把他當成一個傻逼對待。

這樣一來，心理落差就產生了！一個囂張慣的人，突然被人用不屑的言談舉止告知自己是個傻B，這個衝擊力多麼大啊？

於是，覺得自己受委屈的馮夙，跑到皇后姐姐那裡去哭訴。哭訴的過程中當然少不了添油加醋，諸如：「她瞧不起我就是瞧不起妳，瞧不起妳就是瞧不起我們馮家，瞧不起我們馮家就是瞧不起咱們的姑姑馮太后，瞧不起馮太后就是瞧不起先皇，瞧不起先皇就是瞧不起整個國家啊……」

儘管這話的邏輯很混亂，但比弟弟更囂張的馮潤聽完還是怒了，小手一拍鳳椅：「這還得了？」

然後，她琢磨了一下，說道：「我是後宮之主，後宮之事就是皇帝的家裡事，皇帝妹妹的婚事當然是皇帝的家裡事，這事歸我管。這樣吧，我下一道懿旨，把彭城公主賜婚於你就是了。」

猥瑣的馮夙一聽，心頭大喜，但轉而不無擔憂地問：「要是她不從呢？」

馮潤的霸道勁上來了：「反正她哥不在家，她要不從，你就霸王硬上弓，再不行你就直接抽她。」

馮夙得了懿旨，立刻馬不停蹄地回去準備搶親事宜。

可人家彭城公主也不是吃素的，收到馮潤的懿旨後，暗罵一聲：「靠！欺負到姑奶奶頭上來了，看我怎麼收拾你們。」說完，她帶上十幾個保鏢，找了一個月黑風高的夜晚秘密出城，到皇兄那裡去告狀。

當然，她不僅告訴孝文帝馮夙打算霸王硬上弓的事，還把馮潤跟高菩薩的醜事也抖了出來。

孝文帝是個有涵養的人，聽完這兩件事，沒有拍桌子，也沒有說「他媽的」，只是瞪著眼睛陰沉地說：「妳暫且住下，等戰事稍緩，我再回去收拾他們。」但說這話的時候，他的臉是通紅的，眼神佈滿殺機。

知道彭城公主告狀的事後，聰明的馮潤一拍大腿，心想這下壞了，如果單純是馮夙硬娶公主的事，她還能搞定，但要擺平她跟高菩薩的事，那就超出她的能力範圍了。

她得趕緊想個辦法。

人一著急就容易上火，一上火就會失去理智，通常這時候想出來的辦法都是餿主意。

馮潤的餿主意就是：把孝文帝弄死。

這個事情實行起來有很大的難度，但馮潤的老媽常氏給她想了一個簡便易行的辦法：

找一個法術高明的巫婆，施法把孝文帝給咒死。

從理論的角度來講，這個辦法的確既簡便又環保，而且愚蠢指數與馮潤的餿主意十

分匹配。於是，她們找到了巫婆，巫婆也拿出渾身解數施展自己的邪術，但遺憾的是，孝文帝依然活得好好的。

這下，換馮潤和她老媽頹了。如果之前給皇帝戴綠帽子的罪行會被槍斃的話，那詛咒皇帝就夠槍斃一百回了。當然，如果這事進行地秘密，不被孝文帝知曉，就不會有什麼重大後果，可馮潤的命沒有這麼好，一個不起眼的小太監，千里加急，把這事告訴了孝文帝。

如此一來，孝文帝徹底爆發了。高菩薩幾個爛貨扛不住肉體的折磨，一五一十地全給招了，拿到證據後，孝文帝才命人將自己深愛的皇后馮潤押進大堂。

連忙扔下手裡的活，馬不停蹄趕回都城洛陽，連夜提審高菩薩等人，逐一大刑伺候。

接連呼了幾聲「賤人」後，肝腸寸斷的孝文帝一下癱坐在龍椅上。他大聲質問：「妳不但給老子戴綠帽，還找人用巫術想咒死我，你他娘的良心何在？」

而馮潤呢？因為理屈所以詞窮，堅決信守沉默是金的原則，就是不開口，只是眼裡一個勁地冒眼淚，還不住地磕頭想以此博得丈夫的同情。

面對她，孝文帝還真的無計可施。

為什麼呢？

因為他還愛著她，愛情這玩意，是「感情懦夫」最難跨過的一道坎，儘管他可以帶

兵摧城拔寨，但卻是個「感情懦夫」。

本來，孝文帝決心賜死馮潤，但終究還是心軟了，自我安慰道：「不用我去殺她，

如果她自己有羞恥心的話，會自我了斷的。」

可是，可愛的孝文帝啊！你當人家馮潤是誰啊？她才沒你那麼蠢呢！

最後，孝文帝發洩怒火的方式，是把高菩薩這小子給殺了，馮潤依然好好活著。更

不可思議的是，出於對自己的奶奶馮太后的敬意，他居然連馮潤的皇后之位都沒有廢，

以此保住馮家的顏面。

這個結果就有趣了，人家馮潤啥壞事都做了，居然沒有受到任何懲戒。啊！我們偉

大的孝文帝，難道他心裡不覺得委屈嗎？

我想，他肯定是憋屈的，因為，他從此一病不起。

病了就該好好歇著，可我們胸懷大志的孝文帝偏不，他還是帶病工作，繼續帶兵南

征。結果，西元四九九年三月，心情壓抑加上長途跋涉，死在南征的途中。

臨終前，他密詔自己的皇弟彭城王元勰（即拓跋勰）：「皇后自絕於天理人倫，荒

淫無恥，我死後，恐怕無人能制服這個小賤人，你們可用我的遺詔將她賜死，但切記，

仍要按皇后的規格國葬，別敗壞馮家的名聲。」

當彭城王元勰委託北海王元詳，去向馮潤傳達孝文帝遺詔時，求生慾望極其強烈的她依然耍賴皮，像個孩子一樣奔走呼號，但最終，她還是沒有躲過那一碗結束她一生的毒藥——她是在極不情願的情形下被硬灌的。

灌完後，馮潤一命嗚呼，年僅三十歲。死後，陪葬在孝文帝的長陵（今河南臨汝）中，諡號幽皇后。

一對曾經熱戀如火，也曾嫉恨如冰的小戀人，終於得以聚首地下了。

只是，我很想問孝文帝：「向來喜歡折騰人的馮潤皇后，在另外一個世界裡，有變得溫柔賢慧嗎？」

第 15 章

胡太后——
不愛宮苑愛妓院

一聽說前朝的皇太后和皇后出來賣，長安城騷動了，所有的男人

都削尖腦袋，想鑽進胡太后的妓院，一親前朝國母的芳澤。

常言道：「寧為鳳尾，不為雞頭。」

只要是大腦沒毛病的人，通常都削尖腦袋往梧桐樹上棲。但這個世界總是充滿太多的意外，就有這麼一位女中豪傑，視鳳冠如糞土，卻把「雞」這一古老的工作，當成自己欲罷不能的事業，且還樂此不疲，口出狂言：「做皇后哪有做妓女爽啊？」

這位奇女，就是北齊武成帝高湛的皇后胡氏。由於高湛死得早，這位胡皇后大部分的時間其實都在做太后，所以，江湖人稱胡太后。

北齊是中國南北朝時期的北方王朝之一，於西元五五○年由文宣帝高洋取代東魏建立，建都鄴城，據有今黃河下游流域的河北、河南、山東、山西以及蘇北、皖北的廣闊地區。

武成帝高湛是北齊第四任皇帝（西元五六一年—五六五年在位）。文宣帝高洋、孝昭帝高演都是他的親哥哥。武成帝昏庸無能、癡迷酒色，在位期間殘害宗室、寵信小人，不思國事，是個失敗的皇帝。

胡太后出身名門望族，她的父親叫胡延之，曾任北魏的尚書令，母親是當時的名門望族盧家的女兒。和大多數牛B人物的出場一樣，這位胡太后的出生也是充滿天地玄機。

據說，她老媽懷上她之後，有一個江湖遊僧路過她家門口，神秘兮兮地說了一句莫名其妙的話：「這家的葫蘆裡面有個月亮。」

胡延之聽到以後非常高興，因為他姓胡，他夫人姓盧，「葫蘆」即胡、盧的諧音，而太陽代表君王、月亮代表皇后，那這話的意思就是：「胡夫人肚子裡懷著一個未來皇后。」家裡能出個皇后，胡延之當然高興了，興奮得仰天大叫。

時光如梭，十多年的時光沒轉幾次眼就過去了。這胡家的女兒已經出落成一個亭亭玉立的大姑娘：身材火辣、臉蛋迷人、氣質高貴，隨便一個男人，只要看她一眼，就會有如受到電擊般渾身發抖。

西元五五○年，傾國傾城的胡氏被當時還是長廣王的高湛選為王妃，開始驗證預言的輝煌旅程。西元五六一年，高湛一躍而起，接替他老哥當上北齊皇帝，胡氏立即被冊封為皇后。

預言竟然真的實現了！可見，有時候封建迷信也是很科學的，至少比現在的地震預測要準確得多。

可是，雖然當上了皇后，胡氏的生活卻並不幸福──高湛對她失去興趣。為什麼呢？因為他看上他老哥高洋的皇后李祖娥。

其實，這個李老皇后未必比胡氏漂亮，但俗話說「老婆總是別人的好」，高湛的行為也是可以理解的。

一天深夜，高湛在一番痛飲之後，藉著酒興，闖進李祖娥居住的昭信宮，要跟她雲

雨。李祖娥一看這情景，頓時驚了。一面誓死不從，一面還跟高湛講些「我是你嫂子，你這樣做對得起你死去的哥哥嗎」之類的大道理。

其實，這都是沒用的廢話，高湛要是講理之人，就不會來做這種事了。他根本不理睬她的抗議，一面霸王硬上弓，一面威脅她：「妳再敢拒絕我，我就殺了妳兒子。」

對於賢妻良母型的女人來說，這個威脅是立竿見影的。果然，李祖娥聞言立即停止反抗，高湛如願以償，替自己的老哥接管了老婆。

從此，高湛公然出入昭信宮，簡直把嫂子當成嬪妃，這樣一來，風騷的胡氏更無事可做了，漫漫長夜，寂寞催人亂。

結果，饑渴難耐的胡氏居然饑不擇食地跟自己身邊的小太監玩到床上，儘管閹人缺少必要的設備，但好歹還有條舌頭，以及十根手指，權當是聊勝於無了。

但，有設備跟沒設備的效果畢竟有天壤之別，終於，無法從太監那裡得到滿足的胡皇后看準一個機會，成功地勾搭上高湛的親信大臣——一位高權重的和士開。

這位和士開也不是普通人，他的父親和安擔任過中書舍人、儀州刺史等職，也算是高幹子弟，早在高湛還是長廣王的時候，就跟他混成鐵哥們了。

高湛一當上皇帝，和士開立即被封為侍中，憑著以前的感情基礎，再加上自己的聰明機靈、很會拍馬屁，而且還彈得一手好吉他——哦不！好琵琶的絕活，在當時的朝廷

裡很吃得開，滿朝文武加上皇帝，誰都得給他幾分薄面。

有了和士開之後，胡皇后那團燃燒的烈火終於暫時得到釋放。但和士開再吃得開，這跟皇帝老婆通姦、公然給自己的鐵哥們皇帝戴綠帽子的事他敢做嗎？當然敢！換成是別人，借他幾個肥膽也不敢，但人家和士開就是敢！不但敢，而且還有恃無恐。

我猜測，高湛也許知道這事，但他思想比較開明，或者信奉「兄弟如手足，女人如衣裳」的哲學，為了肥水不流外人田，也許和士開是得到他的默認的——那就是奉旨通姦，相當的牛 B。

和士開不但使用皇帝的老婆，而且還敢勸皇帝下台。當然，他的勸說是相當有技巧的，用今天的話說就是：這都是為了你好啊！

他是這麼勸的：「哥們啊！人生在世屈指算，也就百八十年，應該及時行樂啊！你何必讓那些繁瑣的政事煩著你呢？你把位子禪讓給你兒子，自己當個太上皇享清福，多舒坦啊？你考慮考慮，兄弟我可全是為了你好啊！」

高湛考慮以後，似乎覺得很有道理，於是，剛滿二十九歲的他居然真的在西元五五六年，把皇位交給兒子高緯，自己安心去做他的太上皇，及時行樂去了。

這樣，和士開既討好了太上皇，又因為擁立新皇帝有功，獲得高緯的好感。真是一箭雙雕的好買賣，讓人不得不佩服他的政治頭腦。

高湛一當太上皇，胡皇后也就升級成胡太后了，這年，她才剛滿二十歲，真是年輕有為啊！這段期間，和士開也一直擔任胡太后情人的角色，從沒擅離崗位。

三年後，縱慾過度的太上皇高湛傷了身體，一病不起，沒多久就一命嗚呼了。臨死前，他把和士開叫到病榻前，要他好好輔佐高緯。後來的事實證明，和士開不但照顧好了先帝的兒子，而且也把他老婆順便正式接管了。

但物極必反，好景往往不長，高湛死後，由於和士開跟胡太后太過高調，二人的關係幾乎公開於光天化日之下。於是，胡太后的次子，早就看和士開不順眼的琅琊王高儼，發動一次小小的宮廷政變，設計捉拿和士開，然後一秒也不耽誤地讓他腦袋搬家。

胡太后得知此事後，悲痛得差點昏過去，但事已至此，她也無力回天。

和士開一死，胡太后的私生活又出現了空窗，急需補充新鮮的血液。於是，慾火難熬的胡太后，藉燒香拜佛的機會，又找到自己的第二任情夫──曇獻和尚。

這個曇獻雖然是個和尚，但不知從哪學到一手高超的床上功夫，把胡太后伺候得欲仙欲死。有了曇獻之後，胡太后早就把以前什麼和士開之流拋到九霄雲外去了，因為和他的床上功夫相比，和士開簡直不能算是男人。

如果用圍棋的段位來打個比方，曇獻是專業九段，而和士開連業餘一段都算不上，差距顯而易見。胡太后得到曇獻，比三天沒喝水的人發現水源還要興奮。

從此以後，胡太后隔三差五就到曇獻的廟裡燒香。說是燒香，可一進廟門就朝曇獻的僧房裡跑，於是，本來的佛家淨地，就這樣被改造成淫窩。

在曇獻那間並不寬敞的禪房裡，上演了數不清的顛鸞倒鳳、淫聲浪語，作為胡太后戰鬥過的地方，這裡留下了數不清的美好回憶，即使多年之後，當她想到這間小禪房，還會情不自禁地嗷嗷大叫，聲音十分撩人。

後來，胡太后嫌來來往往太浪費生命，就告別了那間小禪房，直接把戰場搬到自己的寢宮，藉口是要跟曇獻研習佛學，如此一來，曇獻也就順理成章地住進寢宮。

這麼一來，行事就方便多了，只要太后有需要，曇獻就能立即提供服務。

為了防止胡太后產生審美疲勞，讓服務更有質量、更有特色，曇獻和尚又動了歪腦筋，為她開發新的服務項目：提供寺廟裡的年輕英俊小和尚。

為了防止走漏風聲，小和尚都裝扮成尼姑的模樣，個個雲鬢輕舒、眉含遠黛，塗脂抹粉、風騷不已。這樣一來，胡太后簡直樂瘋了，不但有曇獻這個床第高手隨傳隨到，還有許多新鮮的小帥哥點綴調劑，生活可謂花樣繁多、多彩多姿啊！

於是，胡太后像皇帝一樣，每晚輪流寵幸不同的和尚，小日子過得有滋有味。可世界上沒有不透風的牆，關於她的這些風流韻事，除了她的皇兒高緯，宮裡上上下下無人不知、無人不曉，只是大家不敢明說罷了。

然而，世事最怕巧合，某天，高緯一起床，去給自己的母后請安，請安完畢，突然發現太后身邊的兩個小尼姑長得極其標緻、非常風騷，於是這個大色鬼當下起了生理反應，差點就地按倒她們幹那骯髒之事。

可畢竟是在母后面前，他不敢造次，一直強忍著離開太后寢宮。一出門，他就命令身邊的大太監，去把那兩個小尼姑召進自己的寢宮。

回到自己的地盤，高緯以為可以為所欲為，可這兩個小尼姑居然一副冰清玉潔的高貴模樣，當場拒絕了他。

高緯愣了一下，感到很新鮮：難道還有他得不到的女人？繼而火冒三丈，非常粗野地去扒小尼姑的衣裳，想來個更加刺激的霸王硬上弓。可扒光她們衣服的瞬間，他驚呆了！靠，居然是男的！

一經調查，胡太后的醜事馬上浮出水面。高緯憤怒了！他奶奶的，自己的老媽幹這種事，臉上還有什麼面子？一怒之下，下令把曇獻和尚以及那些被胡太后搞過的小和尚統統殺了，接著，又把胡太后趕出原來的寢宮，幽禁起來。

被幽禁的胡太后，又過起沒有男人的清淡生活，這對她來說，簡直比死還難受。日子一天天地過去，依然沒有解禁的消息，煎熬著，煎熬著，終於，高緯的怒火漸漸平息，把她放了出來。

可是，好日子沒過多久，一場巨大的變動，讓她頃刻間變得一無所有。這場變動就是——西元五七七年，北齊被北周滅了。

不幸中的萬幸是，北周的將領比較人性化，他們只殺光高氏家族的男丁，女人都被留了下來，同時，她們得到通知：經過改造後，還她們自由，允許她們過著自食其力的生活。

原本富貴無比的胡太后和高緯的皇后穆黃花，一夜之間成為普通的勞動者，漂泊在當時的大都市長安，從此要自己供養自己了。

可這根本難不倒胡太后，根據自身的條件，她迅速就為自己和穆皇后量身定制了一份新工作，當妓女。

說幹就幹，她當掉自己的首飾，租了一座小院落，然後向當局申請營業執照，馬不停蹄地掛牌營業。

一聽說前朝的皇太后和皇后出來賣，長安城騷動了。由於胡太后當時剛過四十歲，而且保養得極好，看上去還不到三十歲，可謂風韻不減、風情萬種。而她的兒媳婦穆黃花才二十多歲，正是青春勃發的年紀。長安城裡所有的男人，都削尖腦袋，想鑽進胡太后的妓院，一親前朝國母的芳澤。

沒過多久，這兩位身份高貴的妓女名聲大噪，生意空前興旺。有時候，由於爭奪先

後的次序，還發生過幾次流血鬥毆事件。

後來，為了杜絕這種事件再次發生，聰明的胡太后採取了「提前預定」的辦法。這辦法和今天銀行裡的領號制度類似，就是，想要來嫖的男人要事先過來報告一聲，然後前台小姐會發給他一張紙，紙上寫著一個號碼——代表你是第××位客人。然後，你耐心地等著行了，等前台小姐叫到你的號碼，你就可以進去享受了。

這項措施被採取以後，胡太后的小妓院裡井然有序，打架鬥毆事件再也沒有發生。

自從做了妓女以後，胡太后整個人變得春意盎然，儼然把妓女當成自己偉大的事業。在她看來，這項事業實在太讓人著迷了，不但有許多男人爭先恐後地來伺候她，而且還給她留下許多銀票，真是一石二鳥的好事啊！

所以，她對她的兒媳婦穆黃花說道：「當妓女比當太后爽多了！」

就這樣，胡太后、穆皇后二人，透過自己的勞動，終於在長安城裡過起體面的生活。她們不但用自己的勞動所得在長安城三環以內買了房子，還買了一項名牌轎子，十分風光。至於二人是何時死的，史書上沒有具體的記載，只知是在做妓大約十年後，胡太后病死，她的兒媳婦穆皇后，又過了許多年才告別這個花花世界。

值得長安城所有男人欣慰的是，二人都是善終。

第 16 章

馮小憐——
昨天跑龍套，今天女一號

據史書記載，當時盛況空前，上到八十歲，下到八歲，只要是帶把的，基本上都來了。據後來北齊後宮打掃衛生的大媽回憶，她們在現場撿了一萬多隻鞋，快累死了。

和趙姬、呂后、趙飛燕等家喻戶曉的著名女人不同，馮小憐是個冷僻的名字，她的知名度甚至不及過氣的三級片女明星。但提到一個香艷的成語「玉體橫陳」，你肯定不會陌生，這個成語的主人，就是這個不大知名的小美女。

馮小憐是誰？

她是北齊後主高緯的愛妃。

高緯是誰？就是上篇寫到叫囂著「做妓女比做皇后爽多了」的胡太后的兒子。

其實，剛開始馮小憐並不是高緯的愛妃，而是皇后穆黃花身邊一個不起眼的小侍女。

但世事難料，只要你有才，上天就會給你提供機會。

馮小憐有才，一個偶然的事件讓她一夜之間從醜小鴨變成天鵝。

這其實也不算是什麼大事，只不過高緯同學喜新厭舊，在穆黃花皇后還沒變成明日黃花前，就被感到乏味的他當成黃花菜給涼拌了。

高緯的熱情投放到另一個女人曹昭儀的身上。

說來也好笑，高緯喜歡曹昭儀，並不是因為她長得多麼出眾，或者性格多麼吸引人，僅是因為她談得一手好吉他——哦不！是好琵琶。或許，這個北齊後主也是個癡迷的音樂發燒友吧！

穆皇后知道原因以後，氣得差點吐血。可實在沒辦法，她從小沒學這門手藝，現在

學也來不及了，只有乾瞪眼的份。

事情就是這麼湊巧，穆皇后不會，可她的一個小侍女會，而且技藝絲毫不遜曹昭儀，這個小侍女就是馮小憐。於是，妒火中燒的穆皇后做了一個「寧予家奴，不給外人」的反常決定，給了馮小憐機會，要她把後主高緯勾搭回來。

穆皇后使勁渾身解數，把高緯拉到自己的宮苑內，說是要邀請他聽場演唱會，而且歌舞齊備。沒想到，這高緯還真不禁勾搭，一曲過後，眼珠完全忘記轉動，再一段舞蹈過後，徹底被被鎮住了。

真是高手在民間啊！他發自內心的感嘆，再細看這個談琵琶的女人，面若桃花帶雨、腰肢曼妙、前凸後翹，十分性感，當即暗罵自己有眼無珠，以前怎麼沒發現這號人物呢？

當天夜晚，高緯就把馮小憐搬到自己的龍床上，經過一番激戰，頓覺以前的那些美女根本算不上女人，自己直到此時才真正做了一回男人。

原來馮小憐不僅有天使的臉蛋、魔鬼的身材，彈得一手好琵琶，跳得一場迷人歌舞，還有一個善於按摩推拿、熟知中醫穴道的母親。她從母親那裡得到這門真傳。當天晚上，當她的小手像一條小蛇一樣準確地遊走在高緯的周身穴道上時，高緯舒服得幾乎好像全身毛孔都吸了海洛因一樣，怎一爽字了得？

從此以後，馮小憐成了高緯眾多老婆中的頭牌，什麼曹昭儀，白忙活一場為人家做

嫁衣裳的穆皇后，統統都靠邊站，還是那句話，在高緯眼裡，她們跟馮小憐相比，簡直算不上是女人。

高緯寵幸馮小憐到什麼程度呢？

食則同桌，臥則同床，行則同車。反正，就是一刻也離不開的地步，比現在情竇初開的熱戀小男女還要黏上一百倍。

即便是在朝堂之上，大臣商討國事、進諫彈劾時，他也要讓馮小憐坐在他的大腿上，而且手還不老實，老往人家身上摸。每到此時，馮小憐總會朝他拋個媚眼，然後用她歌唱家的嗓子，柔情似水地嬌嗔道：「討厭！」

高緯每每聽到這詞，就會周身通筋活血、一陣酥麻，堂下的大臣也全部面色潮紅，下體一柱擎天，什麼國家大事，什麼傾軋爭鬥，全都靠邊站，他們唯一想做的就是草草結束朝會，然後趕回家，找自己的小妾給他們解決生理需求。

當然，他們在解決時腦子裡是不是在意淫馮小憐，這個我不敢亂說，因為我不是他們，科學也沒發達到讀心的程度。

也許高緯跟我一樣聰明，識透那些貌岸然的君子，本著關心、愛護部下、為部下解憂愁的原則，他決定辦一個展覽，作品只有一個，就是馮小憐。

那天，他先貼出了大幅海報，然後讓馮小憐穿著泳衣躺在朝堂的龍床上（如果你問

龍床為什麼會在朝堂上，那我肯定會編瞎話說那是臨時抬進來的。當然，你若要說那是因為他喜歡在朝堂之上做愛，或者他因為敬業，把工作跟睡覺的地方合而為一，我也沒意見。反正，龍床確確實實是在朝堂之上了）。

然後，他派人在門口一坐：「想進去看嗎？買票！一千塊錢一張。嫌貴？那就等著出了寫真後，買寫真集吧！」

結果，全朝文武，包括所有有點大錢或有點小錢的男人，全部都不想買寫真集，直接付錢進入現場。

據史書記載，當時盛況空前，上到八十歲，下到八歲，只要是帶把的，基本上都來了。

據後來北齊後宮打掃衛生的大媽回憶，當時她們在現場撿了一萬多隻鞋，都快累死了。

這次展覽，就是後來那句成語「玉體橫陳」的由來。

單從這一點上看，高緯雖然荒淫昏庸，可絕對不是個小心眼的人，懂得把好東西拿出來與人分享。同時，能夠專門為馮小憐辦個展，也算是他溺寵對方的佐證。

但是，女人是不能寵過頭的！一過頭，這紅顏就化成禍水了。可惜，高緯不懂得這個道理，結果，馮小憐成為禍水了。

我認為，這不能怪人家馮小憐，誰讓你給人家提供舞台呢？就像賭徒一樣，你若不

提供他賭具和賭場，或許人家還是個認真上進的好青年。你高緯偏偏提供賭具和賭場，

既然如此，就就別怪馮小憐讓你傾家蕩產了。

事情是這樣的。馮小憐有個愛好叫做打獵，但老打獵不過癮，就把興趣轉移到打仗

上。正好當時北齊有個叫平陽的地方，被北周硬搶去，她就慫恿高緯去收回失地。

從客觀角度來說，馮小憐的這個建議是好的，但她的出發點不在收復失地，而是為

了觀看打仗的場面，所以打仗過程中，發生許多像小孩子辦家家酒一樣搞笑的事情。

北齊的士兵一聽到要收復失地，一個個鬥志昂揚得不得了，沒過多久就讓守衛平陽

的北周軍隊吃不消了。在一個殘陽如血的黃昏時刻，眼看城池就要被北齊給攻破了，就

在這個關頭，高緯突然下命令暫時撤退。

莫非高緯有什麼遠見卓識的謀略？

當然不是！那為什麼呢？

說出來能笑掉你下顎──因為馮小憐覺得破城之戰是最壯觀的，但當時快天黑了，

要是看不清那壯麗的場面，那會很遺憾。於是，高緯就撤兵了。

他大爺的！這場兒戲一樣的戰爭，應該也是馮小憐受寵的一個佐證吧！

沒想到的是，第二天遇上壞天氣，不僅風沙大作，讓人睜不開眼，而且還夾雜鵝毛

大雪。不用說，這樣的天氣也不適合觀戰，於是第二天就沒發兵攻城。

眾所周知，打仗的最大忌諱就是貽誤戰機，在戰場上，每一秒鐘都有可能決定勝負，更不用說兩天了。

等天氣轉好，適合觀賞時，北周的援軍早就到了。沒辦法，看來這城攻不下來了。

馮小憐一看不好玩，就慫恿高緯撤軍，回去打獵吧！這高緯也真聽話，馬上撤退回城。

體會到戰爭不好玩，回到老窩後，馮小憐又恢復自己打獵的愛好，隔個三五天就要高緯帶她出去打獵，對方當然言聽計從。

這邊的皇帝忙著打獵逗愛妃開心，那邊的北周皇帝卻在平陽之戰中摸透北齊的實力，一紅眼、一咬牙，居然入侵北齊，直接朝軍事要塞晉陽出發，沒多久就兵臨城下。

當守兵大將的緊急快報送到高緯的手裡時，他正在和馮小憐打獵。收到急報後，他挺緊張的，因為他知道晉陽的重要性，晉陽一失，都城就危險了，如果不能守住晉陽，那基本就是亡國了。

但人家馮小憐才不管這麼多，正在興頭上的她駁回高緯回宮調兵遣將的建議，反而要求再玩一圍──意思就和打漁時再下一網差不多。

令人哭笑不得的是，高緯居然同意了，兩人又玩了一圍。這一玩不要緊，北周軍隊趁著這段時間，火速把孤立無援的晉陽守軍收拾乾淨。

回到皇宮後，高緯接到晉陽失守的報告，面對緊張到極點的大臣們，他很有大將風

度地說了一句名垂千古的白癡語錄：「晉陽失守算什麼？只要小憐沒丟就行。」

嗚呼哀哉，還真是個不要江山要美人的情癡啊！

沒過多久，都城鄴城就被北周攻克，北齊滅亡。

滅北齊後，北周武帝在處理高緯及其妃嬪上比較人性化。胡太后、穆皇后等經過改造都獲得了自由，當了妓女自食其力。高緯他們則被帶到北周，高緯被養了起來，說是養，其實就是軟禁，等沒用處以後，還是死路一條。

那馮小憐怎麼辦呢？

面對這個尤物，不好色的北周武帝一點感覺沒有，但好歹對方是美女加才女一個，不能白白糟蹋，於是就把她賞給自己的弟弟代王宇文達。

這個宇文達本來也不是個好色的主兒，但被馮小憐服務一次之後就上癮了。瞧那溫軟的香舌，那如游蛇一般的小手⋯⋯多令人銷魂啊！

得到馮小憐之後，宇文達便把其他老婆給曬到了一邊，專門寵幸她，小憐也使盡渾身解數，把對方伺候得舒舒服服、樂不思蜀。

但好景不長，馮小憐正在宇文達那裡過著幸福生活的時候，一個人的出現打破了這個美夢，這個人就是建立大隋朝的楊堅。他把宇文達殺掉，然後為了籠絡人心，把馮小憐賜給有功之臣李詢，巧合的是，這個李詢正是被宇文達冷落的正妃李氏的哥哥。

真是不是冤家不聚首，當年因為馮小憐的出現，使李氏備受冷落，過著冷宮一樣的日子，如今，她落入人家的虎口，就只能如羔羊般任人宰割了。

果然，李詢的母親為了給女兒報仇，想盡辦法虐待馮小憐，不僅讓她褪下可以襯托她曼妙身材的高級服裝，改穿下人的衣裳，還得跟下人一樣進行勞動，而且，平日什麼老虎凳、辣椒水都沒少招呼，連打帶罵更是家常便飯。

細皮嫩肉且精神高貴的馮小憐哪受得了這種委屈？她感到絕望了，如今的生活之於她，就跟一碗黃連湯一樣滋味，苦！而且還是深不見底的深淵，沒人會拯救她，她也無法拯救自己。

想到這裡，馮小憐失去了活下去的勇氣，最後，三尺白綾讓這個奇女子告別這個給過她富貴、荒唐和苦難的世界。那一天，據說上午艷陽高照，下午暴雨雷鳴。

第 17 章

徐昭佩——
皇帝也奈何不了我

徐昭佩和暨季江的事鬧得滿城風雨，幾乎人人皆知，那身為
丈夫的蕭繹知不知道呢？我想他肯定會有耳聞的，但他根本
不在乎。

俗話說，大千世界無奇不有，總有一些牛人不按常理出牌。比如，按照正常情況，後宮的妃嬪們都會花樣百出地把自己妝扮得閉月羞花，以博得皇帝的寵愛，但就有這麼一位大姐對此不屑一顧，只給自己畫半面妝，弄得跟鬼一樣，就是大名鼎鼎的徐昭佩。

徐昭佩是南梁元帝蕭繹的妃子，侍中信武將軍徐琨的女兒，出身名門，身份顯赫。

南梁是南北朝時期南朝的一個政權，由梁武帝蕭衍於西元五〇二年建立，首都設在建康（今江蘇南京）。

梁元帝蕭繹是蕭衍的第七子，於西元五五二年即位，雖然情商不甚高，但智商還行，《梁書·元帝本記》稱讚他：「博覽群書，下筆成章，出言為論，才思敏捷，無人能和他相比。」

本來，身為第七子的蕭繹根本沒有染指皇位的機會，但他運氣好，趕上「侯景之亂」，從而亂中取勝，登上皇位。

「侯景之亂」是中國歷史上著名的叛亂，發起者是侯景。

侯景是羯族人，曾是東魏的將領，後投靠梁武帝，被封為河南王。後來，在一次戰役中，南梁宗室子弟蕭淵明被東魏俘獲，梁武帝救人心切，就出了個餿主意，要用侯景與東魏進行交換。

得知此事後，侯景大怒，於西元五四八年舉兵反叛，率軍攻入首都建康，將皇宮團團圍住。第二年攻破皇城，軟禁梁武帝蕭衍，自己執掌朝政，不久，蕭衍憂鬱而死。西元五五一年，侯景廢掉自己新立的皇帝，取而代之。

侯景雖然很有軍事才能，但不大懂政治，不知安撫人民。他的軍隊所到之處，燒殺搶掠、姦淫婦女，無惡不作，引得人神共憤。

終於，西元五五二年，蕭繹的手下大將王僧辯、陳霸先大敗叛軍、收復健康。侯景於倉皇中乘船出逃，卻被部下所殺。

至此，持續四年多的「侯景之亂」宣告結束。蕭繹由於討賊有功，趁勢登上帝位，是謂梁元帝。

蕭繹在成為梁元帝之前，身份是「湘東王」，當他還是湘東王的時候，徐昭佩就嫁給了他。

據記載，蕭繹是個獨眼龍，按史書的說法，徐昭佩是為了嘲笑他的獨眼，才畫半面妝，但這顯然太片面了。其實，剛開始徐昭佩並不是如此有個性之人，之所以變得如此，其實全是被情商太低的丈夫逼的。

想當年，天生麗質的徐昭佩整天把自己妝扮得漂漂亮亮，可這個蕭繹彷彿沒看見一樣，完全把風姿綽約的妻子當空氣。

為什麼呢？

因為這個湘東王一點也不好女色，唯一的愛好就是跟一幫酸文人談學論道，這個偏執的文學青年，不在乎吃，也不在乎穿，完全是個沒有生活情趣的怪人。

即便如此，忍辱負重的徐昭佩還是沒有放棄，眼看靠妝扮引不起蕭繹的重視，就換了一招——展示自己的才華。

於是，她素面朝天地去參加蕭繹的文學沙龍，試圖打進丈夫生活圈，挽救並不融洽的夫妻關係。多才多藝又聰明伶俐的她很快就獲得幾乎所有人的認可，唯有她老公依然不把她當一回事。

做了這麼多的努力，丈夫依然不買帳，這讓徐昭佩徹底絕望。人，都是被逼出來的，絕望的人，往往也會視萬物為糞土。

從此，只要輪到徐昭佩值班伺候蕭繹，就只給自己弄半面妝，以此表達自己的嚴重不滿。按一般帝王的脾氣，受此挑釁，肯定會勃然大怒，不來個滿門抄斬、誅其九族，也會把她打入冷宮。可人家蕭繹就是這麼有素質，對此唯一的反應就是冷笑著拂袖而去，並從此給徐昭佩放了個長假——不需要她值班了，之後幾年，也沒進過她的屋子。

奈何深宮寂寞啊！徐昭佩也是個有血有肉的女人，也有正常需求，可蕭繹既沒給她情感的慰藉，也沒辦法滿足她生理上的需求。沒法子之下，她只好自己想辦法了，畢竟，

人總是要對自己好一點。

她先試探性地找了一個和尚玩玩，這個和尚就是瑤光寺中的智遠和尚。此人膚色白皙、五官玲瓏，算是個奶油小生。徐昭佩勾搭上他以後，幾乎天天與他私通，使自己的生活品質上了一個大台階。

但和尚畢竟是和尚，沒什麼髮型可變換，看久了總是會膩。膩了以後，徐昭佩又嘗試著找那些俊秀的侍臣。

由於蕭繹忙著搞他的文學，無暇看管後宮的這些破事，於是，徐昭佩安然地跟那些形形色色的小帥哥們互相滿足。

這個時期，可以說她的生活品質已經進入小康水平了。

過不了不久，徐昭佩對這清一色的小帥哥也失去了興趣，看上了蕭繹的寵臣暨季江，這個暨季江不但貌似潘安、英姿颯爽、玉樹臨風，而且才華橫溢，氣質不俗。

有這樣的貨色在眼前，紅了眼的徐昭佩當然不會放過，在她的猛烈攻勢下，暨季江很快就繳械投降，成了她的新任面首。

有了暨季江之後，徐昭佩總算真正擁有幸福的生活，對暨季江不僅有肉慾的需要，而且還動了真感情。

至於暨季江對她呢？那就難說了！當時，由於此事幾乎是公開的祕密，大家也都以

此為談資，偶爾還調侃調侃。

有一次，有人淫笑著問暨季江：「徐妃的滋味如何？」

面對如此不懷好意的問題，暨季江居然笑嘻嘻地答道：「徐娘雖老，風韻猶存哉！」

自此，就有了「徐娘半老，風韻猶存」的典故。但從他的回答來看，他對徐昭佩其實沒有什麼感情。

既然徐昭佩和暨季江的事鬧得滿城風雨，幾乎人人皆知，那蕭繹會不會知道呢？我想他肯定會有耳聞的，但他根本不在乎，他是一個怪人，彷彿不具備常人的道德觀，也不懂得面子、吃醋等人之常情。

又或許，他只顧著跟朝臣討論他的文學問題，沒時間處理此事，也或者還沒找到恰當的時機。

但時間這東西，就像女人的乳溝，只要一擠，總是會有的；而時機也像女人的G點，只要耐心去找，總會找到。

沒多久，時間和時機就碰頭了——蕭繹一個剛生完孩子的愛姬王氏突然死了，於是，他就藉口此女是徐昭佩投毒害死的，逼她自盡。

徐昭佩當然知道這是藉口，但君要臣死，臣不得不死，面對早就沒有半點情分的丈夫，她毫無辦法，只好投井自盡。

搞笑的是，徐昭佩死後，蕭繹突然起了無名業火，做了一件十分有個性的事——命人把徐昭佩的屍體打撈出來，不但沒有按后妃之禮安葬，還送回她的娘家。意思就是休妻。把一個死人休掉，這大概是中國歷史上獨一無二的案例，也只有蕭繹這樣的變態做得出來。

這還沒結束，不知從哪裡突然冒出餘怒的他，居然還在《金樓子》一書中，大揭徐妃的醜事。

唉！何苦跟一個死人過不去呢？人家活著的時候，你他娘的都幹嘛去了？

第 18 章

永興公主——
對怪叔叔情有獨鍾的問題少女

蕭宏施展了美男計，打算讓永興公主愛上自己。對一個深諳情場技巧的老帥哥來說，真是一點難度都沒有，果然，他只輕輕揮了一下剛勁有力的大手，對方就送上門來了。

永興公主，芳名蕭玉瑤，是南北朝時期梁武帝蕭衍的女兒。

梁武帝一共有四個女兒，除永興公主外，個個溫柔賢慧、性格溫婉，標準的名媛淑女風範，唯有這個人是個另類，打小就不愛讀書，性格頑劣、滿嘴髒話，像在街上混的小痞子，但梁武帝對她最爲寵愛。

永興公主長大後，梁武帝把她嫁給好友殷睿之子殷均。按常理來說，給她找個偉岸的大丈夫，應該會比較合她的口味，但不知梁武帝腦袋出毛病了，還是故意爲之，總之這個殷均生得斯斯文文、扭扭捏捏，完全一副大姑娘的模樣，而且「均形貌短小，爲主所憎」。

由於性格不合，二人婚後生活十分不協調，弄到最後，永興公主乾脆強行分居，拒絕履行妻子的職責。

這讓殷均十分鬱悶，更讓他鬱悶的是，他雖然看起來文弱，性慾卻十分旺盛。永興公主不跟他同房，他又不敢找別的女人解決，沒辦法，只好一次次厚著臉皮往對方的臥室裡跑，像乞丐一樣乞求施捨。

對此，永興公主相當厭煩，她最看不得男人毫無尊嚴的樣子了。煩到爆發的臨界點時，她乾脆把房門緊閉，並在上面貼了一張大字報，上書：殷均與狗不得入內！

多麼赤裸裸的羞辱啊！再窩囊的男人也會被激起憤怒。於是，殷均決定給妻子點顏

色瞇瞇，選擇了打小報告。

那天，他撕下大字報，徑直入宮，把它交到老丈人梁武帝的手中，還一邊控訴永興公主的劣跡，一邊聲淚俱下，好不感人。

梁武帝見此有點生氣，殷均的老爸好歹也是自己的老朋友，自己的女兒放肆到這種地步，讓他臉面的確不大好看。於是，他把永興公主召進宮裡，想用語言教訓教訓她，無奈對方驕縱慣了，根本不吃他這套。

每當他批評一句，永興公主就會頂十句無懈可擊的辯詞，末尾還會加上一個語氣詞：切！梁武帝一向自卑於自己的口才，最討厭別人反駁他，出奇地震怒。人一憤怒，就會幹些異於往常的事情，他一時沒管好自己的手，抄起一把如意，把永興公主按倒在地，一頓暴打。

永興公主從來沒求饒過，不知道該用哪種方式表達，乾脆不吭聲。這讓梁武帝以為這是無聲的抗議和蔑視，內心的怒火更是升騰，一使勁，就把犀牛角做的如意打碎了。

如果說剛開始還是雷聲大雨點小的話，那後來就是真正的「暴打」了。在如意打碎的那一刻，梁武帝驚呆了，永興公主更是哭得昏天黑地——她哪受過這種待遇啊？

自從這個事件後，梁武帝和永興公主之間的父女關係冷淡了許多，永興公主甚至對自己粗暴的老爸產生一股恨意。與駙馬之間的關係，更是降到冰點，只要一看到殷均，

就忍不住撒野起來。

第一次遇到挫折的永興公主，感覺自己快要瘋了，開始急劇墮落，撲向肉慾的世界，不斷尋覓帥哥與她共度良宵，並頻繁更換對象，大有一日看盡長安花的架勢。

這一切，讓一個人看在眼裡，記在心裡，他就是永興公主的叔叔——臨川王蕭宏。

據史書記載，蕭宏「長八尺，美鬚眉，容止可觀」，稱得上是個惹女人喜愛的資深帥哥。看到自己的侄女如此淫蕩，又跟梁武帝關係破裂，突然計上心頭，決定把她拉進自己的陰謀之中，為己所用。

於是他施展了美男計，打算讓永興公主愛上自己。對一個深諳情場技巧的老帥哥來說，真是一點難度都沒有，果然，他只輕輕揮了一下剛勁有力的大手，對方馬上就送上門來了。

就這樣，兩人勾搭成姦，永興公主對自己的帥叔叔愛得死去活來，愛到什麼程度呢？

用比較肉麻的話說就是：我可以為你去死。

這剛好正中蕭宏的下懷！

其實，蕭宏一直就有謀反之心，全朝文武百官心知肚明，只有梁武帝對他寵信不疑。每當有人對他說蕭宏想謀反之事，他都微微一笑，信心十足地說：「啥？別扯淡了，我六弟不是那種人。」

有一次，有大臣告發，說蕭宏的府內有一處秘密的大倉庫，戒備森嚴，普通人不得靠近，疑似貯藏謀反兵器。

梁武帝本來對此沒什麼興趣，像他這麼理性的人，怎麼會相信這種無稽之談呢？但拗不過大臣一再騷擾，只好派出一個調查小組，晃晃悠悠地前去調查。

這種事，本應該是秘密進行才是，但梁武帝本就無心追究，只是想走走過場而已，所以，保密工作基本為零。結果，調查組還未正式組建，蕭宏就聽到風聲，把倉庫裡的兵器全部安全轉移。當調查組打開庫門的時候，裡面早就不是什麼刀槍劍戟，而是一坨一坨的金銀珠寶。

梁武帝看到調查報告後，哈哈大笑，對大臣們說：「你們看，寡人沒有說錯吧？不過，我六弟的小日子過得可真不錯啊！」

自此，梁武帝對蕭宏更是深信不疑，唯有大臣們暗自無奈。

與永興公主熱火朝天地苟且一段時間後，蕭宏看時機已經成熟，就在一次完事後，對嬌喘連連的永興公主說：「妳去把妳老爸幹掉吧，這樣我就可以當皇帝，然後封妳為皇后。」

這可是大事，永興公主感到相當突然，完全沒有心理準備，本能地脫口而出：「你幹嘛不自己去弄死他呢？」

蕭宏回答道：「妳是他女兒，他對妳的戒備心必較差，容易得手。」

沉醉於情愛之中的女人的智商基本為零，永興公主此刻正是這種狀態，於是，她答應了蕭宏的要求。

接下來，就是等待時機了。沒等待多久，時機就來了。

話說，梁武帝信佛，三不五時就喜歡搞點齋戒的儀式。而且他有個習慣，不僅自己齋戒，還喜歡找人陪著他一起。

上次，因為毆打的事，他跟永興公主的關係鬧得有點僵，但他內心還是喜歡這個女兒的。於是，這次齋戒，他選擇讓女兒前來作陪，以緩和之間的敵對態度，重溫昔日的父女之情。

這真是千載難逢的好機會啊！永興公主欣然前往。當然，她還帶了兩個貼身丫鬟，這兩個丫鬟可不普通，是蕭宏選出來的武林高手，刻意裝扮成女人的模樣。

問題就出在這，那時的易容手法顯然不太高明，當永興公主領著這兩個假丫頭入宮的時候，宮廷的侍衛隊長發現有點不對勁，這兩人怎麼走起路來扭動腰肢的動作這麼僵硬，真是一點也不性感！

隊長是個負責任的人，越想越不對勁，但又不好去打擾正準備齋戒的梁武帝。於是，他靈機一動，擅做主張派了幾個兄弟，事先埋伏在齋房屏風的後面，以備不時之需。

齋戒完畢後，永興公主決定動手，她謊稱有要事稟報梁武帝，讓他把門口的侍衛撤掉，梁武帝當然照辦。

侍衛一走，兩個假丫鬟立即原形畢露，繞到梁武帝的身後，想要下手。就在這緊要關頭，只見我們英勇的侍衛戰士，從屏風後一躍而出，將兩個假丫鬟就地擒住。

梁武帝頓時懵了：「這，這是怎麼回事呢？」

侍衛二話不說，開始搜身，兩把亮晃晃的匕首就這麼擺在梁武帝的面前。

梁武帝大怒，立即把永興公主與這兩個刺客羈押起來，連夜審訊。剛開始，他們還死不招認，但在辦案人員施展一些輔助手段後，兩人就全招了。包括蕭宏的陰謀，以及他與永興公主之間的醜事，一點都沒有遺漏。

看到印著鮮紅手印的供狀，梁武帝很傷心，兩個自己最寵信的親人，竟然聯手起來對付自己，這個事實太讓人難受了。

但最終，他還是平靜地接受這個殘酷的事實。

真相已經大白，該怎麼處置犯案人員呢？兩個假丫鬟處理起來比較簡單，斬首示眾即可。但對於永興公主和蕭宏，梁武帝沒殺他們，而是採取獨具個性的處罰方法──將他們軟禁在家，讓他們自己反省。

反省的結果是，永興公主上吊自殺，蕭宏的心理素質稍微好些，只是憂懼而病。梁

武帝看到他只是病了，心裡十分不滿，隔幾天就去「探望」一番，噓寒問暖，好不體貼。

對蕭宏來說，這種壓力十分巨大，每看到梁武帝，他謀反的事就被重新回憶了一次，病情彷彿也加重了一分，沒過多久，他就憂懼而死了。

看到兩個罪魁禍首都知趣地死了，梁武帝長嘆一口氣，用充滿憂傷的語調，對下屬們說道：「是他們自己主動死的哦！與我無關。」

於是，世間皆傳梁武帝之仁。

第 19 章

山陰公主——
奉旨出軌

山陰公主顯然不是個容易滿足的女人，沒過幾個月，她就對這三十頭千篇一律的種豬感到厭煩了。她有了更高的追求，把目光投向大臣褚淵。

各位觀眾坐穩囉！下面要出場的這位，可是千載難逢的人中極品，即使把她放進人類漫長的出軌史中，也算得上出類拔萃，連武則天這種彪悍的女人也不得不甘拜下風。她就是我們人見人愛、花見花開，啤酒瓶見了自己脫蓋，汽車見了也主動爆胎的山陰公主。

山陰公主本名叫劉楚玉，是南北朝時期劉宋王朝的廢帝劉子業的姐姐。

根據不可靠消息，劉楚玉長得異常妖艷，號稱當時皇族第一美女。他的老爹孝武帝十分疼愛她，待她成年之後，精挑細選了德才兼備的大帥哥何戢做她的駙馬。

孝武帝死後，由山陰公主的弟弟劉子業繼位。

不好意思，在說山陰公主之前，請允許我跑一會兒題，先介紹一下這個劉子業。

與山陰公主一樣，這個劉子業也確實是個人中極品。當上皇帝後，他對政事沒有絲毫興趣，整天只知道沉湎於各種刺激的性遊戲之中。他不但廣納民間美女、接收老爹的小老婆，甚至連自己的親姑姑也一併笑納。

被他笑納的姑姑名叫新蔡公主，駙馬爺是大將軍何邁。劉子業大概打小就對這個美女姑姑懷有淫念，當上皇帝沒多久，就藉口把她召進宮，強行姦之。

為了長期佔有，他心生妙計，將一具被毒死的宮女屍體打包送回何府，謊稱新蔡公主在宮裡突發腦溢血，死了。

這簡直是把駙馬爺當傻 B 看待啊！當何邁懷著悲痛的心情，想看看亡妻最後一面時，

看到的卻是一個陌生的女人。他懵了！這到底是怎麼回事啊？

轉念間，結合自己對這位新皇帝的認知，他突然頓悟，然後憤怒得用力踩腳，一股

怒氣自丹田直衝腦門：原來如此啊！

何邁是軍人出身，心裡哪容得下這頂碩大的綠帽子？於是，他把心一橫，決定造反。

但是，很不幸，沒等他付諸行動，造反的事就洩漏了。

這個罪名太巨大了，劉子業根本不用費神跟群臣解釋，就直接把對方殺了。新蔡公

主從此改姓謝，長留深宮。

從這個事件上，我們可以看出，這是多麼畜生的一個哥們啊！但是，別急，這還僅

僅是例一，還有例二。

劉子業的母親王憲重病時，非常想見兒子一面，但他死活也不肯去，理由是：「病

人房裡鬧鬼，太嚇人了，我可不去那種倒楣地方！」事實上，他正在忙著試驗新的性技

巧，或許也忙著搜羅新一批的美女，根本空不出檔期。

王太后聽到兒子的這番話後，心灰意冷，氣得破口大罵：「快給我拿把刀來，讓我

剖開肚子看看！看我為什麼生了個不通人性的雜碎……」說完後，就嚥氣了。

好了，跑題到此為止，下面言歸正傳，繼續說咱們的山陰公主。

話說，儘管劉子業是個畜生，但山陰公主與他一母同胞，關係向來比較好。好到什麼程度呢？二人時常同乘一輦招搖過市，也經常同食一席把酒言歡，更有甚者，根據不可靠消息聲稱，二人還經常同床共枕。

關係好到如此程度，那就沒什麼需要藏著掖著了。於是，一日，突發奇想的山陰公主，向自己的皇帝弟弟提出一個相當具有獨創性的哲理，她說：「妾與陛下，男女雖殊，俱托體先帝。陛下六宮萬數，而妾唯駙馬一人，事太不均。」

翻譯成你能聽懂的人話就是：「你老姐我與你雖說男女有別，但也是同一個老爹製造出來的。你坐擁三宮六院粉黛上萬人，而我卻只有駙馬一個男人，這也太不公平了！」

聽到這話，劉子業發了三秒左右短暫的呆，繼而對自己的情人兼姐姐生出了崇拜之情！這是多麼前衛的思想啊！比那些所謂的先鋒詩人、畫家都要高出一大截啊！

出於這種崇敬，他當即豪邁地拍胸說道：「這事包在我身上！」

數日之後，經過精挑細選的三十名帥哥，直接被送到山陰公主府上。看到這麼多令人眼花撩亂的尤物，山陰公主眼睛都直了，然後迅速進入試用階段，日夜兼程，整天快樂得不得了。

可憐的駙馬何戢，眼看著一頂頂綠帽呼嘯而來，卻只有忍氣吞聲的份。爲啥？人家山陰公主是奉旨亂搞，是有法律依據的，你能奈她何？

在強大的事實面前，何戩束手無策，只能一面聽著府內的淫聲浪語，一面寂寞地獨守空房。

但是，山陰公主顯然不是個容易滿足的女人，沒過幾個月，就對這三十頭千篇一律的種豬感到厭煩了，她有了更高的追求，把目光投向大臣褚淵。

褚淵是當時的首席帥哥，風度翩翩、俊美非凡、成熟穩重、魅力四射，雖已近不惑之年，依舊光彩奪目。

令人不可思議的是，不僅女人為之癡狂，連男人也為之著迷。據史書記載，每次退朝時，滿朝文武百官都會癡癡地目送他離去，直到他風度翩翩的背影消失在視線裡，他們才回過神來，慢慢散去。

褚淵究竟有什麼特質，令他如此魅力超常呢？

史書記載，「淵眼多白精，謂之白虹貫日。」意思是說他眼白特多，隨便看人一眼，就威風凜凜、風光無限，令人茶飯不思。

按現代人的審美標準，長成這樣其實挺癡呆的，但是沒辦法，當時的人就好這一口。人們為了模仿他，那些眼白不是特別多的同學，還努力翻白眼，以為這樣才夠帥。

綜觀當時的時尚人士，可用一句篡改來的名詩概括：「黑夜給了你黑色的眼睛，你卻用它來翻白眼。」

要說這個褚淵，其實也是個駙馬，娶的是山陰公主的姑姑南郡獻公主，論輩分來說應該是她的姑丈。但是沒辦法，山陰公主無可救藥地迷上自己的老帥哥姑丈。

山陰公主起了色心之後，就向皇弟劉子業提出新的要求：讓褚淵來陪她玩幾天。

劉子業知道褚淵一向威風凜凜、行為端正，沒敢明目張膽地要求他給姐姐當鴨，只有下詔讓他去公主府小住幾天，陪山陰公主和駙馬爺何戢聊聊人生、談談理想。

這意思相當明顯了：人都給你弄到府上了，至於能不能把他弄上床，就看妳山陰公主的本事了！

褚淵奉命來到公主府之後，山陰公主容光煥發、淫心氾濫，每日精心打扮、巧笑顧盼，使出渾身解數，百般勾引對方。按照正常的劇情，褚淵肯定會繳械投降，拜倒在她的石榴裙下。二人過著一段顛鸞倒鳳的荒唐生活，然後各自散去。

但事實卻大大出乎我們的預料，一連十天，褚淵僅停留在陪山陰公主談人生、聊理想的階段，沒有半點配合的意思。

這讓山陰公主十分震驚，也極其惱怒。

本來，她還想裝淑女，等褚淵主動上鉤，現在看來，這淑女是裝不下去了，於是決定暴露自己的慾女本性，直接姦之。

她解開自己的衣服，然後把媚眼飄向褚淵，但對方卻把眼睛移向別處。接著，她又

脫掉自己的內衣，視線繼續鎖定褚淵，對方乾脆閉上眼睛。

她急了，伸手要脫褚淵的外衣，褚淵一看公主要動真格的了，趕緊使出一招反手擒拿術，將她伸出的玉手抵在她的後背。

山陰公主哪受過這種欺負啊？又怒又恨，臉色一陣紅一陣白，又一陣黑，最後，竟然委屈地哭了。一邊哭，還一邊質問褚淵：「君鬚眉如戟，何無丈夫意？」意思是說：「你丫鬍子拉碴，滿臉都是，怎麼就沒有半點爺們的氣概呢？」言外之意是，你該不會是陽痿吧？

沒想到生理機能受到質疑的褚淵並不生氣，反而笑了笑，文質彬彬地回答道：「回雖不敏，何敢首為亂階？」

翻譯成你能聽懂的話就是：「我雖然挺笨的，但這種亂倫的傻B之事我是不會幹的。」言下之意就是我的性功能沒問題，只是不想跟妳瞎搞。

如此義正詞嚴的拒絕，並沒讓山陰公主死心，反而激起了她的鬥志。於是，她柳眉倒豎，怒道：「你難道不怕我令人綁了你，然後再強姦你？」

褚淵沒想到山陰公主不要臉到如此地步。事到如今，他也顧不得保持自己的酷勁了，只能像個任人宰割的女人那樣，使出撒手鐧：「我知道，妳是公主，妳有至高無上的權力，我對付不了妳，但是妳若再這樣逼我，我自殺總是可以的。」

唉，話都說到這個份上了，即使真的強姦他，還會有多大意思呢？山陰公主只得豎起大拇指，向自己堅定的姑丈認輸。

就這樣，褚淵總算逃出她的魔爪，得以安然返家。

經過這件事之後，山陰公主的自信受到了極大的打擊，淫心似乎也沒以前那麼茂盛了。從此之後，史書未曾再留下她驚世駭俗的壯舉。

後來，荒淫糜爛、濫殺無辜的劉子業激起宮女內侍的反抗，在一場聲勢浩大的宗教儀式之後，主衣（管理後宮衣物的人）壽寂之聯合大將軍柳光世發動宮廷政變，手起刀落，將他送上西天，接著擁立劉或為帝，史稱宋明帝。

至於劉子業的姐姐兼情人，山陰公主也死於亂刀之下。粗略估計，當時她才不過二十多歲。

第 20 章

郁林王何妃——
紅旗不倒，彩旗飄飄

楊珉之沒啥本事，只有一樣：長得賊帥！這正中何婧英的下懷，
沒幾天，她成功地把對方弄到自己的床上，跟夫妻沒什麼兩樣，
可蕭昭業一點也不生氣。

何妃名叫何婧英，是南北朝時期南朝齊廢帝蕭昭業的皇后，大將軍何戢的女兒。

何婧英的出身高貴，在當時，何家算是名門旺族，往上數三代，都是朝中的大臣。

她的老爸何戢更是了得，他的夫人就是當朝的公主劉楚玉——山陰公主。

這個劉楚玉可不平凡，是中國歷史上，甚至世界上最早的女權主義者。

我之所以這麼說，是有證據的。

前文提過，某年某月某一天，這個劉楚玉突然對她當皇帝的弟弟說：「咱倆都是先皇的子女，你看你三宮六院的，好不快活，可我卻只有一個男人，這也太不公平了，我要求與你同等待遇。」

這位皇弟的思想觀念也十分開放，於是大筆一揮，當即發給姐姐三十多名帥哥。劉楚玉喜滋滋地回到家中，從此夜夜不休，整天快樂似神仙。她老公何戢還不敢說她。為啥？人家是奉旨亂搞，你敢抗旨？

何戢不敢抗旨，但實在受不了妻子的做法，只好跟對方協商，又娶了一個小妾宋氏，各忙各的，互不干擾。這個何婧英，就是何戢的小妾宋氏所生的女兒。

要講何妃，得先說說郁林王。

郁林王名叫蕭昭業，我們叫他郁林王其實有點不公平，因為這位大哥也是做過皇帝的主兒，但不幸的是，他不太擅長皇帝這個職業，做沒多久就讓人家給廢了，成了與他

比較適合的郁林王。

蕭昭業在成爲皇帝之前，曾做過南郡王，何婧英就是在這時候嫁給他的。在做南郡王的時候，蕭昭業的小日子過得比較舒服，整天跟一幫子市井無賴小混混嬉笑玩樂。

丈夫玩他的，人家何婧英也沒閒著。與她老公不同的是，她喜歡的娛樂活動只有一個：那就是床上運動。

所以，她就經常留意丈夫身邊的人，只要被她看上眼，統統拉入臥室直接霸王硬上弓。這種情況想想還挺有趣的：這個哥們剛在外邊跟蕭昭業掰完腕子、喝完小酒，不知不覺就已經躺在何婧英的床上，思維尚有些飄忽，場面卻相當淫亂。

但有點必須說明的是，何婧英也挺愛她老公的，夫妻倆的感情一直很融洽。我猜，大概人家就是貪玩而已——呵呵！玩玩而已嘛！何必當真？

就這麼玩著，一項好康居然降到蕭昭業的頭頂，他被封為了皇太孫。

皇太孫？那皇太子呢？皇太子是蕭昭業的老爸蕭長懋，可惜這位老爸比較短命，或者說這位老爸的老爸太長壽，反正，還沒坐上龍椅過過皇帝癮，這位皇太子就掛了。

沒辦法，老子掛了只好由兒子頂上，就這樣，蕭昭業成了皇太孫，成了皇帝的直接繼承人。同年，那老也不死的皇爺爺居然一伸腿，掛了。因此他登位，是謂齊廢帝，何婧英也就理所當然地當了皇后。

當上皇帝以後，這對夫妻過起更加玩樂、奢靡的生活。據說，蕭昭業最喜歡的遊戲就是打開國庫大門，然後讓何婧英和眾妃嬪進去，比賽砸寶物，誰砸碎的多，誰就是獲勝者。

別看這個蕭昭業只知道吃喝玩樂，跟腦殘差不多，其實骨子裡壞得很！據歷史記載，他老爸和他爺爺就是他請一個姓楊的巫婆，用巫術弄死的。由於立下大功，所以蕭昭業對這個楊巫婆十分器中，連帶著也就對巫婆的兒子楊珉之十分親近。

楊珉之沒啥本事，只有一樣：長得賊帥！這可正中何婧英同學的下懷，沒幾天，她就成功地把這個帥哥弄到自己的床上。之後幾乎半公開化，同食同臥，跟夫妻沒什麼兩樣，可人家蕭昭業一點也不吃醋。

什麼？你說他大概不知道？朋友，你信嗎？反正我不信。

有一天中午，何婧英和楊珉之正在臥室裡瞎搞，蕭昭業突然駕到。何婧英沒辦法，就把對方藏到床底下。

蕭昭業看到妻子一身凌亂、嬌喘連連的模樣，心中狐疑，問道：「妳怎麼這副模樣呢？」

只見何婧英不慌不忙地答道：「死相，人家剛才睡午覺，夢到和你交歡呢！正交著，你就把人家吵醒了。」

聽到這麼香艷刺激的理由，蕭昭業的下身馬上就硬了，於是迫不及待地說：「哈哈！寡人打擾皇后的夢中交歡，那補償妳個真的如何？」說著，就抱起何婧英幹起那苟且的勾當。

可憐的楊珉之，正在興頭上，卻只能趴在床底聽人家做活塞運動的聲音。

何皇后跟楊珉之的事鬧得沸沸揚揚，於是，有一個叫蕭坦之的人進言，要求殺掉楊珉之。可蕭昭業卻捨不得，因為他一直把對方當好哥們呢！無奈大臣們眾口一詞，一堆人告發他和何皇后通姦之事，只好命令蕭坦之將他斬首。

何皇后聽到此事後，就憑著夫妻情分去遊說：「人家楊珉之是陛下您的寵臣，也是哀家的好朋友，人家又沒犯什麼過錯，憑什麼嘛？你說嘛！你說嘛！」

聽到妻子的話，蕭昭業又想赦免楊珉之。

可蕭坦之根本沒給楊珉之機會，沒等赦免令到達，就先把對方的頭砍下來了。以我陰暗的心理邪惡地猜測，砍頭的時候，蕭坦之一定懷著巨大的妒意大吼道：「憑什麼你這個王八蛋可以和皇后睡覺？」

楊珉之死沒多久，蕭昭業的死期也來了，殺他的人名叫蕭鸞。

這蕭鸞可不是普通人，乃南齊開國皇帝蕭道成的侄子（按輩分，蕭昭業得喊他爺爺）。很小的時候，他的父親就去世了，一直由叔父蕭道成撫養長大，與蕭道成情同父

子，當年，蕭昭業的皇爺爺臨終託孤，封蕭鸞爲尙書令，讓他忠心輔佐孫子。

可蕭鸞不是個老實人，早就有爭奪帝位的野心。如今上天垂憐，讓他碰上一個只知道玩樂的新皇帝，這個機會他當然不會錯過！於是，僅過一年多，他就殺掉蕭昭業，改立其弟蕭昭文爲帝。但蕭昭文明顯也只是個過渡，果然，過不了多久他再次出手，廢蕭昭文爲海陵王，自立爲帝。

蕭鸞即位後，由於自知皇位來得不合法，疑心很重，尤其對於先皇的子孫們頗多猜忌。剛開始，他只派人密切監視這些王子王孫們，後來覺得不過癮，就乾脆把他們全部殺掉。甚至連死掉的蕭昭業也沒放過，追貶他爲郁林王。

史書上說，蕭昭業死後，何婧英從此沒了下落。是殉情了呢？還是成爲蕭鸞的床上之物，或者流落民間過著樸素生活，又抑或跟胡太后一樣做了「雞」？這我們就不得而知了。

我們僅知道，這個生性風流的小美女，既不耽誤偷情，又不影響跟丈夫的感情，可謂牆內紅旗不倒，牆外彩旗飄飄，實爲當下某些被小三、髮妻鬧得狼狽不堪的失敗人士之楷模。

第 21 章

魏靈太后——
相思只為楊白花

靈太后完全把楊白花當做心中的白馬王子，可對方辜負了她，一個月黑風高的夜晚，這小子投靠南朝梁國——叛逃了。

魏靈太后姓胡名仙眞，是南北朝時期北魏司徒胡國珍之女，宣武帝元恪的老婆。靈太后是她死後的諡號，宣武帝活著的時候，她只是一個妃嬪，等宣武帝掛了，她的兒子元詡即位，才尊他爲太后。

和所有的約定俗成一樣，靈太后出生時也有天生異象。據記載，她出生時滿屋紅光，她老爸不知緣由，就找了個術士相了一卦，結果對方說：「賢女有大貴之表，方爲天地母，生天地主。」

意思很明確，就是說這孩子將來得做皇后，並會生出下一任皇帝。

隨著靈太后慢慢長大，這種不平凡漸漸顯現出來。儘管她生得如花似玉，愛好卻十分特別。別家小姐都在研究刺繡之類的針線活時，她卻喜歡射箭，而且射術十分精湛，據說，她能射中針眼。這也許有點誇張，但說明她技藝的高超。

等完全長成一個亭亭玉立的大姑娘時，人家都在忙著對鏡梳妝、情竇初開，可我們的靈太后卻削光滿頭秀髮，進尼姑庵當了尼姑。

也許你會猜測這是因爲她失戀了，受到致命打擊，所以看破紅塵出家去。

呵呵！其實眞相是人家喜歡上佛教，而且幹一行愛一行，她在當時的佛教界算是嶄露頭角的新秀，不僅精通佛經教義，還擅長講學，總能把佛經講得妙趣橫生、無限誘人，搞得當時的許多女子都被忽悠得步其後塵。

怎麼樣？有個性吧！有才華吧！

如果靈太后一直在廟裡做她的尼姑，那中國歷史上頂多只是多了一位美貌傾城的滅絕師太，而不是才貌雙絕的大女人。但歷史安排給她的角色是後者，前者僅僅是她走向太后寶座的必要途徑罷了。

為什麼說是必要途徑呢？因為正是這尼姑的身份，讓她遇到宣武帝，進而獲得對方的青睞。

這聽起來是不是有點牛頭不對馬嘴？

別急，當時的情況是這樣的：南北朝時期是一個佛教盛行的黃金時代，大多數皇帝都信奉佛教，並不遺餘力地推廣，這個宣武帝也沒免俗。

宣武帝平日的愛好也是讀讀佛經，並聽佛教高人教誨。可他有一個怪癖，就是不大喜歡和尚，所以，有幸給他教誨的只有尼姑了。

這一天，佛教界新秀靈太后，有幸被宣武帝召進宮裡給他上課。這課上著上著就走味了，宣武帝的眼睛本該在佛經上面，可是一直沒有離開過靈太后，而且眼神是直的。

沒等教誨完畢，宣武帝就給靈太后提出一個很有建設性的建議：「我覺得妳做我的老婆，比做尼姑更有前途，過來侍奉我吧！別再跟著佛祖混了。」

君命難違，尼姑靈太后從此變成貴妃靈太后。

為了讓預言成真，歷史就在這一刻為靈太后的人生拐了一個必要的彎。從此以後，靈太后徹底告別佛教界，轉型做她的皇妃。

非凡之人，必有非凡之舉。靈太后這樣非凡中的非凡，做事就更加不同凡響了。進宮後，她第一件令人驚異的事，就是決定給宣武帝生一個兒子。

這原本是人之常情，幾乎歷代妃嬪的第一追求都是如此，但事實上，這個「歷代妃嬪」並不包含漢武帝之後到靈太后之前的這個時期。

怎麼這麼說呢？因為當時的妃嬪天天燒香祈禱：「千萬別生男孩！千萬別生男孩！」

她們不會有病吧？當然不是！至於緣由，這要從另一個牛B人物漢武帝說起。

漢武帝開啟了一項新規矩：不管哪個妃嬪的兒子被立為皇位繼承人，這個妃嬪一定要賜死。

為什麼這麼殘酷呢？因為他是個智慧和偏執完美結合的皇帝，從前朝呂后專權的例子中得到一個教訓：做太后的沒一個好東西！極易弄得外戚專權，尤其是小皇帝年幼的時候，這種情況更為嚴重。

於是，漢武帝立下太子以後，第一件事就是把太子他娘賜死。這個事件後來成為傳統被繼承下來，南北朝時期更發展到極致，因此，就出現了上面提起的事件。

明知道自己可能會因為生男孩而被賜死，那靈太后為什麼堅持要生男孩呢？她的思

維是：「都他娘的不生男孩，那誰去繼承皇位呢？我不入地獄誰入地獄？為了全人類，就讓我胡仙真做犧牲者吧！」

結果呢？她真的如願生了個男孩，這男孩也如願繼承了皇位，就是孝明帝元詡。那她有沒有被賜死？當然沒！請你用電視連續劇思維想一下，女主角怎麼可能在一開始就掛了，那還有啥戲可唱啊？

也許是靈太后的英勇舉動感動了宣武帝，也許是宣武帝想到當初自己母親慘死的情景，頓生憐憫之心，因此決定破除陳規。

總之，靈太后不但沒死，還加倍獲得宣武帝的寵愛，這個女中豪傑開啓了一個新時代。自此，漢武帝創建的陋習，就被徹底革除了。

西元五一五年正月，宣武帝駕崩，靈太后的兒子元詡順理成章地繼承大統，是謂孝明帝。由於孝明帝即位時尚未成人，所以實際上由靈太后執掌大權，當然，背後的靠山就是靈太后的老爸——司徒胡國珍。

太后攝政，當然會有反抗的力量，第一個跳出來的便是宣武帝的皇后高氏。這個高氏很有一番憂國憂民的正統情結，看到靈太后攝政，內心產生了極深的憂慮，決定密謀發動政變，把對方趕下台。

可消息走漏，靈太后的老爸胡國珍聞訊後，當即調兵遣將，先下手為強，把高氏抓

來，打入冷宮軟禁，並把她的支持者一一解決，殺的殺，流放的流放，幫女兒穩定局面。

接下來，靈太后又任命自己的侄子胡虔爲御林軍統領，負責皇宮的保衛事宜，又翦

除異己，讓自己的親信執掌大權。透過一系列的果敢政策之後，局面總算是穩住了，再

也沒有反對者出來犯亂。

從此，靈太后開始了她長達十三年之久的攝政生涯。由於生來聰明伶俐，沒有什麼

能難得倒她，裁決政事、駕馭群臣、解決風雲變幻的國際糾紛，她都順手拈來，把整個

國家打理得井井有條。

人在沒有什麼煩憂時，就會想娛樂娛樂，隨著政局的無波無瀾、國泰民安，一直寡

居的靈太后內心開始蕩漾，準備尋找自己的第二春。

第一個被靈太后相中的是楊白花，他是北魏名將楊大眼的兒子，生得和乃父一樣英

武俊朗，而且頗具神采，極具魅力。

靈太后完全把楊白花當做心中的白馬王子，使盡所有招數，終於把他拿下，成了宮

中的風流客。

這裡需要特別說明的是，靈太后對楊白花的感情不單只有肉慾那麼簡單，準確地說，

這應該是她的初戀，一次眞正的發自內心的純潔感情。

可楊白花辜負了她，這個小子陪睡幾次之後，不僅沒被靈太后的眞情感化，反而覺得屈辱感越來越重，因爲他是個爺們、很有才華的男人，這樣的男人怎麼會甘於做女人的裙下之臣呢？可不陪又不行，沒辦法，一個月黑風高的夜晚，這小子逃離洛陽，投靠南朝梁國——算是叛逃了。

楊白花走後，靈太后頓時感到心裡沒著沒落的，差點得了花癡。但靈太后就是靈太后，沒過多久，就從失戀的痛苦中走了出來，重振雌風。爲了紀念這段感情，她還寫了一首動人的歌詞，並讓歌伶譜上曲，日夜吟唱，歌名叫做《楊白花歌》。

陽春三月，楊柳齊作花；

春風一夜入閨闥，楊花飄蕩落南家；

含情出戶腳無力，拾得楊花淚沾臆；

秋去春來雙燕子，願含楊花入巢裡。

楊白花的背叛，讓靈太后自此不再相信愛情，從一個心理上的豆蔻少女，迅速成爲一個寵辱不驚的少婦。從此，她正式進入了自己的淫亂生涯，男人之於她，只是玩物。這些玩物中，最著名的是魁梧偉岸的清河王元懌。元懌是宣武帝的弟弟，也就是靈太后的小叔，不僅長得一表人才，而且爲人堅毅果決，很有能力。

靈太后看上他後，就利用自己手中的資源，授以重位，然後日夜召其入宮，名為商議國事，實乃飲酒作樂。一開始的時候，元懌還極力規避，但在一次酒醉後，終於被靈太后強姦，從此成了她的床幃常客。

墮入淫亂的靈太后，對國家大事不再像以前一樣用心，開始以得過且過、及時行樂的方式執政。慢慢的，北魏朝政一片污濁，國內矛盾叢生而起。

當時，奢靡之風盛行，靈太后整日飲宴遊樂，花費驚人，而且她出手闊綽，常賞賜親信大量財物。例如高陽王元雍擁有男僕六千人、妓女五百個，隨便吃一頓飯就要花費數萬錢；河間王元琛也不落於後，為了與元雍比富，竟然用銀槽餵馬，用奇珍的瑪瑙碗、水晶盅、赤玉壺宴飲賓客。

吏部尚書元輝更勝一籌，充分利用手中的權力，明目張膽地賣官鬻爵，開價大郡二千匹、次郡一千匹、下郡五百匹，其他官職也同樣碼明標價，童叟無欺，時人乾脆將吏部稱為「市曹」。

腐敗的朝政激起朝野內外的強烈不滿，西元五二○年，手握兵權的皇族子弟元叉趁機發動政變，殺掉政敵元懌，並強迫孝明帝將靈太后軟禁北宮。然後，他和高陽王元雍一起輔政，填補靈太后的權力真空。

但僅僅一年之後，孝順的孝明帝思母心切，趁著元叉離京出差的機會，將母親釋放，

並在西苑大宴群臣，就這樣，靈太后重新獲得了自由。

重新獲得自由的靈太后，並沒有因此卸甲歸田，而是在暗地裡積極活動，以圖東山再起。經過充足的準備之後，她重新攝政，重執政權後的第一件事就是殺掉元叉，報復當年被擒之仇。

但是，靈太后並沒有吸取之前的教訓，幫兒子勵精圖治，而是駕著北魏這輛破車朝懸崖一路狂奔。

西元五二〇年至五二八年之間，各地農民起義頻頻爆發，前往鎮壓的軍隊多次遭到慘敗，北魏政權處於風雨飄搖之中。

此時，孝明帝元詡年齡漸長，對於北魏的政治形勢十分憂慮，同時對其母的所作所為十分不滿，決定親政。可此時的靈太后已被權力徹底異化，察覺到兒子意欲親政的意圖後，失去權力的恐懼感從心底升起，直至浸滿全身。

這使靈太后下定決心，絕對不能再次失去權力，即使是交給自己的親生兒子也不行。

於是，她大力提拔自己的私黨親信，並尋找藉口剷除孝明帝的親信，母子間的關係徹底決裂。

終於，孝明帝忍無可忍，西元五二八年，發密詔命鎮守晉陽的大將爾朱榮率兵入京勤王，剷除靈太后的勢力。不料，密詔被靈太后的親信截獲，靈太后看後大怒，一不做

二不休，毒殺了自己的親生兒子。然後，她扶立臨洮王元寶輝之子元釗繼位，此時的元釗只有三歲，大權當然繼續由她掌握。

孝明帝被毒殺的消息傳出後，天下震驚、朝野激憤。駐紮在晉陽（今山西省太原市）的爾朱榮以「為孝明帝報仇」為口號，率大軍南下，進逼洛陽。靈太后得知消息後，調集大軍與之決戰，結果被打敗。

轉眼間，爾朱榮的大軍已直逼洛陽城下，此時北魏軍隊人心渙散，洛陽東北門戶河橋守將看寡不敵眾，率兵降了對方，如此一來，京城便已無險可守。

靈太后見大勢已去，放棄抵抗，命令後宮嬪妃和她一起到永寧寺出家為尼，希望以此保全性命。但爾朱榮入主洛陽後的第一件事，就是將她和幼帝元釗扔進黃河，讓他們雙雙溺死。

就這樣，執掌大權十三年之後，偉大的靈太后終於在戀戀不捨中交出權力，同時也交出了性命。

在河水沒過她頭頂的一剎那，也許一個乾淨的聲音，會在她的內心響起：「陽春三月，楊柳齊作花……」

第 22 章

宣華、容華二夫人——
父子兩代的戰利品

宣華夫人嚇呆了，等她反應過來時，衣服已被褪去大半。她羞恨
交加，摀著胸部直奔進楊堅的病榻旁，留下楊廣癡癡地在原地發
呆，彷彿剛才的一切都不是他做的。

宣華夫人是隋文帝楊堅的寵妃，姓陳，是大名鼎鼎、臭名昭彰的陳後主之妹。

本來，金枝玉葉的陳公主應該過著養尊處優的順心日子，無奈陳後主是個不成器的玩意，導致陳國不戰而敗，被隋朝一舉拿下，成了亡國之君，這個陳公主也成了戰利品被送往隋朝，充實隋文帝的後宮。

隋文帝楊堅是隋朝的開國皇帝，老爸楊忠是西魏和北周的大將軍，北周武帝時被封爲隋國公。楊忠死後，楊堅承襲父親的爵位，勢力日漸擴大，西元五八一年，北周皇帝被迫下台，將皇位禪讓給了他，他登基後，定國號爲大隋。

隋朝建立之初，南方還有兩個政權──後梁和陳。楊堅稱帝後勵精圖治，以一統天下爲己任。經過六年的準備，先於西元五八七年滅掉後梁，又於五八八年任命自己的兒子晉王楊廣爲兵馬大元帥，率領五十萬大軍征伐陳國。

此時陳國的國君陳後主還在想著韻腳、做著詩，歡喜地過著花天酒地的生活。當邊防告急的文書如雪片般飛到都城建康的時候，他才如夢初醒，慌忙召集大臣商討對策。君臣討論了一番，最後得出的結論卻是：「有長江天塹做屏障，隋朝軍隊就是天兵天將也攻不過來，沒事！沒事！沒事！可以繼續飲酒作詩。」

結果，西元五八九年正月初一，隋軍藉著大霧掩護，兵分兩路，悄悄渡過長江，從天而降，圍住健康城，此刻陳國的君臣都還在酣睡。

陳後主一覺醒來，看到隋軍兵臨城下，嚇得褲子都尿濕了，他哪見過這陣勢啊？

十幾萬陳軍倉促迎戰，但由於平日裡嘟嘟當慣了，根本沒什麼戰鬥力，一觸即潰，再加上部分守將投降，僅僅二十多天，隋軍便進入健康城，活捉陳後主，俘虜大批女眷，宣華、容華兩夫人就在其中。

滅掉陳國後，隋文帝一統天下，結束自西晉末年以來近三百年的分裂局面，可謂居功甚偉。

儘管隋文帝在國事上如此威武，但日常生活中是著名的「妻管嚴」。他的老婆獨孤皇后把他治得服服貼貼，而且她最大的特點就是善妒，一旦跟哪個女人有一腿，那他估計就得跪洗衣板，而那個獲寵幸的女人也會不得好死。

正因如此，獨孤皇后死掉之前，楊堅只能眼睜睜地看著美貌如花的陳公主和一票美女，卻不敢妄動。他能做的就是把她們全部養在後宮，然後耐心地等他老婆死掉。

幸好，獨孤皇后不負所望，果然在楊堅之前死了。

獨孤皇后一死，楊堅有如猛虎出籠，幾乎夜夜不歸，幸遍後宮所有佳麗。最後，透過自己的實踐，從中選出兩個極品賜以封號，長伴左右。這兩個極品，一個就是陳公主，被封為宣華夫人，另一個是蔡氏，封為容華夫人。

得此二女，隋文帝心滿意足，加上年事已高，精力不得分散，所以便專心行樂，把

國家大事全交給太子楊廣處理。

楊廣就是後來的隋煬帝，是隋文帝跟獨孤皇后的二兒子。按古代立長不立幼的慣例，太子本該是老大楊勇，一剛開始也的確是他。

可這楊廣不是個省油的燈，看太子之位沒有自己的份，就使盡渾身解數討好自己的老媽，竭力裝出一副孝順、老實、有能力、會辦事的四好青年模樣。

人一老就容易糊塗，本來就容易糊塗的女人一老，更是糊塗到不行。於是，在楊廣賣力表演之下，獨孤皇后對他越看越順眼，對大兒子則是越來越不待見。

後來，到了火候差不多的時候，楊廣就上演了一齣苦肉計——自己刺自己一劍，然後嫁禍給楊勇，說是他派人來刺殺的。糊裡糊塗的獨孤皇后信以為真，立即下了廢楊勇立楊廣的決心。

前面我們提過，隋文帝是個怕老婆的妻管嚴，老婆做的決定，他連半個「不」字都不敢講，就這樣，楊廣取代他大哥，登上太子的寶座。

楊廣知道自己這個太子是怎麼弄來的，非常沒有安全感，生怕被父皇廢掉。於是，他大力結交滿朝大臣、皇族，甚至太監，而隋文帝為了安心享樂，早早就把大權交出，這樣一來，整個大隋朝幾乎就是他的天下。

西元六○四年，縱慾過度的隋文帝因為體力不支病倒，而且病得不輕。最得寵的宣

華、容華二夫人一直侍立床前。這一天，隋文帝的病情略微好轉了一些，看著兩位愛妃憔悴的模樣，心裡其實是相當欣慰的。

說了幾句體己話之後，宣華夫人突然有了尿意，就告退出去上廁所。不巧的是，隋朝宮內的廁所不多，宮女數量又太多，一時沒找到空位，就在一邊耐心地等著。

這一等不要緊，正好被前來探視父皇病情的楊廣看到。楊廣垂涎她也不是一天兩天的事情了，當年他帶兵拿下陳國都城時，第一眼看見她就呆了。

可因為有老爸在，他不敢擅用，只能眼睜睜地看著如花似玉的宣華夫人被年老體衰的老爸霸占。

可現在今非昔比，他不但掌握了大權，而且老爸也快病死了。想到這裡，一直以來強力壓抑的情緒一股腦地爆發出來，楊廣徑直奔到宣華夫人身邊，伸手撕扯人家的衣衫，嘴裡還像阿Q一樣嘟囔：「我想和妳睡覺。」

金枝玉葉的宣華夫人嚇呆了，等她反應過來，衣服已被褪去大半。她羞恨交加，捂著胸部直奔進楊堅寢宮的病榻旁，留下楊廣癡癡地在原地發呆，彷彿剛才的一切都不是他做的。

聽到宣華夫人控訴的楊堅，氣得口吐三口鮮血，差點直接升天。待緩過來之後，便竭盡全力叫嚷著：「我要廢了這個孽子！」並命令太監召大臣過來。

但是整個隋宮幾乎都是楊廣的親信，這個太監沒有去通知大臣，而是直接向主子彙報了此事。聽到這個消息後，楊廣才意識到問題的嚴重性，權衡片刻後，這個心狠手辣的哥們把心一橫，做了一個斬草除根的決定。

他找來自己的死黨楊素，楊素又找來自己的親信張衡。然後，他和太監走進隋文帝的寢宮，並把宣華夫人和容華夫人轟出去。片刻之後，寢宮內傳出消息：老皇帝駕崩了。

楊廣隨即繼位，是謂隋煬帝。

關於隋文帝楊堅的死，歷史上一直充滿爭議，雖然《隋唐演義》等演義小說，以及一些野史都稱楊廣爲篡位弒父，但正史上並沒有記載。不過，正史也沒有給出一個確切的答案，反而故意留下了令人遐思的空間，暗示楊堅爲楊廣所殺。

反正，不管怎麼樣，楊堅是死了，而且是非常符合楊廣心願，及時地死了。

得到老皇帝的死訊後，宣華夫人當場就懵了，再想想當天發生的事情，知道自己不會有好日子過了。她百腸糾結地坐在自己的床榻旁，等待新皇帝對自己的處置。

晚飯時分，結果來了，一個小太監送來一個盒子。宣華夫人心想，大概是三尺白綾吧！於是，她回臥室換上嶄新的衣服，化了新妝，準備漂漂亮亮地赴死，可打開盒子一看，我靠！居然是一對同心結。

這意思很明白了，身旁的侍女們立即跪下向她祝賀，她的心裡卻有著一股說不出的

滋味——高興？難過？彷彿都不是，又彷彿都是。

當天晚上，楊廣爬上了宣華夫人的床。第二晚，他又爬上容華夫人的床。自此，楊廣不但繼承了皇位，也順便接管他父親最寵愛的兩個女人。

與獨孤皇后一樣，楊廣的老婆蕭皇后也不是個省油的燈。楊廣的所作所為完全逃不出她的法眼，一天晚上，久等丈夫不至的她醋勁大發，第二天便和他攤牌——若不把宣華、容華二女趕走，就會把這一切醜事公諸於眾。

萬般能耐的楊廣，面對家裡的河東獅也無計可施，只得在宮外弄了一個小別墅，金屋藏嬌，彷彿包二奶一樣，背著妻子偷偷幽會。

又過了一些時日，楊廣實在難耐相思之苦，千方百計地遊說自己的老婆，在保證蕭皇后永遠是首發，宣華、容華二女只是替補的前提下，終於獲準把二女迎回皇宮。

但因為出身貴族，羞恥心特別嚴重，難以忍受同侍父子二人恥辱的宣華夫人一直鬱鬱寡歡，身體狀況十分不好，病病快快過了一年後，就撒手人寰了，年僅僅二十九歲。

宣華夫人死了以後，楊廣非常悲傷，三日不能上朝。等略微恢復之後，又做了一首《神傷賦》，以表相思之情。由此可見，他對宣華夫人的感情是非常純真的，是我們這些俗人誤解他一千多年。

同學們，為你們的下流懺悔吧！

第 23 章

蕭皇后——
一生桃花伴君王

太宗皇帝本來是對蕭皇后有想法的，可此時的她已經太老了，於是他發出了一聲「恨不相逢未嫁時」，然後像對待自己並未得手的初戀情人一樣，把她養在唐宮之中。

蕭皇后姓蕭名瀟，是隋煬帝楊廣的老婆，楊廣還是晉王的時候，這個女人就是他的正牌王妃。

據說，蕭皇后生得面若桃花且聰明伶俐，很得楊廣和他老媽獨孤皇后喜愛。

蕭皇后的老爸叫蕭巋，原是梁朝的皇族，梁朝解散之後，他就帶著自己的部隊上山打游擊，最後占領荊州、襄陽等地，儼然成為一個有地盤有部隊的小軍閥。

當時，正是群雄並起、群魔亂舞的時代，小小的蕭巋要想立於不敗之地，必須找個強大的靠山，聰明的他把目光投向已佔據大半壁江山的隋朝。於是，在前往長安的大路上，經常能看到蕭巋裝滿進貢物的大車。

禮多人不怪，何況隋文帝楊堅本來就非常喜歡這個聰明的梁朝後裔。於是，在獨孤皇后授意下，楊堅決定跟蕭巋聯姻，要從蕭巋的女兒中，給二兒子楊廣選個媳婦。

求之不得啊！這可把蕭巋樂瘋了。

但是隋朝那時候，人們還比較迷信，要結婚先得算算生辰八字。結果，蕭巋把他三個女兒的生辰八字一報，跟楊廣都不合適。這可怎麼辦呢？難道近在咫尺的富貴就讓它這樣溜了？

這時，蕭巋想到他還有個小女兒，正在鄉下寄養著呢！於是趕緊把她弄回來，一算生辰八字，嘿！正合適！

這個童年並不走運的小女兒，就是日後大名鼎鼎的蕭皇后。

你肯定很納悶，這個本該是千金小姐的小女兒，為什麼會被寄養在鄉下呢？

這又是封建迷信惹的禍。

當年，蕭皇后出生時，正好有一個得道高僧路過，蕭歸便請這個老和尚給女兒相了一面。結果老和尚以專家的口吻，毫不質疑地說：「貴千金天生獨命，不僅剋父母，而且剋兄弟姐妹，必須送給別人撫養。」就這樣，剛出生沒多久的蕭皇后被送到鄉下，展開一段別開生面的童年。

天生的貴族氣質，再加上鄉間生活的洗禮，小小的蕭皇后早已出落得高貴典雅、善解人意、知書達理，很惹人疼愛，連一向刻薄的獨孤皇后都對她十分憐惜。十三歲那年，蕭皇后和二十五歲的楊廣成親，成了晉王妃。

西元六〇四年，老皇帝隋文帝楊堅掛了，楊廣即位，是謂隋煬帝。蕭皇后也被冊封為后，這年，她剛好三十五歲。

楊廣登基後，再也不用像以前那樣，隱忍自己的慾望低調行事。這些年，身為皇儲的如履薄冰，已經受讓他夠了，如今順利坐上龍椅，終於可以隨心所欲了。

首先要做的，就是把先皇的寵妃宣華夫人弄到床上，這可是讓他垂涎已久的大美人。

很簡單，一道諭旨，別無選擇的宣華夫人也就半推半就的到手了。

自從有了宣華夫人，楊廣的天空萬里烏雲，整日沉浸在夢想變成現實的亢奮中。至於同樣美貌的蕭皇后，早就在楊廣那裡超過保鮮期，於是，她像一件不再時尚的衣服，被楊廣掛在陳舊的衣櫃裡，看也不看一眼。

一邊是夜夜歡歌、顛鸞倒鳳，一邊是寂寞深宮、徹夜難眠。蕭皇后靜靜地忍耐一些時日之後，憤怒了。

她怒氣衝衝地來到宣華夫人的寢宮，當著楊廣的面把她臭罵一頓，然後把她趕出皇宮，安置在一處郊區的別墅裡。

奇怪的是，楊廣在整個過程中居然沒能阻止，由此可見，這個蕭皇后絕對不是一般的女人，至少從婆婆獨孤皇后那裡學到有用的御夫之術。

同時，也可以由此推測出，其實楊廣並非無情無義的大惡棍，他之所以能忍受蕭皇后的如此妄為，應該是念在二十多年的夫妻情分上吧？

蕭皇后原本以為趕走宣華夫人，楊廣就會重新回到她的床上。無奈的是，楊廣卻採取非暴力不合作的冷戰態度，既不懲罰蕭皇后，但也不搭理她，而且脾氣越來越暴躁。

如此持續了一段時間後，蕭皇后意識到自己錯了。

她趕得走宣華夫人的人，卻趕不走她的心，楊廣迷戀的，似乎不僅是對方的身體，他倆之間，莫非還有傳說中的愛情？

於是，蕭皇后絕望了。她默默派人把宣華夫人重新接回宮裡，親手交給楊廣，然後回到自己的寢宮，孤自一人舔舐自己的寂寞與哀愁。

此時，她只有三十五歲，如狼似虎的年紀啊！她渴望一個男人。

有人需求就有人提供，這是市場規律。映入蕭皇后眼簾的，是一個叫宇文化及的男人。他是御林軍中的軍官，平日的工作是保衛整個後宮的安全，由於工作上的便利，可以合法接近蕭皇后。

面對這上天恩賜的禮物，蕭皇后自然沒有讓他跑掉。某個月黑風高之夜，當楊廣正在宣華夫人的宮裡享受人間極樂時，蕭皇后把宇文化及拉到自己的大床上。

這一晚，蕭皇后好比久旱逢甘霖，也好比乾柴遇烈火，滿足至極。自此，她終於順利解決自己的孤獨與寂寞。

隋煬帝的生活越來越糜爛，天下災難頻發，民不聊生，但貪玩的他卻依然任性地勞民傷財，徵集民夫開鑿大運河，以滿足他遊江南的嗜好。

哪裡有壓迫，哪裡就有反抗，天下人心開始浮動。這個時候，只要有人登高一呼，天下人便會積極響應。

宇文化及做了這個登高一呼的人，他和自己的兄長宇文智及帶頭造反，打進皇宮，可憐的隋煬帝楊廣，在混亂中被以前的臣下找了一條絲襪給縊殺了。

殺了楊廣，宇文化及掌管大隋朝的江山，同時也順理成章地接管了蕭皇后，就這樣，

她成了宇文化及的小老婆。

可是，江山就像路上的錢包，你可以撿，我也可以撿，何況是亂世的江山？不到一

年，宇文化及便被另一個軍閥竇建德殺了。

竇建德早就知道蕭皇后的美名，如今一見，頓時被她身上散發出來的高貴氣質征服。

他一刻也沒耽誤，直接把她弄到床上，就這樣，她又成了竇建德的小老婆。

此時，中原混戰，李淵在長安稱帝，建立大唐，而在混戰的空隙中，北方的突厥人

迅速壯大。突厥番王的其中一個愛妃，正是蕭皇后的小姑，也就是隋煬帝楊廣的妹妹。

她打聽到嫂子的遭遇，就說服番王，把蕭皇后從竇建德手裡討過去。

竇建德不敢招惹突厥人，只好乖乖地把人送過去。於是，蕭皇后像貨物一樣，又被

轉手到突厥藩王的手中。

番王這輩子沒見過幾個漂亮女人，一見蕭皇后，就被她風韻猶存的氣質打動了，立

馬收她做了愛妃，從此姑嫂二人共事一夫。

沒多久，老番王死了，按突厥的傳統，新番王必須繼承老番王的妻妾，蕭皇后又成

了新番王的愛妃，據說，新番王對已年近半百的蕭皇后依然寵愛有加。

十年後，唐朝大將李靖率兵擊敗突厥人，把他們趕到鳥不拉屎的大漠以北，順便把

蕭皇后接回中原，此時，蕭皇后已經是半老徐娘了。

唐太宗李世民年輕時，也曾暗戀過蕭皇后，見到本人時，發現她依舊名不虛傳。為了給她接風，還令人辦了一場豪華奢侈的夜宴。

據說，太宗皇帝本來對蕭皇后是有些想法的，無奈此時的她已經太老了，於是他發出了一聲「恨不相逢未嫁時」，然後像對待自己沒得手的初戀情人一樣，把她養在唐宮之中。

在唐宮度過十八年時光後，這個像牲口被賣來賣去的女人，終於走完自己的人生。

第 24 章

高陽公主——
我被愛情撞了一下腰

一個忘記自己是高貴的公主，一個忘記冰冷的清規戒律，兩顆孤獨的心以光速融合在一起。這個時候房遺愛在幹什麼呢？據說他在給屋裡的兩人站崗放哨。

西元六四九年，正是大唐貞觀年間。

這年冬天，長安城裡發生一件小小的盜竊案。本來，雞鳴狗盜的事天天都有，根本沒有資格載入史冊，但這次不同，因為辦案民警從小偷的家裡搜出一件珍寶——一個鑲滿寶石的女式玉枕。

這讓原以為只是小案子的辦案人員興奮不已，因為據他們的經驗，這東西一看就是宮裡的東西。

敢偷宮裡的東西，這怎麼得了？偷尋常百姓家裡，跟偷皇帝家的東西性質是大大不同的。當審訊人員把這個區別告訴倒楣的小偷的時，他嚇得尿褲子了，連忙戰戰兢兢地申辯道：「我沒有進宮盜竊，一是因為沒那個膽，二是我的盜竊技術沒到達那個水平，這枕頭是從一個叫辯機的和尚那裡偷來的。」

聽到小偷的申辯，辦案人員哈哈大笑，他們認定這孫子在扯謊，因為按照正常的邏輯，從和尚那裡偷點香爐、袈裟、舍利子之類的東西還可以理解，偷一個價值連城的宮內寶貝，而且還是女用的，這怎麼可能？

於是，他們決定上刑。

小偷被抓也不是一次兩次了，每次都乖乖認供，沒嘗過什麼大刑，一看這架勢，哪裡承受得了啊？在褲子又被尿濕一次以後，連忙大喊：「長官若是不信，把那和尚弄過

來問問就知道真相了。」同時，他還把辯機和尚的工作單位，以及宿舍門牌號碼統統報了出來。

這下換辦案人員迷茫了，難道這小子說的是真的？那就太掃興了，原以為抓了條大魚呢，還指望這升官呢！

不過，難道那辯機和尚是個隱藏的大盜？這玉枕是他偷的？

想到這，破案心切的民警立即趕往辯機的單位，把他請進審訊室。

一開始，辯機和尚對於玉枕的來歷含糊其辭，編造數個理由想蒙混過關，但出家人顯然不善於打誑語，加上審訊人員個個英明神武，不斷地恫嚇：「你若再不配合辦案，我們就認定你是江洋大盜，直接定你的罪，把你拉出去，咿嚓！」同時，做了個嚇人的抹脖子動作。

辯機向來不殺生，也比較害怕被殺，看到如此血腥的暗示，心理防線頓時崩潰，默念一遍阿彌陀佛後，就一五一十全招了。

原來，這枕頭是當朝皇帝的金枝玉葉高陽公主贈送的！

案情一瞬間變得更加撲朔迷離，審訊人員興奮得兩眼發光，憑著他們專業的直覺，乘勝追擊地問道：「那公主為什麼贈送你如此珍貴且曖昧的東西呢？」

早就心理崩潰的辯機徹底失去反抗的力量，頹廢地告訴民警他是高陽公主的地下情

人。靠，居然有意外收穫啊！

不過，此事關係重大，他們立即上報給上級，上級不敢處理此事，就又上報給上級的上級，如此一路下去，最後上報到最高層的上級——唐太宗李世民那裡。

可想而知，李世民勃然大怒，經過親自審訊，得知此事的確屬實後，更加怒不可遏。

事情的最終結局是，辯機和尚被腰斬，高陽公主的醜聞傳遍大街小巷。

用了這麼長的一個故事來作為文章的開頭，好像有點過分，但這也恰好說明這件事的重要性。因為，不瞭解這件事，就無法弄清楚高陽公主的一生傳奇。

高陽公主是誰？她的一生又充滿怎麼樣的傳奇色彩，下面就讓我們從頭開始，按部就班慢慢道來。

高陽公主是唐太宗的第十七女，很得太宗喜愛。跟大部分的公主一樣，她氣質高傲、長相頗美，而在個性上，則是典型的文藝女青年的派頭——內斂又喜歡獨樹一幟，有自己獨特且根深柢固的審美標準，渴望完美、浪漫的愛情。

總之，她是一個脫離凡俗的理想主義者。

我們都知道，當理想主義者是比較痛苦的，因為現實生活不可能是童話，百分之百的完美是不存在的，即使偶爾可以享受夢想實現的快感，可大多時候，卻要忍受「不如

意者十有八九」的事實。即使貴為公主，也難逃這該死的規則。

高陽公主遇到的第一次挫折，來自她的第一件人生大事——婚姻。

按常理來說，身為金枝玉葉，在選擇男人方面，應該會是：「老娘看上誰就是誰！」

但事實並非如此，歷史上大多數生在皇家的公主們，根本無權掌握自己的命運，得在家國天下的大牌坊面前，淪落為政治工具。

和前輩相比，高陽公主沒有這麼慘，至少無須遠嫁鳥不拉屎的番邦。不過，她卻沒有權力按自己的意志去自由戀愛。

她的老爸唐太宗早就給她物色好夫婿，叫做房遺愛，是大功臣房玄齡的兒子。

關於這起婚姻，我們可以這麼理解：一是，唐太宗為了顯示自己對功臣的厚愛，從而把高陽當做禮物賜給房家；二是，唐太宗為了鞏固李家的江山，主動與權臣聯姻，以保江山。不管怎麼理解，它都有一股奇怪的味道——政治婚姻。

這對女文青性格的高陽公主來說，簡直是致命性的打擊。她喜歡溫文爾雅的白馬王子，要帥、要懂詩文、要解風情，還要上得廳堂，下得廚房，抽空還得講點好玩的段子，把她逗得花枝亂顫。

但遺憾的是，房遺愛顯然不是這種類型的男人。他大字識得不是很多，沒有文學情懷，也沒有細膩的情感，更不會講段子討好女人，他有的是一身強健的肌肉，和力拔山

河的勇猛。

高陽公主對此非常失望，與她理想中的夫君相比，這差距何止十萬八千里？簡直是南轅北轍，總之是十二萬分的不靠譜。

可皇帝老爸的金口玉言，她怎敢違背？

於是，在憂傷與失落中，女文青高陽公主嫁給功夫小子房遺愛，這起婚姻的背面寫著五個大字：與愛情無關。

與愛情無關的後果就是，自從洞房之夜後，新郎倌房遺愛就再也沒被允許進過妻子的香閨。也就是說，他們從新婚的第二天就開始分居了，這效率可真夠高的。

對於這一切，傻小子房遺愛毫無辦法，唯有自卑，同時採取了最笨的也是最無效的辦法來討好高陽公主，那就是：迎合。毫無保留的、死心塌地的迎合，只要是她喜歡的，他都無條件支持。

我們知道，這正好犯了女文青的大忌。結果就是，高陽公主不但沒有回心轉意，反而愈發瞧不起這個窩窩囊囊、毫無個性的男人。

婚姻的不如意，讓高陽公主暫時把對於完美愛情的渴望隱藏在心底，同時化悲憤為力量，瘋狂迷上狩獵這一古老的貴族遊戲。

房遺愛當然大力支持。

一天，高陽公主照例換上運動服，在房遺愛陪同下，外出打獵。就在這次狩獵中，她遇到一個令她渾身觸電的男人，也就是上文提到的辯機和尚。

當時，辯機和尚正在樹林裡的一座草屋內苦修，屋門是開著的，當高陽公主遠遠的看到那個正在迷思苦想的帥和尚時，一種叫做一見鍾情的感覺撲面而來。

她知道，愛情來了！

然後，她進入草屋。接著，她摒退左右，再來，她關上房門。最後，一個忘記自己是高貴的公主，一個忘記冰冷的清規戒律，兩顆孤獨的心以光速融合在一起，當然，同時融合的還有他們的肉體。

這個時候房遺愛在幹什麼呢？

據說，他在給屋裡的兩人站崗放哨。

現實真是幽默啊！而且還是黑色的。

從此以後，高傲的高陽公主找到自己的愛情歸宿，與小和尚辯機建立起長遠的地下情關係。

不得不承認，辯機和尚的確是個人才，在與高陽公主享受紅塵之歡的同時，也沒耽誤自己的修行。

西元六四五年，大唐舉行全國性考試，選拔九名最優秀的和尚，跟隨玄奘大師進行

翻譯佛經的工作（沒錯！玄奘大師就是《西遊記》裡那個可愛的帥哥哥唐僧）。這是一個高難度的選拔考試，全國只選九名，比當今選拔院士還要苛刻。但在這麼苛刻的選拔中，辯機和尚上榜了，而且還是九名和尚中最年輕的一位。真是年輕有為啊！難怪眼光比天高的高陽公主會看上他。

這是個讓高陽公主備感自豪的喜事，但問題又來了，進入翻譯院的辯機從此要住進玄奘指定的集體宿舍，不能隨便外出。這樣一來，兩人就必須分開一段時間了。

至於要分開多久，那就難說了，少則一兩年，多則三五年，全看翻譯工作的進度。

多情自古傷離別啊！但為了情郎的事業，高陽公主毅然選擇暫時離開，待到他功成名就之時再相聚。臨別時，她拿出自己最喜愛的玉枕送給他，含情脈脈地說：「你睡覺的時候，摟著它就等於摟著我了。」

說完，便目送辯機轉身而去，消失在不遠處的翻譯學院的大門內。

一晃眼四年過去，譯經的工作還未結束，高陽公主望穿秋水，沒想到，等來的卻是辯機被腰斬的消息。

那是西元六四九年的冬天，也就是文章開頭寫到的那個故事。

事發後，高陽公主徹底失去太宗的寵愛，她也恨透這個斬斷她情絲的皇帝老爸。從

此之後，她告別愛情，也告別自己的文青時代，一腳跨入放蕩不羈的蕩婦生涯。

辯機死後，為了重溫昔日的感覺，高陽繼續對和尚情有獨鍾。她派人四處尋找年輕俊俏的和尚，一旦看上眼，便肆意與他們尋歡作樂。

她希望能從中找到辯機的替代品，但事實證明，這一切都是徒勞，除了短暫的肉慾之外，她得到的只是更深厚的空虛和憂傷。

辯機是無法取代的，因為他們交合的不單只有肉體，還有靈魂以及愛情。而這愛情只有一次，僅來自於辯機，別人給不了。

高陽公主幾乎瘋了，變得歇斯底里，玩膩了和尚，就派人四處搜尋帥氣的道士。當然啦！那些和尚們做不到的，道士也無能為力。結果依舊只有肉慾沒有感情，玩的只有墮落。最後，連肉慾都厭倦的高陽公主，為了打發空虛的精神，轉而玩起更有難度的事情——造反。

此時，太宗已死，高宗李治繼位。

非常無厘頭的是，高陽公主把對太宗的恨轉嫁到自己的哥哥身上，大概在她看來，李治是太宗選定的接班人，反對他，就是間接反對太宗。

為了把李治趕下台，高陽公主暗地裡聯合幾個對他不滿的公主、駙馬密謀發動政變，想要改立跟自己關係不錯的叔叔李元景為帝。

但她的運氣顯然不太好，沒等將計劃付諸行動，房遺愛的大哥房遺直就聽到消息，並報告李治。

謀反在歷朝歷代都是殺無赦的大罪，西元六五三年冬天，高陽公主被賜死，她那可憐的、名義上的駙馬房遺愛也被處斬，陪她共赴黃泉——這是否能算是這個可憐男子最後的「迎合」呢？

第 25 章

武則天——
我的溫柔你們永遠不懂

二張入侍後，武則天已年滿七十三歲。她這麼做，應該是在向眾人炫耀：「既然男子為帝可以有成群的嬪妃，女人登基也應該有侍奉的男寵。」

她是中國五千年歷史上唯一的女皇帝，也是後世爭論不休，狠毒淫蕩與英明神武的混合體，她是一個極為複雜的女人——身份複雜、經歷複雜、個性複雜。

這個女人，叫武則天。

武則天生於西元六二三年，其父武士護是唐高祖李淵的開國功臣，歷任井鉞將軍右廂衛、工部尚書，封應國公。其母楊氏是隋朝宗室宰相楊達之女，有很高的文化素養，四十二歲嫁與武士護為繼室，生有三女，武則天是次女。

按血統來說，武則天出生名門望族，是一個純正的貴族。

和大多數非凡之人不同，她出生時並沒有什麼天文奇觀，但這並不影響她命中注定是個牛B的人物，因為她有一副大富大貴的面相。

據說，唐代著名的術士——唐太宗的御用風水卜算顧問袁天罡先生曾經發現利州（就是武則天的出生地）方向有王氣，於是順著那個方向一路狂奔，正好路過武府，而且被武士護撞到。

武士護早就對他景仰已久，知道他善長相面，便邀至府上，給家裡人相上一面。當時武則天尚在強褓中，穿著男孩服裝。

袁天罡看後便說：「龍瞳鳳頸，富貴之極。」反覆細看以後，又說：「可惜是個男孩，若是女子當為天子。」

武士護聽後，心中大驚，繼而竊喜不已。

待略微長大，武則天不同凡響的一面便漸漸顯露出來。她聰慧敏俐，極善表達，膽識超人。父親深感她是可造人才，就教她讀書識字，使她通曉世理。

到十三、四歲時，她已博覽群書、博聞強記，詩詞歌賦也都奠定一定的基礎，而且長於書法，字態卓爾不群，極具王者之氣。

西元六三七年，十四歲的武則天因為長相俊美、氣質高雅，被唐太宗收入後宮，封為「才人」，入宮之後，太宗親自賜號「媚娘」。

在一個偶然的機會，她結識當時的太子李治，並且把對方迷得神魂顛倒。只是李治礙於她是父親的女人，沒敢下手。

這份情愫，為武則天日後的命運埋下了深深的伏筆，她的人生也開始朝著袁天罡預言的方向前進。大唐朝的江山，正在等著她去顛覆，而在這個通往巔峰的路途中，必定有數不清的荊棘與坎坷等待著她。

西元六四九年，太宗李世民駕崩，太子李治即位，是謂唐高宗。太宗駕崩後，按照當時的規矩，有生育的妃嬪要打入冷宮，空守一盞孤燈度日，而未曾有生育的則一律削髮為尼。武則天屬於後者，被發往感業寺為尼。

剛剛即位的李治，對武則天的感情有增無減，很想為對方走個後門，把她留在身邊。

但太宗在駕崩前，為他留下長孫無忌等四位權高位重的顧命大臣，李治知道自己剛剛即位，屁股還沒坐穩，若是這時提出不合禮法的要求，肯定會被那四位大爺踢屁股。於是，他只能眼睜睜地看著武則天被送進感業寺。

隨著時間推移，身邊並不缺少女人的李治漸漸把武則天給忘了。

尼姑的生活是寂寞而枯燥的，這根本不適合心思活泛、性格活潑好動的武則天。可是，沒辦法，倒楣的她只好一天天地混日子。在混日子的過程中，遇上另一個和她一樣廝混的人，名叫馮小寶。

馮小寶是白馬寺的小和尚，白馬寺就在感業寺附近。由於兩人都經常去同一口水井打水，一回生，二回熟，彼此便熟絡了起來。熟絡了以後，兩人就經常靠坐在一起談談人生、聊聊理想，談著談著，關係也越發曖昧。

而此時，皇宮之內，一場醋海翻騰的后妃爭鬥正如火如荼地上演著。參賽者是身份尊貴的王皇后，和恃寵而驕的蕭淑妃。

當時，蕭淑妃不但給李治生了一個寶貝兒子，而且幾乎夜夜專寵，霸占著他的身子，讓後宮眾佳麗好生嫉妒。可憐的王皇后不但連個女兒都沒製造出來，又很不得李治的歡心，時刻都在為自己的皇后之位擔心受怕。

恰好，李治在這個時期的某一天，按照祖宗的規矩去感業寺祭祖。一直苦無出頭之

日的武則天，則想盡辦法朝他投了飽含風情與哀怨的一瞥，這一瞥恰好落入對方的眼裡。

一瞬間，塵封的往事被觸動了，李治想起那個讓他初生情愫的武才人。當天晚上，他在感業寺就寢，陪寢的，當然就是武則天。

那一夜，武則天使出渾身解數，李治如飲甘飴。從那之後，他再也放不下這個先皇的女人了，一直想辦法要把她弄進宮，只是礙於倫理綱常的忌諱，沒找到合適的時機。

這個時候，平常並不聰明的王皇后，扮演起一個聰明反被聰明誤的角色，幫助李治圓了這個夢，同時也把武則天送上那條輝煌與荊棘並生的單行道。

王皇后當時的想法是這樣的：既然皇上專寵蕭淑妃，那弄個讓皇上神魂顛倒的女人進來，滅滅她的威風，又可以討得皇上的歡心，可謂一舉兩得。

結果證明，可憐的王皇后實屬飲鴆止渴，根本不知道她弄回來的這個女人比蕭淑妃狠上一萬倍，這麼做無疑是自掘墳墓。

可不管怎麼樣，武則天還是回來了，低調又野心勃勃地回來了。

她一回來，就像主角一樣，在談笑風生之中霸佔整個舞台的中心。蕭淑妃馬上失寵了，這讓王皇后很開心，但她並沒有太多時間去開心，不久後，武則天就以掐死自己女兒的手段陷害她，使她身敗名裂，被打入冷宮。接著，武則天取而代之，並把被砍了手腳的蕭淑妃與王皇后，放進酒缸，稱為「醉骨」。

再接著，她又向一直反對自己的重臣褚遂良、長孫無忌發動攻勢，弄得他們不是被貶，就是自殺，連他們的親信也剷除殆盡。

登上皇后寶座的武則天，開始積極參與政事，恰好這時李治的身體不大好，便直接把審批奏摺的權力給了她，這段經歷，也爲她日後親理朝政奠定堅實的基礎。

待到李治駕崩，武則天的兒子即位，掌權的卻是她。結果，她立一個廢一個，廢一個立一個，卻老感覺兒子們的水平不行，個個都是庸才。最後，她乾脆把他們全都廢了，自己坐上龍椅，改國號爲大周。

這一年是西元六九〇年，當了女皇的武則天，利用自己的一系列手段，任用酷吏、剷除異己、選用賢能、培植親信，將大周江山治理得井井有條、社會和諧，經濟發展良好，人民安居樂業，可以算是一位頗有成就的帝王。

後世對於武則天的詬病，無非是其殘忍惡毒和淫亂後宮。不過，前者其實是長期以來的階級鬥爭逼迫她的。試想，一個弱女子長期處於一堆大男人的反對之中，唯一能做的就是變得堅強，然後進行反擊。至於後者，其實也是一個女人的正常需要罷了，何況人家還是一代女皇。

下面就來說說武則天包養的那些面首們。

武則天的面首主要有薛懷義、沈南蓼及張易之、張昌宗兄弟。當然，這是記錄在案

的，也是比較有故事的幾個，至於其餘的一夜情，那就無從考據了。

第一個是薛懷義，他其實就是前面提到的小和尚馮小寶，薛懷義是其藝名。在武則天委身感業寺的時候，由於同是孤獨寂寞失落之人，就與馮小寶在打水的過程中暗生情愫，算是勾搭上了。那時候，武媚娘總是搶著去挑水，藉機和馮小寶相會。

武則天當了皇后以後，立刻讓薛懷義當洛陽名剎白馬寺的主持。高宗死後，她就讓薛懷義隨便出入後宮，兩人算是患難鴛鴦，擁有著許多共同的美好記憶，感情基礎比較深。

再者，薛懷義是個很聰明，也會討女人歡心的帥哥，很得武則天的愛惜。

與薛懷義的侍寢同步進行的，是他的加官晉爵平步青雲。他先是因督建萬象神宮有功，被擢拔為正三品左武衛大將軍，封梁國公，後來還多次擔任大總管，統領軍隊，遠征突厥。

可喜新厭舊是人的天性，隨著彼此越來越熟悉，武則天漸漸對他失去新鮮感。於是，御醫沈南蓼成了她的新寵。薛懷義出於嫉妒，一把火燒掉了耗資千萬的萬象神宮，武則天卻不予追究。但後他日益驕橫，終於引起武則天的厭惡，指使人將其暗殺。

薛懷義死後，已過中年的沈南蓼雖然溫和有禮，卻身心虛弱，滿足不了武則天的需求。七十多歲的她又陷入寂寥煩悶之中，喜怒無常、脾氣暴躁。

恰在此時，武則天孝順的女兒太平公主給她送來了兩個尤物——張易之兄弟。這兩個二十歲左右的美少年，原本是太平公主的面首，可看到自己的皇帝老媽寂寞煩躁，就忍疼割愛，把這兩個寶貝獻出來。

張易之兄弟不但聰明伶俐、通曉音律，而且精力旺盛，更有侍寢的本領，把武則天服伺候得舒舒服服、身心愉悅。

武則天馬上給了二人加官四品，從此二張宛若王侯，每天隨武則天早朝，待其聽政完畢，就在後宮陪侍。兩因此恃寵而驕，不僅在後宮恣意專橫，而且結黨營私干預朝政，引起眾怒。

終於，在西元七〇五年，宰相張柬之等人趁武則天重病，策動「宮廷政變」，殺掉二張，她也在病榻上被「請」下御座，讓位給自己的兒子李顯，是謂唐中宗。

一個月後，中宗恢復國號為「唐」，武則天的「大周」政權至此終結。同年十二月，重病中的武則天溘然長逝，享年八十二歲，遺詔：「去帝號，稱則天大聖皇后。」

武則天死後葬在乾陵，陵前立有一塊無字石碑。對於「無字碑」，後人有多種解釋，但我想，大概是她不知道如何給自己做蓋棺定論，於是將是非功過留給後人去評述吧！

一直以來，武則天淫亂後宮一直是後世史官咒罵她的主要把柄。其實，冷靜分析她的男寵問題，可從兩個角度來看：一是從她是個「人」，一個普通女人的角度：二是從

她是個政治家，一個女皇的角度。

作為一個女人，她需要男人滿足她，但這個需要她永不滿足。

作為一個女皇，一個精明的政治家，她畜養男寵主要是為了顯示女皇的威權。

二張入侍後，武則天已七十三歲，就算生活優裕、養生得宜，服用春藥也難使一個老嫗返老還童。她這麼做應該是在向眾人炫耀：「既然男子為帝可以有成群的嬪妃，女人登基也應該有侍奉的男寵。」

因此，誰也沒有資格在這個問題上過多糾纏，即使不是為了「性慾」，只是想擁有幾個可以安慰寂寞、紓解老來憂愁的年輕異性，對於貴為天子的武則天來說，也是可以理解的。

第 26 章

太平公主——
巾幗不讓鬚眉的「花花公主」

太平公主對此顯然並不滿足,把魔爪悄悄伸向那些才色兼備的大臣們。據史書記載,與她有苟且關係的大臣起碼有三個。

太平公主是個很有故事的女人。

與她的名號「太平」恰恰相反，這個女人的一生斑斕多彩、波瀾壯闊，十分不平靜。

眾所周知，太平公主有個彪悍的老媽武則天。俗話說，有其父必有其子，同理，有其母也必有其女。

武則天曾說過：「太平公主『類己』。」這裡面應該包含兩層意思，一是長相，二是個性。

從太平公主日後的行事風格來看，她的確從母親那裡遺傳了許多東西，其中最明顯的不是長相，而是性格裡的那些不安分的基因。

個性決定命運，不安分的個性，往往會帶來不尋常的人生。不管這人生是悲劇，抑或喜劇，總之不可能平淡無奇。

太平公主不尋常的人生，從她八歲那年就早早拉開帷幕，這其實有一點殘酷。

這一年，她被表哥賀蘭敏之給姦污了，案發地點在她外婆家。

賀蘭敏之是個劣跡斑斑的慣犯。從前，他就和自己的外婆（也就是太平公主的外婆）楊氏私通。再之前，他還姦污了太子李弘未來的太子妃楊氏（另一個楊氏）。

對於這個畜生一般的外甥，武則天開始是隱忍的，但知道他姦污了自己最寵愛的小女兒時，她的底線就被突破了。

在盛怒之下，她下令將賀蘭敏之發配到遠在天涯的雷州（今廣東省雷州市）。等他

走到韶州的時候，她派人用韁繩將他勒死，算是稍解心頭之恨。

但這個不幸的事件，在太平公主的心裡留下揮之不去的陰影，也可以看做她日後放

蕩生涯的起點。

在太平公主十四、五歲的時候，她出嫁了。駙馬叫薛紹，是她姑姑城陽公主的兒子。

這門婚事是她的父皇唐高宗李治選定的，但最初的意向卻來自太平公主本人。

據記載，有一次太平公主穿上武官的服飾，在父母（唐高宗和武則天）面前跳舞。

父母笑著問她：「妳又不是武官，為什麼要穿武官的服裝呢？」

她回答說：「將它賜給駙馬可以嗎？」

這是少女懷春的信號！對男女之事向來敏銳的唐高宗，立刻捕捉到女兒的信號，於

是「帝識其意，擇薛紹尚之」。

嫁給薛紹後，太平公主十分稱心如意。這段時間，她賢慧溫柔，沒有留下任何不良

記錄，還為薛紹生下兩男兩女。

但這段美好的姻緣只維持了七年。

西元六八八年，薛紹被牽連進一起謀反的大案子，結果被「杖一百，餓死於獄」。

這是太平公主受到的第二次打擊，也是一個分水嶺，從此以後，她完全變成另外一

個人。

西元六九〇年，武則天正緊鑼密鼓地籌備廢帝登基的事宜，為了在李、武之間建立一條感情的紐帶，將太平公主嫁給自己的堂侄武攸暨。

武攸暨性格「沉謹和厚，於時無忤」，用今天的話來說就是「沉穩有餘，活潑不足」，是個有點悶的懦弱之人，這顯然不符合太平公主的胃口。

同年，武則天以「周」代「唐」，正式稱帝。所以，這次婚姻一點都不純潔，裡裡外外都透著一股政治聯姻的味道。

改嫁老實人武攸暨後，太平公主再也沒有耐性做賢妻良母了，潛伏在她內心的野性噴發而出。這段期間，她大肆包養男寵，並與朝臣通姦，完全把丈夫當成橡皮人和空氣。

而懦弱的武攸暨對此唯有一聲嘆息，無可奈何。

在太平公主的男寵中，最著名的當屬張昌宗。

張昌宗是定州義豐（今河北安國）人，在家排行老六，因為長相貌似潘安，人稱蓮花六郎。當時，放縱的太平公主正四處搜集帥哥，他就成了入網之魚。

太平公主一試，果然名不虛傳，遂留作頭牌面首，對他極其寵愛。後來，她看到老媽武則天因找不到稱心如意的男寵鬱鬱不樂，便孝順地把他獻出去。

其實，她的本意只是借母親玩個兩天，等母親玩膩了，再把這個尤物收回來。可沒想到，武則天對他一見鍾情，且一發而不可收拾。以至於最後把他的哥哥張易之也一併收到帳下。

這大大出乎了太平公主的預料，但她對張昌宗明顯念念不忘。於是，武則天基於對女兒的愛，經常把女兒召進宮裡，三人一起激戰。

但太平公主對此顯然不滿足，把魔爪悄悄伸向那些才色兼備的大臣們。據史書記載，與太平公主有苟且關係的大臣起碼有三個。

第一個是胡僧惠範。

這個惠範和尚十分具有政治頭腦，善於結交權貴。在他的結交生涯中，最得意的大概就是結交到太平公主的床上。與太平公主有了這層關係後，他立即被封為所在寺廟的住持，並獲封三品大吏，可謂賺了個盆滿鉢滿，整個人爽歪了。

第二個是宰相崔湜。

和張昌宗一樣，崔湜也生得十分漂亮。但這個小子對自己比較狠，為了巴結領導，穩固自己的地位，居然把自己的妻子和兩個女兒一塊送去侍候太子，他自己也沒閒著，馬不停蹄地趕去「私侍太平公主」，真是一個忠心不二的好臣子啊！

第三個是司禮丞高戩。

很遺憾，關於這個高蹺，史書上記載的太少，只有《資治通鑑》上略微提到，他是「太平公主之所愛也」。僅只一句，真相大白矣。

當然，太平公主並不是個只知道淫樂的笨蛋，她頭腦精明、手腕老練，且繼承乃母的個性和政治細胞，在唐朝許多重大歷史事件中，發揮舉足輕重的作用。

她第一次登上政治舞台，是在西元七〇五年的一次政變裡。

話說在武則天大周王朝末期，張宗昌兄弟恃寵而驕，越來越囂張，不但插手朝政，還不把連眾多王公大臣放在眼裡。

神龍元年（西元七〇五年），宰相張柬之與太平公主合謀發動政變，聯合右羽林衛大將軍李多祚祚起兵誅殺二張。這麼強大的陣容，結果當然可想而知，二張瞬時殞命。

本來，事情到此應該完美結束了，但張柬之覺得不大過癮，於是打鐵趁熱，順便把武則天趕下台，讓中宗李顯取而代之，恢復李家的大唐江山。

這就出乎太平公主的意料了。

本來，這次政變只是衝著二張去的，但中途突然指向自己的老媽武則天，這讓她有點為難，但這是當時的大勢所趨，超出她的控制範圍。幸好，他們只是半勸半逼地把武則天趕下台，並沒有多做為難，也算聊以自慰了。

不過，這裡還有一個疑問：二張是太平公主獻上的，應該算是她的嫡系。為什麼她

要如此積極地參與政變呢？僅僅因為二張太猖狂嗎？

顯然不是！根據記載，張昌宗誣陷大臣高戩，把他送進監獄，差點折磨致死。前面

我們提到，高戩是太平公主的情人，顯然，這才是最主要的原因。

小試牛刀之後，太平公主的政治熱情空前高漲，並開始建立自己的勢力集團，積極

參政議政。

但中宗的女兒（即太平公主的親任女）安樂公主也不是個省油的燈，也正招兵買馬，

想與自己的老媽——彪悍的韋皇后一起重溫奶奶武則天的女皇之路。

因此，雙方產生很大的利益衝突，且情勢緊張，大有一觸即發之勢。

景龍四年，韋皇后與安樂公主按捺不住，決定先下手為強。於是，二人合謀毒殺唐

中宗，接著，韋皇后立自己的小兒子李重茂為皇帝，自己臨朝攝政。

這樣還沒完，她得隴望蜀，想密謀害死兒子，再除掉太平公主等李家勢力，以圓自

己的女皇夢。

太平公主一看，出手的時候到了。於是聯合侄子李隆基發動政變，幹掉韋后和安樂

公主，將哥哥李旦扶上帝位，是謂唐睿宗。

在這次政變中，太平公主發揮了最主要的作用，乾淨俐落地清除了外戚勢力，保住

李家的江山，居功甚偉。

唐睿宗即位後，根基並不堅固，一方面，妹妹太平公主勢力龐大，隨時準備取而代之，重走女皇之路。另一方面，自己的兒子太子李隆基也蠢蠢欲動，想儘早登基，以免讓姑姑搶先一步。這兩方的利益衝突越來越激烈，唐睿宗只有無可奈何的份。

西元七一二年八月，煩透了的睿宗被迫傳位於李隆基，自己退位當太上皇，第二年，即西元七一三年，改元先天。對於這個結果，太平公主很受傷。為了表達自己的不滿，她首先動手，密謀以羽林兵從北面、以南衙兵從南面起兵廢掉李隆基，一圓自己的女皇夢。

無奈老天不幫她，這個消息被李隆基竊聽到，李隆基當機立斷，搶先一步，聯合郭元振、王毛仲、高力士等人，誘殺左、右羽林將軍，然後迅速除掉參與陰謀的其他大臣，劍鋒直逼太平公主。

太平公主一看大勢已去，倉皇逃入南山佛寺，想逃過此劫，以圖日後東山再起，無奈這次老天還是不幫她，三天後，她被逮住了。

押回府邸後，她立即被李隆基賜死，用三尺白綾結束自己折騰的一生。

第 27 章

韋皇后——
一次失敗的模仿秀

如果僅有武三思一人也就罷了，好歹也算是門望族。據書記載，

韋后淫蕩成性，除武三思外，宮中還養了三個美男子。

世界上從來不缺怕老婆的男人，這類男人之中，也不乏幾個丟盡皇家顏面的窩囊皇帝。但像唐中宗李顯那樣，怕老婆怕到極致的，可以說是前無古人，後無來者。

不管什麼事，把它做到極致之後，都可以算是一種藝術。就某種意義上來說，李顯是個藝術家，一個偉大的行為藝術家。

李顯的老婆姓韋，是個彪悍聰慧的角色，在她面前，李顯經常像個遲鈍的孩子一樣幼稚又好笑。

說起來，李顯也是個可憐的男人，不但有一個強勢的老媽——武則天，還有一個彪悍的老婆——韋皇后。從少年至青年，這個塑造性格的關鍵時期，他都活在女人的陰影之下，造就了懦弱的性格，並決定了怕老婆的命運。

李顯是武則天的三兒子，曾被立為太子，他的大哥李弘和二哥李賢也都擔任過這個職位，但沒他命好，都被親娘給半路拉下來。

李顯之所以能熬到登基，並不是他比他的哥哥有能耐，而是因為武則天換煩了。按照王菲的邏輯，反正太子都是王八蛋，不如找個沒想法不搞事的去當。

有時候，不選擇就是最好的選擇，於是，在武則天的老公唐高宗李治掛了以後，他就接班了。

當上皇后的韋氏，也開始積極地參政議政。她首先要做的，就是要求李顯提拔她老

爸韋玄貞做豫州刺史。李顯怕老婆嘛！當然是言聽計從。

可是人心不足蛇吞象，沒多久，韋后又得寸進尺，想讓李顯提拔她老爸當宰相。這樣一來，就有朝中大臣不高興了，有人向李顯進言說：「這不靠譜啊！你老丈人本來就是基層幹部，突然調進中央，估計很難適應吧？這就好比讓一個小村長做總理，有點趕鴨子上架的意思啊！」

沒想到，平時在老婆面前沒脾氣的李顯卻突然火了，把進言的大臣罵了個狗血淋頭，並且叫囂：「天下是老子的，我就是把龍椅讓給我老丈人，你管的著嗎？」

當然，這個大臣也不是省油的燈，從李顯那裡出來後，直接奔老佛爺武則天那裡，把李顯剛才說的話複製貼上。

武則天一聽，勃然大怒：「靠！這倒楣孩子怎麼傻B至此啊？這還得了！」

這裡需要交代的情況是，當時的武則天雖然成了皇太后，但實政大權卻仍然牢牢地攥在手中。說白了，唐中宗不過只是個好看的擺設而已，小事倒也罷了，真要有什麼大事，還得她說了算。

於是，武則天秀口一開，就把中宗貶為廬陵王，發配到偏遠的房州，另立四兒子李旦為帝，即睿宗，自己依舊總攬朝綱。

在房州時，李顯成天過著提心吊膽的日子，老害怕自己的老媽會在哪一天突然賜他

一壺小酒，或者白綾三尺，把他給了結掉——這正是他的兩位哥哥的下場。

因此，他時常陷入絕望之中，患了嚴重的憂鬱症，經常思考著要自殺。的確，與死比起來，不知道什麼時候會死，才是更加痛苦的。

與李顯的疲軟相比，韋后表現得比較堅強，每當丈夫陷入絕望之中，嚷著要自殺時，都是她給他力量和信心的。

她經常語重心長地對他說：「不要害怕嘛！不是還有我在嗎？不要整天想著自殺的事，若是你自殺了，可你媽卻從來沒想過要殺你，那你不就虧大了？好死不如歹活，順其自然，聽天由命吧！勇敢點。」

在韋后鼓勵下，李顯找回活下去的勇氣。一天，他感激地握住妻子的手，十分誠懇地立誓道：「異時若復得見天日，唯汝所欲，不相禁止。」

這種話本是發自內心的承諾，不料日後卻成為韋后的秘密武器，使得他復位後，竟對猖狂淫亂的妻子無言以對。

就在李顯為「活著，還是死去」這個問題做思想鬥爭的同時，大唐江山發生了一件大事——武則天廢掉唐睿宗，自立為神聖皇帝，拋掉一切繁瑣俗套，直接做了女皇。

幾年後，武則天慢慢衰老，她的統治也招來越來越多反對。西元六九八年，在宰相狄仁傑力勸下，她派人把中宗和韋后從房州接回洛陽，復立為皇太子。

五年後，武則天臥病之際，張柬之、桓彥範、敬輝、袁恕己、崔玄輝等五位大臣，率軍逼她讓位給太子李顯。就這樣，中宗在遠離龍椅二十年後，又重新坐上那個位置，韋后也恢復皇后的身份。

自覺青春荒蕪的中宗，重登皇位之後，沒有勵精圖治，而是開始近乎瘋狂地享受奢侈的帝王生活，似乎是想對自己這些年的痛苦有個交代。

這種補償和報復的複雜心理，正好成全野心勃勃的韋后。往後每次上朝，她都會坐在中宗身後的帷幔中，如同當年高宗李治和武則天一樣。

大臣桓彥範曾上書勸諫，但李顯不予採納，韋后便開始大肆干預朝政。為了擴張自己的勢力，她開始籠絡人才，這些人才當中，當時大權在握的武三思就是其中之一。

武三思是武則天的侄子，長得儀表堂堂、風流倜儻。如此男色，再加上政治需要，韋后自然很快就把他弄到床上，甚至公然在大白天把他召進宮內嬉戲。

對於這件醜事，中宗不可能不知道，但他只有睜一隻眼，閉一隻眼，因為當初在落難時，他曾經對韋后說過：「異時若復得見天日，唯汝所欲，不相禁止。」

另外，幾乎被架空的中宗，實在鬥不過性格彪悍的韋后，所以，只好忍了。

如果僅有武三思一人也就罷了，好歹也算名門望族。但不堪的是，連馬夫、伙夫這樣的賤人都能給中宗戴綠帽，真是把李氏祖宗的臉都丟光了。

據書記載，韋后淫蕩成性，除武三思外，她在宮中還養了三個美男子。一個是楊均，

原是一個廚子，韋后見他少年英俊，便把他調入宮中侍候自己，他還因此得了官銜。

另一個是馬秦客，是個御醫，一次偶然進宮替韋后治療感冒，只因眉目長得清秀，

從此以後，韋后有病沒病都會把他傳進宮來伺侍。

最後一個是葉靜，馬販出身，善玩馬技，某年元宵節在燈會上表演，被韋后看中。

這三個人都做了韋后的幕賓，追隨著韋后，不離左右，忠心耿耿。中宗對這一切裝

作沒看見，真的做到「不相禁止」的承諾。

都這樣了，也該滿足了。可韋后夢想遠大，一直崇拜自己的婆婆武則天，想效仿她，

也做個女皇帝。

不久，韋后和自己的女兒安樂公主合謀毒死丈夫，想立李重茂做太子，由韋后主持

朝政，像武則天一樣逐漸向女皇之路。但還沒實行計劃，李旦的兒子李隆基和太平公主

就搶先發動政變，除掉這對母女。

歷史往往是相似的，但並不是輕易就能複製的。韋后模仿婆婆的舉動，最終以命喪

黃泉告終。這個彪悍、淫蕩的女人，在被殺殞命的一剎那，肯定不明白這是為什麼。

不明白就對了，因為它的名字叫歷史。

第 28 章

安樂公主——
命運的寵兒，野心的葬品

突然間，她聽到府內一陣騷動，正想問個究竟，冰涼的刀刃已經架在脖子上。一轉眼工夫，利刃揮動，一顆美麗的頭顱脫離軀體，劃出一道簡潔的弧線，飛落在地上。

安樂公主是個大有來頭的牛人。她是武則天的孫女、韋皇后的親閨女、太平公主的親侄女。

與如此彪悍的三個女人有如此親近的血緣關係，我們用腳趾頭隨便思考一下，也能猜得到，她肯定也不是一盞省油的燈。

安樂公主的小名叫「裹兒」，提到這個名字，還得引出一段心酸的往事。

西元六八五年，正是一代女皇武則天雄姿英發的時代。這一年，唐中宗李顯因為工作不力，被老媽弄下龍椅，貶放房州。

房州比較荒涼，連個住所都沒有，於是，李顯一家只好先到均州借住，就在前往均州的路上，李顯的妻子韋氏誕下一名女嬰，也就是日後的安樂公主。

安樂公主生不逢時，降生時，正是李顯最為狼狽落魄的時候，甚至連一個襁褓也沒來得及準備。看著凍得渾身發抖的小女兒，李顯只得脫下身上的棉衣，將她裹起來，因此，安樂公主便有了這個乳名「裹兒」。

此情此景，想想的確令人心酸，堂堂一國公主，居然比平民百姓還不如啊！

「裹兒」的童年並不美好，但這種不美好，僅僅持續了十三年。

在她十三歲那年，唐朝的政治生態發生劇變，武則天在狄仁傑等大臣的勸說下，下定決心，要把江山還給李家。在這個背景下，倒楣的李顯時來運轉，被迎回皇宮，重新

當起接班人。

在李顯的子女中，聰穎活潑的「裹兒」最受武則天喜愛，當即被封爲安樂公主，並常伴她老人家左右。當時，武三思（武則天的親侄子）的兒子武崇訓亦很受武則天的寵愛，因此經常進宮玩耍。

這個武崇訓不是個什麼好鳥，紈褲子弟的壞毛病一樣沒少。進宮後，看到一個個標緻水靈的美女，內心頓時起彼伏、十分衝動。重要的是，他將這衝動轉化爲行動，和許多宮女幹下齷齪的勾當。

不久後，他又與比自己小一歲的表妹安樂公主混在一起，至於是誰先主動的，我們不得而知，我們知道的是，這兩人都不是安分的人兒。

宮內人多口雜，沒多久，這事就傳到了武則天的耳朵裡。她哭笑不得，一邊是自己的侄孫子，一邊是自己的親孫女，怎麼辦呢？最令她頭疼的是，這倆孩子都是她的心肝寶貝，她不想傷害到任何一個。

最終，她想了一個萬全之策，既然生米已經煮成熟飯，那就成全他倆吧！就這樣，安樂公主被許配給武崇訓。

事實證明，武則天的決定是英明的，也是即時的，成親六個月之後，安樂公主便誕下一名男嬰。

不久後，武則天退位，李顯重新坐上龍椅，立兒子李重俊為太子。這裡需要說明的是，李重俊並非韋后所生，這也為日後的宮廷風雲埋下深深的伏筆。

李顯復位後，彪悍的韋后如沐春風，恰好，李顯是個性格懦弱、體格也孱弱的主兒，這樣一來，曾經與他共患過難而又野心勃勃的她，就慢慢掌握實際的權柄。

這個情景，和當年的李治與武則天之間的關係，有異曲同工之妙。

自己的老爸老媽當上帝國的老大，一向受寵的安樂公主可謂苦盡甘來、如魚得水了。

這個時期，她經常做的一件事就是：拿一張空白的詔書，然後黏上李顯的簽名蓋章，拿回家之後再填上任命官員的文字，以此向想升官的人兜售。

不管你是屠夫酒肆之徒，還是下人奴婢，只要銀子給得足，都可以按價給官，可謂明碼標價、童叟無欺。朝廷大事，竟然如此兒戲，簡直荒唐！但沒辦法，誰讓她攤上一個對她非常溺愛，而且一腦袋漿糊的皇帝老爸呢？

錢撈得越來越多，但安樂公主慢慢對它失去了興趣，於是把興趣轉移到男女之事上。

話說武崇訓有個堂弟叫做武延秀，這個人曾經做過駐突厥大使，口才卓越、長相英俊，還能歌善舞，尤其擅長胡舞。從突厥歸國之後，他經常進出駙馬府，找堂兄武崇訓把酒言歡。身為嫂子的安樂公主也不迴避，經常參與他們的話題。

如此天長日久，一來二去，武延秀對天姿國色的安樂公主產生了興趣，便專心致志

地開始細緻的勾搭工作。而安樂公主呢？早就對夫君武崇訓產生審美疲勞，看著威武英俊而且多才多藝、蜜語甜言的小叔子，自然也是心嚮往之。

兩人一拍即合，便在背地裡結下風流私情，終日在府中打情罵俏，闔府上下只有武崇訓不知情。正當安樂公主苦惱如何為偷情掃除武崇訓這個障礙時，一個適時的事件，幫了她的大忙。

製造這個事件的人，叫李重俊，也就是前面提到的中宗李顯的太子。

李重俊並不是韋后所生，因此雖然貴為太子，地位卻不高，經常受到韋后、安樂公主的羞辱和責難，沒辦法，誰讓他攤上一個無能的老爸呢？

可我們知道，人的忍耐是有限度的。隨著爆發界點的逼近，李重俊越來越覺得忍無可忍，他要報復！

但他不敢輕易動韋后和安樂公主，恰好，當時韋后與武三思有一腿。於是，他便以此為契機，發動政變，想先殺了武三思，再幹掉韋后、安樂公主。

結果是，前者成功了，他殺了武三思，連武崇訓都死在刀下，但後者失敗了，最後他死在韋后的刀下。

政變結束後，安樂公主欣喜若狂。因為李重俊陰差陽錯地替她翦除武崇訓，從此，

她可以明目張膽地和武延秀廝混了。發展到後來，二人幾乎如夫妻一般同吃同睡、同進同出。中宗得知此事以後，無可奈何地長嘆一聲，為了保住皇家的臉面，乾脆把安樂公主改嫁給武延秀。對於安樂公主來說，真是太令人欣慰了。

誰知，先前安樂公主能從偷情之中享受到難以言喻的刺激，一旦二人的關係合法，反倒沒了興致。韋后似乎看透了女兒的心理，有一天，突然對女兒說道：「妳是不是對武延秀厭倦了啊？反正閒著也是閒著，不如借給我用用吧！」

安樂公主向來十分大方，何況這要求是自己的母親提出來的，當即應允。於是，武延秀就被弄到韋后的大床上。

有時候，韋后覺得二人樂有些單調，便童心大發，邀請安樂公主前來，一塊玩刺激的三P大戰。那場面，真是白光閃閃、肉香瀰漫啊！

按常理來說，日子過到這個份兒上，當事人也該知足常樂了。

遺憾的是，韋后和安樂公主並不這麼認為，她們有更高的追求，具體點說，就是韋皇后想做女皇帝，安樂公主想要做「皇太女」。

什麼是皇太女呢？就是女版的皇太子。

這追求很有挑戰性！起碼，中宗這關就不好過。再其次，要過他的兄弟姐妹，比如相王李旦、女強人太平公主等勢力也比較棘手。

但追求有多大，折騰就有多大，儘管有難度，她娘倆還是想試試。實踐是檢驗真理的唯一標準嘛！

於是，她們決定先掃除中宗這個障礙。怎麼掃除呢？韋后她們的方法比較狠——幹掉他。具體的實施辦法非常傳統，就是投毒。

話說李顯有一個癖好，嗜食大餅，尤其喜歡吃韋后做的大餅。我猜測，這個嗜好大概來自於當年淪落房州的拮据生活。

韋后當然深知李顯的這一癖好，有一天晚上，她親手烹製大餅數張，內置劇毒，派宮女給李顯送過去。

當時，李顯正在批閱奏摺，心累體疲，食欲正旺，看到大餅端上來，馬上不顧君王姿態，狼吞虎嚥地嚼嚥起來，不一會兒，就消滅掉八九張。

飽腹之後，李顯十分滿足，一邊剔牙，一邊回味大餅的美好。不幸的是，這也是他最後一次吃大餅了。僅僅過了片刻，他就覺得腹中絞痛，難以自已，在殿堂之上打起滾來。沒過多久，就不治身亡，榮登極樂世界了。

李顯死後，韋后與安樂公主一陣竊喜，這下離自己的女皇之夢又邁進了堅實的一步。

韋后顧忌李氏的勢力，所以不敢一步到位、榮登大寶，她聰明地採取迂迴戰術，名義上立年幼的李重茂繼位，實際上卻是她自己臨朝聽政。

掌權後，她們幹的第一件事，就是把宮內御林軍的領導權交給韋氏子弟，然後開始謀劃剷除李旦和太平公主的事宜。

這邊磨刀霍霍，李旦那方也沒閒著。李旦有個能力超群的兒子李隆基，眼見著人為刀俎我為魚肉，搶身而出，與姑姑太平公主謀劃一番，決定先發制人。

西元七一○年七月，在太平公主的運籌帷幄下，李隆基率領自己的嫡系部隊殺進內宮，一舉殲滅韋氏家族。韋后倉皇逃脫，逃到半路被騎兵追上，迅即人頭落地。

這一切發生時，安樂公主並不知情，還跟往日一樣，做著自己的女皇夢，樂呵呵地坐在梳妝檯前對鏡貼花黃。

突然之間，她聽到府內一陣騷動，正想問個究竟，冰涼的刀刃已經架在脖子上。一轉眼工夫，利刃揮動，一顆美麗的頭顱脫離軀體，劃出一道簡潔的弧線，飛落在地上。

安樂公主死後，她的人頭被掛在竹竿上示眾，與之並排的另一根竹竿上，則掛著韋后的人頭。

許多年後，史家這樣述說當年的往事：她們，死於跟能力不相匹配的野心。

第 29 章

楊貴妃——
我生命中的三個男人

話說，一次雲雨之後，安祿山居然把乾媽的乳房給抓傷了，這可如何是好？於是楊貴妃急中生智，設計了一款內衣，正好遮住雙乳，據說這就是現代胸罩的原型。

大唐是一個雄性荷爾蒙與詩情畫意並存的朝代，既有殘酷至極的玄武門之變，也有李白這樣的浪漫主義詩仙，看起來有點違和，但事實確實如此。

比如楊貴肥，啊不！楊貴妃，這個被列入中國四大美人的尤物，其實是個身材臃腫的胖妞（據稱，其身高一百六十四公分，體重六十九公斤，即使唐朝以肥為美，也得有個限度吧），而且還有狐臭。

還有，這個被唐玄宗引為知己、視作「解語花」的貴妃，原來竟是他的兒媳婦。再來，這個被安祿山認作乾媽的女人，竟然跟乾兒子行苟且之事。最後，這個被玄宗寵了一輩子的女人，也是死在他的金口之下（不管是不是自願，命令都是他下的）。

夠違和了吧！接下來，就讓我們看看楊美人傳奇的一生。

楊貴妃名玉環，出身名門，她的祖父楊汪是隋朝的吏部尚書，唐初被李世民所殺，父楊玄琰是蜀州（四川崇慶）司戶，叔父楊玄珪曾任河南府土曹。

楊玉環的童年是在四川度過的，十歲左右父親去世，被送到洛陽的三叔楊玄璬家寄養。雖然幼年喪父，但她在少女時期並沒有受到什麼委屈，優厚的生活條件和官宦世家的貴族出身，賦予她雍容華貴的氣質。到豆蔻年華之時，她已經出落得十分迷人，貌美羞花、性格溫婉，更要命的是她精通音律、極善歌舞，綜合素質非常強。

開元二十二年（西元七三四年）七月，唐玄宗的女兒咸宜公主在洛陽舉行婚禮，作

為閨中密友的楊玉環應邀前往。在婚宴上，咸陽公主的胞弟壽王李瑁對她一見鍾情，經過一陣苦追終於拿下。婚後，兩人一直恩愛和美。

但這種和美僅維持了五年，原因是壽王的老爸唐玄宗這個第三者插手了。

前面說過，唐朝是一個有著「違和」氣質的朝代，老子搶兒子的媳婦，呆板迂腐的老臣們。

不了的，甚至沒有人提出異議，包括那些平日裡以衛道之士自居，也沒什麼大可憐的壽王，在這種氛圍下，只好眼睜睜地看著自己的老爸給自己戴綠帽子。他打著

但這畢竟不是一件光彩的事，所以，聰明的玄宗還是做了一些迂迴的工作。他打著為自己的母親竇太后薦福的旗號，下了一道詔令，命楊玉環出家，並賜道號「太真」。

就這樣，楊玉環名正言順地搬出壽王府，住進玄宗備好的太真宮——從此，二人就可以舒舒服服地裡面偷情了。

但這只是權宜之計，天寶四年（西元七四五年），為了防止兒子一直惦記著自己的媳婦，玄宗就令壽王娶左衛中郎將韋昭訓的女兒為妃，然後迫不及待地將楊玉環迎回宮裡，正式冊封為貴妃。由於玄宗自廢掉王皇后之後，就再未立后，楊貴妃的級別其實相當於皇后了。

玄宗見到楊玉環第一眼時，已經五十六歲了，說老也不算太老，但也絕對算不上年輕。楊玉環當時只有二十二歲，正是風情萬種的花樣年華。

那麼，是一種什麼力量讓相差三十四歲的男女一見鍾情，並且愛得如癡如醉呢？對玄宗來說，僅是因為楊玉環的美貌迷住他嗎？據我揣測，閱女無數的藝術中年唐玄宗不至於如此淺薄。

對楊玉環來說，莫非是玄宗的帝位以及由此產生的榮華富貴吸引了她？我想她應該也不至於如此庸俗。

那到底是為什麼呢？

這得從兩人的興趣愛好說起。前面提到過，楊貴妃「善歌舞，通音律」，按現代的說法，就是什麼恰恰、街舞、華爾茲，古典的現代的，她都無一不精。什麼笛子、鋼琴、吉他、琵琶，她也無一不通。

而唐玄宗喜歡什麼呢？這位被後世尊為戲劇祖師爺的哥們恰好也喜歡這個，甚至專門找人訓練了一批歌伶、舞女養在一個叫「梨園」的地方，供她玩樂欣賞。

人與人就怕臭味相投，一旦相投，那就只能海枯石爛了。

初見之時，當玄宗把他精心創作的《霓裳羽衣曲》拿出來讓玉環演奏，對方瞬間參透曲中所蘊含的情感，然後準確且到位地把它完美地演繹出來這一下，就把玄宗驚住了，並且不顧因興奮而滿面紅光的老臉，見人就說：「朕得楊貴妃，如頓時將之引為知己，得至寶也！」

楊貴妃只是嬌羞地一笑，然後投以風情萬種的一瞥。那一瞬間，我相信玄宗會有一種觸電的震顫。

就這樣，兩顆心天衣無縫地珠聯璧合了。

在玄宗的心裡，楊貴妃是完美的。一次，二人在眾人的簇擁下一塊去御花園賞蓮花，看著那素雅脫塵的出水芙蓉，眾人皆不吝讚譽之詞，渲染蓮花的美麗，唯有玄宗笑而不語。眾人不解，趕緊閉嘴，靜等他發言。

只見玄宗深情款款地把目光投向身邊的楊貴妃，然後驕傲地說：「蓮花雖美，卻不解人意，哪如我的貴妃招人稀罕，她簡直就是朕的『解語花』啊！」

從此以後，「解語花」便被用來形容極美且善解人意的美女。

楊貴妃得寵後，可謂「一人得道，雞犬升天」。她有三位姐姐，皆是國色天香，也被玄宗召入宮中，封為韓國夫人、秦國夫人、虢國夫人，每月各贈脂粉費十萬錢。

她的兄弟也都當了高官，甚至連做古惑仔的遠房兄弟楊釗，也因善於鑽營，被賜名國忠，身兼支部郎中等十餘職，操縱朝政。楊家一族的男人，娶了兩位公主、兩位郡主，玄宗還親為楊氏御撰和徹書家廟碑。

這種局面嚴重刺激到當時的老百姓，以至於弄得大家「不重生男重生女」，搞得男女比例嚴重失調，婚嫁時，女的是一夫難求，而男的可以百裡挑一，放眼望去，女光棍

漫山遍野，好不壯觀。

儘管楊貴妃如此專寵，但女人就是女人，不忘三不五時跟玄宗耍耍小脾氣。通常玄宗只把她當成小可愛，一笑而過，但有些時候，也會禁不住頭疼不已，甚至動怒。

話說在玄宗搞上楊貴妃之前，還有一個比較寵愛的女人梅妃。跟楊貴妃相比，梅妃顯然屬於不同的類型。打個比方，梅妃像一株梅花，清雅高潔；楊玉環如一株牡丹，豐腴嬌艷。這兩人一瘦一肥、一雅一媚、一靜一動。

儘管楊貴妃的美讓唐玄宗著迷，甚至把所有的心思都轉移到她身上，漸漸冷落梅妃，但這並不表示他沒有偶爾審美疲勞的時候，每當這時候，就會到梅妃那裡去調劑一下。

這本來屬於正常業務，可楊貴妃恃寵而驕，居然醋海翻騰，跟玄宗一哭二鬧三上吊，最不可思議的是，當玄宗不找她睡覺時，她竟然膽大包天地跑去捉姦。

這還得了？於是，玄宗惱羞成怒，直接把她打發回娘家，但楊貴妃也不懼他，回娘家就回娘家，看最後哪個龜兒子馬不停蹄地來接姑奶奶回去！

正如楊貴妃所想，玄宗這個龜兒子的確是個賤骨頭，楊貴妃才回娘家沒多久，就不堪思念，派特使把她接回宮中，據說接了三次才接回來。

這樣的小插曲偶有發生，就像生活的調味劑一樣，不但無傷大雅，反而使玄宗對楊貴妃的愛愈益深厚。但女人就是女人，一旦過分嬌慣，便能上房揭瓦。自恃完全征服唐

玄宗的楊貴妃，也有越來越牛B的氣勢，甚至有些厭倦這個老頭子，就在此時，一個猛男進入了她的視野。

天寶中年，屢立邊功、深得玄宗寵信的范陽節度使安祿山回長安彙報工作，玄宗龍顏大悅，遂讓楊貴妃認他當乾兒子。

既然當了乾兒子，那就可以自由出入乾媽的臥室了。一來二去，美女英雄，便背著玄宗發生苟且之事。

話說，一次雲雨之後，由於安祿山是一介武夫，不甚溫柔，居然把乾媽的乳房給抓傷了。這可如何是好？一旦讓玄宗看到，那可就暴露了啊！於是楊貴妃急中生智，設計了一款內衣，正好遮住雙乳，據說這就是現代胸罩的原型。

安祿山原本是回來彙報工作的，彙報結束，儘管戀戀不捨，還是得回到自己的工作崗位。回到邊塞後，大概是久久無法忘懷乾媽的身影，於是，衝冠一怒為紅顏，西元七五五年十一月，這小子居然造反了！大軍直逼長安城，在安祿山心裡，大概應該是：「直逼楊玉環！直逼我乾媽！」

呵呵，說安祿山為了楊貴妃而發動叛亂，只是開個小小的玩笑。或者說，這只是個附加的原因，那真正的主因是什麼呢？

玄宗時，由於大唐邊境屢受北方少數民族侵擾，所以在邊境設立藩鎮，任命節度使，

令他們率兵鎮守邊境，這些節度使權力很大，掌控當地軍政大權，幾乎相當於半獨立的藩王。

更重要的是，他們的軍力日漸強大，而深受玄宗重用的安祿山一人兼任平盧、范陽、河東三鎮節度使，擁兵二十萬。當時中央兵力不滿八萬，這就形成外重內輕的軍事格局，地方節度使大有凌駕於中央之勢。

安祿山向來就有不臣之心，只是他很善於偽裝，把玄宗哄得團團轉，對他寵信有加。

沒想到，他的受寵引來宰相楊國忠的嫉妒。楊國忠是楊貴妃的族兄，為人奸猾，善於鑽營，靠著與楊貴妃的裙帶關係，一路扶搖直上，直至宰相之位。

安祿山向來不把楊國忠放在眼裡，認為他除了逢迎拍馬之外別無長處，遇見他時，眼裡經常充滿不屑。

楊國忠是個心胸狹窄而又敏感的人，安祿山的態度讓他心生暗恨，對他的受寵又加深了一層恨意。

於是，楊國忠經常在玄宗耳邊說安祿山的壞話，看對方一直無動於衷，最後來了個狠的——舉報安祿山謀反。

這下玄宗可坐不住了，急召安祿山進京，以試其忠心。

安祿山進京後，收到楊貴妃的密信，知道此次被召的原因，哈哈一笑，拿出自己超

強的演技，在玄宗面前大力展現自己的赤誠之心。結果，玄宗認定對方忠心耿耿，謀反之事完全是子虛烏有，便把他放了回去，還讓他升官。

安祿山回去後，認為奪取江山的時機已經成熟，二話不說，立即集結兵力發動叛亂。他的宣傳口號是「奉密詔討伐楊國忠」。

當玄宗得知安祿山真的造反時，龍顏大怒，立即任命安西節度使封常清兼任范陽、平盧節度使，阻截叛軍，接著又任命他的第六皇子榮王為元帥、右金吾大將軍高仙芝為副元帥東征。

但由於安祿山手中的部隊實力太雄厚，沒多久，潼關失守，長安危在旦夕。玄宗沒辦法，只好跑路，領著自己的小弟們和女人們一路倉皇入川。

被人趕著跑路，是一件讓人很惱火的事情，人一旦惱火，那就需要宣洩。朝誰宣洩呢？楊國忠這孫子是安祿山造反的直接誘因，而楊貴妃這娘們似乎也脫不了關係。

因此，在玄宗和他的隨從們逃到馬嵬坡（今陝西省興平縣西）時，軍隊譁變，逼玄宗誅殺楊國忠，並賜死楊貴妃。

「殺楊國忠沒問題，可楊貴妃能不能留著？」我們假設當時玄宗提出了這樣的哀求。

「不行，堅決不行！」我們也可以設想憤怒的兵將們堅定的聲音。

沒辦法，愛情誠可貴，生命價更高，為了自保，玄宗無奈之下只好忍痛給楊貴妃三

尺白綾，賜她自盡。

臨死前，她是否會朝玄宗投以哀怨且不屑的一瞥，啐口痰罵道：「呸！你個懦夫，

祿山比你強多了」？

一代絕色，就此隕落，貴妃死時，年方三十八歲。

第 30 章

小周后——
人生長恨水長東

話說趙光義早就知道小周后的美名，當上皇帝後，每當命婦入宮
參拜皇后的時候，就要把她強行留在宮中好幾天，逼著她先是陪
宴侍酒，後又強擁她入帳侍寢。

古語曰：「男怕入錯行，女怕嫁錯郎。」要詮釋這兩句話，大名鼎鼎的南唐後主李

煜，和他那傾國傾城的妻子小周后就是最典型的例子。

李煜風流倜儻，天縱奇才，寫得一手勾人心神的好詞，如果讓他隨心所欲地做個詞

人，大概會和柳永一樣整天醉臥花叢，豐富多彩地過一輩子，可歷史偏偏把他推到一個

他不擅長的領域——當皇帝。結果，他詞填著填著就把國家給填亡了，成了亡國之君，

一邊填詞一邊戴綠帽，生不如死。

小周后擁有傾國之姿，能歌善舞，若讓她嫁個實惠點的男人，大概也會幸福一輩子，

過著自認為很有品味的小資生活。但不幸的是，她遇到了李煜，還成了他的皇后，結果

成了亡國之婦，寄人籬下、受人凌辱，為了自己的男人，還得忍辱偷生。

總之，這兩位的一生，可以用一個詞概括：錯亂。

世界上沒有無緣無故的錯亂。要解開這錯亂之謎，咱們得從頭慢慢說起。

小周后是李煜的第二個皇后，他的第一個皇后叫大周后，小周后是大周后的妹妹。

親妹妹？是的！

當皇帝的，都有些比較特別的嗜好。有些皇帝就是喜歡姐妹花，比如偉大的舜帝擁

有娥皇、女英姐妹，漢成帝則弄來趙飛燕、趙合德姐妹。李煜的嗜好同上，於是就有了

大周后小周后。

但需要澄清的一點是，人家李煜比較專一（至少表面上如此，文青不都這樣嗎），他是在大周后掛了以後，才把小周后扶上后位。當然了，事實上是大周后還沒死，他就已和還沒有成為小周后的妹妹暗渡陳倉了。

當年，同樣沉魚落雁的大周后身患重病，躺在病榻上哼哼哈嘿，眼看快不行了。面對此種情況，比較人性的做法就是把她的親人弄過來，互相再看幾眼，讓彼此更加難受一番，也算不留遺憾。

李煜也沒有免俗，就派人把大周后的老媽跟老妹接進了宮（為什麼沒接她老爸？廢話，老家總得留個看門的）。一老一小接過去後，互看了一眼，大周后的老媽就回去了。

奇怪的是，小周后卻被留了下來。

按官方的說法，她是留下來照顧姐姐的，可大家知道，官方的說法自古以來既弱智又虛假。用腳趾頭想一想，宮裡的丫鬟那麼多，她想照顧還輪不上咧！再說，真要照顧，為什麼更熟練的老媽子沒留下，偏偏留一個十五歲的小丫頭呢？

我陰暗地想了一下，兩位周后的老媽大概是這麼想的：「我這大閨女快不行了，她要一死，李煜必然得另立新后，到時候我這個丈母娘，就要成前丈母娘了。」

在中國，不管什麼職位，一加上個「前」，檔次立即就低了，比如，「前妻」、「前女友」、「前市長」……是不是？既然如此，為了別加這個「前」，就只有把自己的二

閨女頂上了，前仆後繼，死而後已嘛！

嗯哼，你猜對了，她是留下小周后來接班的，通俗點說，小周后留下來的任務倒也不是照顧大周后，而是勾引皇姐夫李煜。常言道，小姨子的一半是姐夫的嘛！如此安排倒也頗合常理。

李煜確實也很配合。

十五歲的小周后正處風華正茂之時，活潑、可愛，渾身洋溢著青春的氣息。這讓李煜回想起大周后剛入宮時的情景。此時的大周后，因大病已久，早就容顏憔悴、風華不再，而他偏偏對別的妃嬪沒有太大興致。恰巧在這個時候，小周后適時的出現，在李煜的眼裡，她就是幾年前的大周后。於是，懷著對妻子無盡的愛，他就把小姨子當成最佳替代品。

為了表達自己的情意，李煜使出渾身解數，填了一首新詞《菩薩蠻》：

蓬萊院閉天台女，畫堂畫寢無人語。

拋枕翠雲光，繡衣聞異香。

潛來珠瑣動，恨覺銀屏夢。

臉慢笑盈盈，相看無限情。

然後，他派宮女把這首詞送給小周后。小周后儘管年齡尚小，不大解男女之事，但

她畢竟是個才女，一瞬間便明白姐夫的心意。

而她自己呢？其實她一直羨慕姐姐能夠找到李煜這樣既有權有錢，又帥又有才的如意郎君，只是她出於傳統的禮教束縛，本能地認為不應該和自己的姐姐搶老公，但我們可以猜想，她的心裡是鍾意對方的。

情書發出之後，李煜一直在等小周后的回信，可小周后並沒有給他一個明確的答覆。

但這也恰好證明：小周后沒有拒絕李煜的愛。

為什麼呢？談過戀愛、送過情書的人都知道，如果人家對你沒興趣，收到情書後要嘛直接撕毀，要嘛回信拒絕。而杳無音信的結果通常代表兩層意思：要嘛是她還在考慮，要嘛就是人家害羞。

李煜做為一個情場老手，當然明白這個道理，因此試探完畢後，就決定動手了。

那天，李煜派宮女把小周后召進御苑的紅羅小亭。紅羅小亭是他在御苑群花中修的一個小亭，罩以紅羅，飾以玳瑁象牙，十分華麗，亭內空間狹小，內置一張雙人床，整個空間瀰漫著一股曖昧的氣息。

寫到這裡，你大概猜到了，這亭子的功能其實和曹操的銅雀台差不多，幹嘛用的？

藏嬌唄！

小周后進亭之後，滿臉嬌羞，這證明她應該知道此行的工作任務了。等在那裡的李

煜早就亢奮不已。在他的溫情密語下，在她的半推半就中，一邊是氣喘如牛，一邊是嬌

喘微微，兩人完成了一次神聖而爽歪歪的房事。

我們知道，李煜是個風流才子，搞定自己的小姨子後，心中得意非凡，於是胸中就

文采湧動，便乘興填了填了一首《菩薩蠻》，把自己和小姨子的私情，盡情描寫了出來。

其詞寫道：

花明月黯籠輕霧，今宵好向郎邊去。

衩襪步香階，手提金縷鞋。

畫堂南畔見，一向偎人顫。

奴為出來難，教郎恣意憐。

這闋詞填得十分香艷，很撩人心弦。

我們都知道，女人天生是八卦動物，女人聚集的地方，八卦緋聞更是高速流傳。不

久後，兩人的私情就伴著這首香艷無比的詞，在宮內流傳開來了。然後，事情傳到大周

后的耳朵裡，深深地刺傷了她的心。她本已病入膏肓，經此一氣，疾病愈加嚴重，沒過

幾天，便撒手人寰，駕鶴西歸了。

大周后一走，小周后就更明目張膽的和李煜廝混起來，那空缺的后位看來也非她莫

屬，正好遂了她老媽的心願。

本來，大周后一死，過個一年半載，略微表示一下哀痛之意，李煜就可以和小周后成婚，把她扶上后位。但不巧的是，第二年，李煜的老媽居然也死了。

這樣一來，等三年孝期一滿，已是四年過去。直至開寶元年（九六八年），李煜才結束「無照駕駛」的生活，和小周后舉行了大婚，把她扶上后位。

但小周后嫁給李煜的時候，南唐國勢早已江河日下。

南唐是五代十國時期的十國之一，由烈祖李昪於西元九三七年建立，首都定在金陵（今江蘇南京）。最盛時曾占有三十五州，包括今江西全省及安徽、江蘇、福建和湖北、湖南等省的一部分，而且經濟發達，文化繁榮，使得江淮地區在五代亂世中「比年豐稔，兵食有餘」。

李煜是李昪的孫子，與自己的爺爺和老爸相比，明顯缺乏治國才能。

娶了小周后之後，李煜更是對國事徹底失去興趣，專心致志地沉浸於紙醉金迷中。

小周后顯然也不是一個合格的皇后，她大概從來沒有勸過丈夫，反而推波助瀾，兩人可謂珠聯璧合──奶奶的，都是敗家的玩意！

據說，小周后喜歡綠色，所穿的時裝，均為青碧（李煜也不嫌審美疲勞）。閉上眼睛想一想，艷妝高髻、青碧衣裝，裙裾飄揚、逸韻風生。我們知道，在偉大的中國，有個偉大的傳統，就是上行下效。妃嬪宮女見小周后穿綠衣服，便紛紛效仿，爭穿碧色衣

裳。但她們嫌外間所染的碧色不純正，便親自動手染絹帛。

話說有一個粗心的宮女，染成了一匹絹，曬在苑內，夜裡卻忘了收取，結果被露水沾濕。可無心插柳柳成蔭，第二天一看，沾了露水的顏色卻分外鮮明，李煜與小周后見了都覺得好。此後妃嬪宮女，都以露水染碧為衣，李煜還為這種綠衣服起了一個好聽的名字，叫做「天水碧」。

小周后還有一個愛好，那就是焚香。可南唐後宮的防火意識比較強，在安寢時，帳中嚴禁焚香，以防失火。那怎麼辦呢？

她想了一個辦法：用鵝梨蒸沉香，置於帳中。沉香遇熱氣，其香散發出來，又因為沾著人的汗氣，香味氣會變得微甜，沁人肺腑、令人心醉。她給它取了一個名字，叫「帳中香」。據說，這種香味還有催情的作用。

除此之外，李煜與小周后還專心研究，將茶乳做成片，製出各種香茗，烹煮起來清芬撲鼻。李煜還將外夷出產的芳香食品統統彙集起來，或烹為餚饌，或製成餅餌，或煎做羹湯，多至九十二種，皆是芬芳襲人、入口清香。

同時，李煜經常命御廚將新製食品配合齊全，備下盛筵，召宗室大臣入宮赴筵，名為「內香筵」。

而且夜間不點蠟燭，宮殿懸掛著夜明珠，到了晚上，夜明珠放出的光如同白晝。

調，那就離亡國不遠了，尤其是睡榻旁邊站立著一頭猛虎的時候。

如此精緻奢華的小資生活，的確令人嚮往。可如果一個國君整天只知道玩弄小資情

果然，開寶八年（西元九七五年），宋太祖大手一揮，宋軍南下伐唐。後唐軍隊節

節敗退，這年十一月，宋軍兵臨金陵城下。

李煜一看人家打進家門了，眼一閉，心一橫──投降，於是南唐滅亡。

第二年正月，李煜被宋太祖趙匡胤封為「違命侯」，小周后封為鄭國夫人，雙雙軟

禁於汴梁城裡，九個月後，宋太祖去世，趙光義登基，李煜被改封為「隴西郡公」。

亡國之君的日子是淒苦的，如果他能做到像劉禪那樣樂不思蜀，那也就罷了，儘管

無能弱智，至少心理上不會承受太大的痛苦。

可李煜是個文青性格的人，根本做不到「既來之則安之」，只會一遍遍回想以前的

生活，體會巨大的心理落差帶來的巨大的痛苦。

如果他能像勾踐那樣胸懷大志，臥薪嘗膽，那也還罷了，但他顯然也不是那種人。

左也不是，右也不是，那就只好委屈自己了。而另外一件事，則更雪上加霜，讓自

尊心強烈的李煜徹底被屈辱撕裂。

話說趙光義早就知道小周后的美名，當上皇帝後，每當命婦入宮參拜皇后的時候，

就把她強行留在宮中好幾天，逼著她先是陪宴侍酒，後又強擁她入帳侍寢。

小周后對李煜一往情深，怎肯被那個長得又黑又肥的宋太宗玷污自己的清白之軀？

於是拼死抵抗，但一個弱女子怎敵得過一介武夫，於是，太宗霸王硬上弓。更有甚者，他因怕小周后的不配合降低自己的快感指數，就讓一群宮女助陣，有人按手，有人拽腳，而他則在眾宮女面前，舒舒服服地強幸梨花帶雨的小周后。

如此數次。每當從宋宮中被放回府邸時，小周后總是放聲痛哭，大罵李煜之聲遠聞於牆外。而對於這一切，優柔寡斷的李煜除了逃避和忍耐，再沒有別的辦法。他躲著不敢見妻子，只會一首又一首地填寫思念故國的詞曲。

你也許會問了：「不堪受辱的小周后為何不自殺呢？」

我猜測，大概宋太宗如此恐嚇她：「妳若不從或者自殺，我就弄死妳家李煜。」

而愛李煜至深的小周后，為了丈夫的安危，只好委屈自己。

也許你又問了：「那李煜為什麼不自殺呢？」

廢話！他要是有死的勇氣，當初就不會投降了。

太平興國三年（西元九七八年）七夕之夜，這天是李煜的四十二歲生日，他寫下了著名的《虞美人》：「春花秋月何時了，往事知多少，小樓昨夜又東風，故國不堪回首月明中。雕欄玉砌應猶在，只是朱顏改。問君還有幾多愁？恰似一江春水向東流。」

還有一闋《浪淘沙》：「簾外雨潺潺，春意闌珊，羅衾不耐五更寒。夢裡不知身是

客，一晌貪歡。獨自莫憑欄，無限江山，別時容易見時難。流水落花春去也，天上人間。」

這兩闋詞立即被密探報到宋太宗那裡，詞中對故國無盡的思戀終於讓宋太宗勃然大怒，認為不能留他在世上，立即派兒子趙元佐以賀壽之名，送一壺毒酒過去。

這毒藥名叫「牽機藥」，據說是宋太宗特意為李煜所製。毒發之時肢體抽搐，身子頭首相接做牽引織機動作數十次，極度痛苦。

死後，李煜被追封為「吳王」，葬洛陽邙山，剛下葬不久，拒絕入宮的小周后也自殺身亡。一縷香魂，就此玉殞。

「人生長恨水長東」，嗚呼哀哉，該死的李後主，可憐的小周后。

第 31 章

李師師——
史上最牛的妓女

當夜，李師師使出渾身解數，把宋徽宗伺候得骨肉皆酥。待到天
色微明，宋徽宗辭離去，離別時，他解下自己的龍鳳鮫綃絲帶，
送給對方，並約定：「後會有期。」

這是一個「雞鴨成群」的年代，隨便走在一條街上，幾乎都能看到那些亮著粉紅色燈光的小型娼館。在今天，那些有點姿色，或者姿色皆無的女人，只要她們願意，誰都可以從事這個日進斗金的職業。

從「革命不分貴賤」的角度來看，我們沒有權利鄙視人家，天賦人權自由擇業嘛！

但若是拿她們跟她們的前輩比較一下，咱就有鄙視她們的權利了。

為啥呢？因為她們太沒技術涵養了，甚至連賣弄風情都沒學會，就敢掛牌營業，真是對娼妓這一古老行業的侮辱。真該感謝人民，感謝這個對某些方面嚴防死守，而對某些方面卻寬容到氾濫的社會，給了她們如此寶貴的就業機會。

她們的前輩不是這樣的！比如，在宋朝，一個不精通琴棋書畫的女人，連最低級妓女的從業資格都沒有，那時候的妓女，放到今天，個個都能進娛樂圈發展。你不信嗎？

來，翠花，上李師師！

李師師是中國娼妓業的品牌人物。人氣雖經千年而不衰，粉絲前仆後繼，綿延不息。

她的一生，是具有顛覆意義的一生，是草根和民間大敗貴族與學院派的一生。

為什麼這麼說呢？因為她雖為妓女，卻憑著一身色藝，擊敗宋徽宗的三宮六院，獨獲專寵，把宋徽宗這個貨迷得五迷三道，不知南北。怎麼樣？美得很吧？

後排那個戴眼鏡的兄弟可能要問了⋯⋯「李師師究竟何許人也，竟掌握如此高的技

藝？」不急，咱發揚狗仔精神，從她那心酸的童年慢慢說起。

李師師是宋朝人，出生於當時首都汴梁城內一個富庶的家庭，他老爸叫王寅，開了一個規模不小的染坊，拿在今天，也算是中產階級了。

李師師是個奇怪的孩子，據說她出生時一聲都沒哭，按命理的說法，這樣的孩子命都比較硬。果然，出生不久，她老媽就駕鶴西去了，人家都說，那是被她剋死的。

死了老媽，對於一個嬰兒來說，就相當於斷糧了。王寅又是個有精神潔癖的人，堅決不給女兒找奶媽，彷彿吃了別人的乳汁就會破壞他家風水似的。

那時候也沒有進入「每天一斤奶，強壯中國人」的牛奶時代，甚至連三鹿奶粉都沒有。好在王寅的生物知識比較豐富，知道植物蛋白的營養絲毫不遜色，還不含膽固醇，所以整天磨豆漿，以豆漿代替母乳，硬是把李師師餵到斷奶。

孩子三歲那年，他被街坊鄰居親戚們「李師師命硬」的論調給弄煩了，為了止住那些八婆的嘴，就採納她們的建議，把李師師寄名到寺廟，表示從此這個孩子就是佛祖的人了，與自己再無瓜葛，要「剠」也是去「剠」佛祖，不干他的事。

舉行儀式的時候，當老和尚的大手摸過李師師的頭頂，這個沒哭過的孩子突然嚎啕大哭，眼淚橫飛。

把人家的孩子弄哭了，這老和尚還高興地一面拍鬍，一面故作高深地說：「這孩子

有慧根啊！命裡合該是佛祖的人。」

眾人聽到這話，紛紛鬆了一口氣，並視李師師為奇人。

話說李師師名義上出家了，那些關心這家人的熱心人，也替她老爸王寅鬆了一口氣：

再也不用擔心挨「剮」了。

但佛祖太不仗義了，或者說李師師的「剮」功太強大。在她四歲那年，他那開染坊的老爸也出事了！原因是他接了宮廷的一筆訂單，但卻沒有按時交貨，換做別人，交點違約金就是了。但宮廷就是宮廷，一點都不按規矩辦事，直接把他弄進大牢。中產階級的王寅哪受過這苦啊？精神上一受委屈，肉體上再一折磨，身子骨沒扛住，就撇下四歲的閨女，一命嗚呼了。

王寅走了，而且胡塗得連銀行卡的密碼都沒有留下。他留下的產業也被朝廷充公，所以，四歲的李師師從中產階級家庭的千金，一下子變成赤貧的孤兒。

大師魯迅說過：「有誰從小康之家墜入困頓的麼？我以為在這途路中，大概可以看見世人的真面目。」

其實，那是因為魯迅命不好，沒遇到好人。相較之下，李師師就幸運多了。她老爸一死，就有個好心人收養她——這個人就是開妓院的李老鴇。現在你知道李師師為什麼叫李師師，而不叫王師師了吧？

你可以說李老鴇一開始的動機就不純，名為做善事，實則在為妓院儲備人才。這話當然合理，但在客觀上，是否可以說正是她為李師師選擇了一條最合適的星光大道呢？這就叫戰略眼光！

李師師自己也很爭氣，越長越漂亮，而且聰慧異常，在李老鴇悉心培養下，琴棋書畫樣樣精通，歌舞風情也很專業。到十三歲那年，終於取得上崗資格證書，正式掛牌營業，不出三年，迅速竄紅，成為汴梁城的頭牌，文人雅士、富商巨賈、王公貴族皆趨之若鶩。

著名的大學士秦少游與李師師談完琴棋書畫，聽罷她的專場演唱會，又上完床後，禁不住心曠神怡，欣然留詩一首，以讚其美妙絕倫：

遠山眉黛長，細柳腰肢裊。

妝罷立春風，一笑千金少。

歸去鳳城時，說與青樓道。

遍看潁川花，不似師師好。

那時候，如果你是個有身份的人，若沒有和李師師暢談過人生、共度過良宵，你出門都不好意思跟人家打招呼。而如果你還是個沒身份的人，正在朝有身份的人群裡挺進，

當別人問到你的理想時，你若不這樣回答：「我的理想就是和李師師聊聊人生、談談理想，再睡個覺。」你也不好意思標榜自己是個有志青年。

李師師儼然成了身份地位的參照物。當時，有多少因自身能力不足，在黑道白道皆無出頭之日，對人生徹底絕望，進而懷抱李師師寫真集上吊、割腕、跳樓、吞食安眠藥自殺的頹廢青年啊！

踩著這些累累白骨，李師師的名氣越來越大。

這時候，她進入了一個人的視野，這個人叫趙佶，是當時的國家元首，人稱宋徽宗。

宋徽宗是宋朝的第八任皇帝，西元一一○○年至一一二五年在位。本來皇位根本沒他什麼事，當初他的老爸傳位給他哥哥，也就是宋哲宗，但對方沒有兒子，於是駕崩以後，就把皇位傳給了他。

大家都知道，宋徽宗是史上著名的文青皇帝，除了治國不行之外，與治國無關的琴棋書畫樣樣牛 B，縱觀中國五千年光榮史，大約只有南唐後主李煜跟他有得拼。

文青大都喜歡吟風弄月，而且結交一堆紅顏知己，說白了就是好色，咱們當然不能要求人家宋徽宗免俗。

一日，宋徽宗在從最寵愛的貴妃床上醒來之後，突然產生一種莫名的情愫：他有點厭世了。爲啥？因爲他覺得這後宮三千佳麗索然無味。

宋徽宗的倦色，被他最寵幸的臣子高俅看在眼裡、記在心裡。老闆的煩惱就是自己的煩惱，作為下屬，為領導排憂解難是分內之事。

於是，這個號稱宋徽宗肚子裡的蛔蟲的高俅，經過一番思索，終於找到老闆的病根，同時也找到了解藥。

於是，在高俅極力慫恿下，宋徽宗對外宣布：「朕要出去微服出巡，體察民情」。

其實，他當了多年皇帝，都不知道「微服出巡」這四個字的意思是什麼，但他還是微服進了李師師的閨房。

宋徽宗一見李師師，頓時驚呆了，真是高手在民間啊！後宮佳麗，皆狗屎也。但他是個文青，悶騷的水平較高，所以並不猴急，而是靜靜地欣賞著對方。

李師師見來者相貌高貴、氣質脫俗，非等閒之輩，自然也不敢怠慢。

當然，李師師也認識高俅，因為他是這裡的常客。但是，世事洞明、人情練達的她發現有點不大對勁。高俅何等人也？一人之下，萬人之上也。可他竟對身邊這個自稱趙乙的人畢恭畢敬。那這個趙乙……思緒流轉間，她已猜出了七八分。

她吃了一驚，但繼而放鬆下來，款款地走到琴前，為宋徽宗唱了一曲《萬里春》：

千紅萬翠，簇定清明天。為憐他種種清香，好難為不醉。

我愛深如你？我心在個人心裡。便相看老卻春風，莫無些歡意。

李師師的歌喉琴藝，在汴梁城從未遇過對手。聽了她柔綿婉約的彈唱，宋徽宗如癡如醉，彷彿墜入夢中，同時，看著她迷人的輕佻微逗、眉目傳情，早已忘記自己是個皇帝，便與她談情說愛起來。

當夜，李師師使出渾身解數，把宋徽宗伺候得骨肉皆酥，簡直爽到天上去了。待到天色微明，宋徽宗因為要按時早朝，只好告辭離去。離別時，他有萬般不捨，於是解下自己的龍鳳鮫綃絲帶，送給對方，並約定：「後會有期。」

從此，宋徽宗成了李師師的常客。

本來，全天下的女人都是皇帝的，皇帝擁有合法強姦權，想睡誰就睡誰。但宋朝人觀念比較迂腐，認為皇帝嫖妓是不太光彩的事，所以宋徽宗一直微服而來，微服而去。

但紙畢竟包不住火，沒多久，李師師的閨房就沒幾個人敢進去了。為啥？你試想，有幾個人敢豁出性命跟皇帝搶女人啊？所以，在宋徽宗的淫威下，李師師以前的老相好都退避三舍，她儼然成了被金屋藏嬌的一流「二奶」。

也許你會問：「宋徽宗既然如此喜歡她，為什麼不把她弄進宮裡封個妃子啥的呢？

但你再想一下，野慣了的李師師會嚮往深宮內院的呆板生活嗎？以她的智慧和性格，怎麼會答應宋徽宗如此愚蠢的請求呢？

辦事還方便。」

也許你又會問了：「怎麼是請求呢？他直接下旨不就完了嗎？」

哦！您把宋徽宗當成李逵了吧？人家是文青，素質比較高，懂得憐香惜玉，追求精神享受也遠遠超過肉慾。這個答案可以敷衍過去嗎？

反正，不管怎麼說，李師師寧做自由自在的交際花，也不做金絲籠裡的帝王妃。

儘管這樣，她心裡依然有些許的不快。只做一個男人的女人，對她來說是很沒勁的一件事情，哪怕這個男人是高高在上的皇帝。於是，她開始釋放紅杏出牆（其實也不算）的信號了。

有情人自是心有靈犀一點通，信號發出之後，有兩個舊相好終於按捺不住啦！所謂牡丹花下死，做鬼也風流，管他什麼狗屁宋徽宗李徽宗呢？

這兩位勇士，一文一武，文的叫周邦彥，武的叫賈奕。

先說賈奕。

賈奕是李師師的老情人，勇武有力，且身居武功員外郎之職。要說這個人膽子確實不小，換做別的閒雲野鶴也就罷了，他可是體制內的精英啊！天天在宋徽宗的手底下混飯吃，但這更能看出他和李師師的情深意濃。

話說那天賈奕外出郊遊，正好遇到同樣外出郊遊的李師師（千萬別相信這是巧合），

兩人四目一對，情不自禁、通體燥熱，於是攜手回家飲酒作樂，纏綿一宿。

如此這般也就罷了，人總該注意點分寸，好歹給自己的皇帝上司留點面子。可這個賈奕不愧為大宋朝第一勇士，心直筆快，居然藉著酒意，吃起老闆的醋，激憤中塡了一首名爲《南鄉子》的詞：

閒步小樓前，見個佳人貌似仙；暗想聖情渾似夢，追歡執手，蘭房恣意，一夜說盟言。

滿搦沉檀噴瑞煙，報導早朝歸去晚回鑾，留下鮫綃當宿錢。

如此八卦領導的私生活，那還得了？

更不幸的是，這首詞居然流傳開來，最終流傳到宋徽宗的手上。這位皇帝哥哥一看，頓時妒火中燒，於是也藉著酒意，在激憤中下令將賈奕斬首。

好在賈奕有個不怕死的好朋友——諫官張天覺。張兄聽到這個消息後，立即兩肋插刀，趕到朝堂，冒死對徽宗進言道：「皇上治國應以仁德爲重，今爲一娼婦輕施刑誅，豈能使天下人心服？」

宋徽宗骨子裡是文人，做事一直都優柔寡斷，再加上老底被人揭了，只好赦免賈奕，把他貶到瓊州（今海南島）做司戶參軍，並命令他永遠不許再入汴梁城一步，以此來斷絕他和李師師的聯繫。可憐的賈奕，從此就流亡海外啦！

說完賈奕，就要說周邦彥了。

周邦彥何許人也？

當時的大才子，也是李師師內心最中意的一個嫖客。

話說有一次宋徽宗宣稱龍體有恙，無法正常幹活，連續幾日沒到李師師這裡簽到。

聰明的周邦彥就趁著這個空兒，填補了空白。

可聖意難測，正當二人結束調情，準備上床時，宋徽宗突然駕到。這下周邦彥急了，

匆忙中躲避不及，便委身藏在床下。

宋徽宗突然駕臨，難道是性慾突發？不，人家是來給李師師送橘子的。

幾個橘子，至於嗎？太至於了！宋朝不比現在，超市遍地有，什麼南方的北方的進口的水果，可以隨便選購。那時候，宋徽宗想吃個橘子，須快馬加鞭從南方運到汴梁。

不理解的同學，可參閱名句「一騎紅塵妃子笑，無人知是荔枝來」。

片刻，宋徽宗便起身告辭。這正合李師師的心意，但為了掩飾自己的內心，她假意挽留道：「現已三更，馬滑霜濃，龍體要緊。」

宋徽宗不但送橘子，還親手剝橘子。待他剝完橘子，李師師吃完橘子，兩人又調情

這時候，宋徽宗是個非常注意身體的人，有病的時候堅決杜絕房事，所以最後還是走了。

可憐的周邦彥狼狽地從床底爬出來，心中醋海翻騰、感慨不已。情到之處，

居然也即興填了一首酸溜溜的詞：

并刀如水，吳鹽勝雪，纖手破新橙。錦幄初溫，獸煙不斷，相對坐調笙。低聲問：向誰行宿？城上已三更，馬滑霜濃，不如休去，直是少人行。

不巧的是，李師師太喜歡這首詞了，後來宋徽宗痊癒後來這裡宴飲，她一時忘情，竟把它唱了出來。宋徽宗連忙問作者是誰？李師師大約喝得有點高了，就沒過腦子地隨口說道：「是大才子周邦彥呢！」還滿臉的崇拜之情。

宋徽宗立刻就明白：原來那天周邦彥藏在屋裡啊！於是臉色驟變，沒過幾天就找了個藉口，要把他趕出汴梁城。

對於這個結局，李師師心裡十分愧疚，畢竟禍是她闖的，為了表達自己的內疚之情，也為了留下自己最後一個老相好，決定向宋徽宗求情。

她求情的方式比較特別——唱歌。

唱的是周邦彥譜的一首《蘭陵王》：

柳蔭直，煙裡絲絲弄碧，隋堤上，曾見幾番拂水，飄綿送行色。登臨望故國，誰識京華倦客，長亭路、年去歲來，應折桑條過千尺。

閒尋舊蹤跡，又酒趁哀弦，燈照離席。梨花榆火催寒食，愁一箭風快，半篙波暖，回頭迢遞便數驛，望人在天北。

淒側，恨堆積，漸別浦縈回，津堠岑寂，斜陽冉冉春無極，念月榭攜手，露橋聞笛。

沈思前事，似夢裡，淚暗滴。

聽了如此淒婉的哀歌，宋徽宗的文青特色又顯現出來了——他心軟了，並開始懷疑自己的決定是不是太過嚴厲了？

不到一根煙的工夫，朝三暮四的宋徽宗在憂鬱地懷疑完人生之後，馬上派人把周邦彥召回來，並人盡其才，封了他一個大晟樂正的官，專門負責流行音樂的推廣工作。

據說，後來徽宗還和他成了好朋友（這對情敵真他媽的好玩）。

日子繼續流逝著，李師師也繼續不痛也不快樂地做宋徽宗的編外二奶。可平靜的日子最終被不解風情的金兵給打破了。一一二七年，入侵的金兵把徽宗與欽宗擄到北國，李師師從此下落不明。

第 32 章

蕭燕燕——
左手江山，右手情人

戰正酣時，突然，一個不長眼叫胡裡室的傢伙用力過猛，把韓哥給撞落馬下。讓眾人意想不到的是，蕭太后居然因此勃然大怒，硬是給胡裡室判了死刑——斬首。

相較於漢族，少數民族更加充滿人性，因為他們生來就與天地自然相處，幾乎不曾受到孔子這廝的儒家思想污染。

衝著這份「原生態」，我很喜歡少數民族。

比如那個曾經把大宋朝嚇得屁滾尿流的大遼太后蕭燕燕，就是我少年時的夢中情人。

當然了，我對她的好感最初來自於電視劇《楊家將》中，飾演她的那個女演員，但讀了幾本破史書後，對她的敬仰變得猶如滔滔江水連綿不絕，又好比黃河氾濫，一發而不可收拾。

寫自己的偶像，普通人會雙手發抖；寫自己的情人，普通人會心跳加速。我此時的感覺，就是兩者的混合體，總之，我得先矯情地告訴你：「這一刻，我誠惶誠恐。」

廢話完畢。

歷史的幕布拉開，燈光、音響、Music！有請大遼太后——蕭燕燕。

蕭燕燕名綽，字燕燕，生於西元九五三年，是遼景宗耶律賢的皇后，北院樞密使兼北府宰相蕭思溫的閨女。

遼國是五代十國、北宋時期，以契丹族為主體建立的王朝。遼國原名契丹，後因居於遼河上游之故，遂稱「遼」。西元九○七年，遼太祖耶律阿保機統一契丹各部稱汗，國號「契丹」，九四七年正式定國號為「遼」。

在遼國，「蕭」氏是個尊貴的姓氏，因為蕭家專門負責出產「皇后」。自從耶律阿保機開始，到蕭燕燕出生時，遼國已傳了四位帝王，四位皇后皆出自蕭家。「天下皇后出蕭家」，這幾乎成了朝野上下秘而不宣的「潛規則」。

這麼說吧！在遼國，一提起「耶律」，就會立即聯想到「皇帝」，一提到「蕭」，就會立即聯想到「皇后」。這完全是下意識的，就像由「狗不理」聯想到「包子」一樣理所當然。

蕭燕燕出身於如此世家，相當於從出生開始，就自動升級為皇后候選人。不過，既是候選人，那就得接受考驗。

第一關當然是她老爸蕭思溫，蕭燕燕得在他面前擊敗自己的姐妹們。

蕭思溫的考題比較有個性，他在一個漫天風沙的傍晚，裝作漫不經心地讓三個女兒去打掃院子裡的垃圾。

結果，年齡最小的蕭燕燕打掃得最乾淨。就憑這一點，她贏得了父親的讚許：「此女必能為蕭家立下大業。」也就是說，老爸這關算是過了。

有人也許會問（其實是我想問），蕭思溫這是選皇后還是選清潔工人啊？即使古語云：「一屋不掃，何以掃天下」，但也不能掃一下就定了啊！至少來個五局三勝什麼的，不是貌似更加合理？

這個問題很好，但也很弱智。蕭思溫難道不懂嗎？其實，無意間流露出來的才是人的本真，若真的要弄個什麼五局三勝，那真的就是招聘清潔工人啦！

過了蕭思溫這關之後，皇帝那關相對來說反而比較容易。為啥？因為蕭思溫對當時的遼景宗有擁立之功，算是他的恩人兼心腹，況且蕭燕燕又是遠近聞名、聰慧過人的小美女，所以，當蕭思溫向對方提起嫁女之事時，遼景宗立刻樂呵呵地答應。

就這樣，蕭燕燕成了遼景宗的女人。

遼景宗名為耶律賢，是遼世宗的次子，其母為蕭氏。遼世宗時，一些貴族發動宮廷政變，身為王子的他差點被殺，後來幸而得救，遼世宗也平定局面，結束政變。西元九六九年，耶律賢被推舉為帝。

蕭燕燕入宮以後，憑著自己出眾的綜合素質，輕而易舉就俘獲遼景宗的龍心。僅僅用了三個月的試用期，她就正式轉正，被冊封為皇后，這一年，她才剛滿十六歲。

三年後，她就為景宗誕下一名龍子，也就是後來的遼聖宗耶律隆緒。景宗眼看著自己有了接班人，心裡更是高興，對蕭燕燕更是加倍寵愛，幾乎到了專寵的地步。

如果按照正常的劇情發展下去，蕭燕燕最多只是個賢慧而得寵的皇后，至多像唐太宗的長孫皇后那樣傳於後世，真是這樣的話，也許她會安逸地過一輩子。

可蜘蛛人的叔叔告訴我們：「能力越大，責任也就越大。」蕭燕燕自小就是個能力

出眾的人物，老天當然不會放過她，得讓她承擔更大的責任。

不好意思，這是該死的宿命論了。事實上是，她的男人遼景宗需要她承擔更大的責任。遼景宗並不是個不理朝政、一心玩樂的墮落皇帝，相反的，他是個有志青年。但不幸的是，他心有餘而力不足。

為什麼呢？

因為病。

遼景宗打小患有一種類似羊癲瘋的疾病，他不發奮圖強則罷，一發奮就犯病，病起來就四肢抽搐、口吐白沫，生活不能自理。

生活都不能自理了，那朝政當然更理不了了。沒辦法，只能找個替他掌控局面的人，這人必須是他絕對信任的，還得是有能力的，找誰好呢？

兄弟？不行！那些王爺們個個都對自己的皇位虎視眈眈，找他們，簡直等同於讓大好江山羊入虎口。大臣？也不行！他們的身份決定他們只能是輔佐者，不可能代替他發號施令。

選來選去，到最後他覺得還是自己的老婆最可靠，於是，蕭燕燕在從事皇后這個正職的同時，也開始兼職做皇帝的工作。

一開始，景宗覺得這只是個權宜之計，屬於沒有辦法中的辦法。可過了一段時間，

她必須找到堅定可靠的盟友。

涎三尺、蠢蠢欲動，再說大遼一向有不按遺詔辦事的傳統，要想確實讓兒子坐穩龍椅，

蕭燕燕知道，遺詔只是一張不值錢的紙，那些一手握著兵權的王爺們，個個都對皇位垂

景宗留下遺詔：「梁王隆緒嗣位，軍國大事聽皇后命。」

維護它──乾亨四年九月（西元九八二年），遼景宗病逝，相當於讓他下崗了。

大概在冥冥中，真的是天無二日、國無二君，遼景宗破壞了這個規則，但上天執意

起平坐的地位。

這個獎勵更像一個委婉的告示，相當於昭告天下：大遼有兩個皇帝，且兩者具有平

召來史官，說道：「從今往後，凡記錄皇后說的話，也可以稱『朕』。」

這下，景宗徹底地放心了。到最後，他把一個皇帝所能給予的最高嘉許給了妻子，

長為一個能獨當一面的政治家。

蕭燕燕也沒讓他失望，天才般的悟性，讓這個原本對政治不甚了解的女人，迅速成

總攬大政方針和革命路線，剩下地全都交給蕭燕燕去做。

景宗放心了！同時也對自己的身體徹底地死心了，他開始全面放權，自己退居二線，

理上，甚至比他高明。

他突然發現，人家蕭燕燕把他的大好江山打理得有條不紊、光芒萬丈，在許多事情的處

於是，在一個風雨陰晦的夜晚，她召來最可能成爲盟友的兩個人——大臣耶律斜軫和韓德讓。

耶律斜軫是遼世宗的同族兄弟，景宗在位時他深得器重，受命節制西南面諸軍，並被封爲南院大王，後任西南面招討使。其權勢威赫，在貴族中極有威望。

韓德讓是漢族人，唐朝末年，其祖父韓知古被掠至遼國爲奴，後官至中書令。父韓匡嗣官居南京（今北京）留守，封燕王，後因與宋軍作戰失敗，遙授晉昌節度使，降爲秦王。韓德讓自幼受家庭影響和父輩薰陶，智略過人，深明治國道理，也是遼景宗時的重臣。

蕭燕燕知道，若要執掌遼國的政權，沒有這二人支持，是萬萬不可能的。

當晚，她右手牽著十二歲的兒子，右手抹著眼淚，淒淒慘慘戚戚又楚楚動人地說道：

「我娘倆該怎麼辦呢？」

一個二十九歲美麗少婦的眼淚是很有殺傷力的，何況這個少婦還是尊貴的皇太后。

頓時，兩位股肱之臣只覺下體一股熱血洶湧而上，抱著一顆英雄救美的心，當場盟誓：

「只要妳信任我們，就沒有什麼可擔心的！」

得，不費吹灰之力，盟友搞定了。

更重要的是，蕭太后確實比較有眼光，她選定的這兩個盟友不但忠誠，而且的確能

幹，三下五除二，就把諸位王爺給唬住了，沒有一個敢輕舉妄動。就這樣，遼國順利完

成了皇權更替，這一年，是西元九八二年。

從此，蕭燕燕開始以「皇太后」的身份放手治理國家。

雖然這時的遼帝是她的兒子耶律隆緒，但一個十二歲的孩子能懂得什麼呢？她才是

真正的大遼「皇帝」。儘管宗室們仍然有些不軌之心，但朝中各族臣工都對這位年輕太

后「明達治道，聞善必從，兼習知軍政」的才能欽佩得五體投地——她得到了治下臣工

「多得其死力」的忠心。

因此，大遼正式進入「蕭太后」時代。

在耶律斜軫和韓德讓全力輔佐下，已經全方位掌權的蕭太后放開手腳，進行一系列

改革，諸如釋放奴隸、獎勵農耕，屬行廉潔、治理冤獄、推行《唐律》等，使得原本就

不羸弱的大遼進一步走向興盛。

此時此刻，放眼望去，大遼一片和諧盛世。

但蕭太后的頭腦是清醒的，她知道，之所以出現這樣的大好局面，與耶律斜軫、韓

德讓二人的鼎力相助是分不開的。為了表彰二人的功績，也為了讓這盛世堅持下去，她

必須給他們適當的恩典。

於是，統和元年八月，在蕭太后的安排下，遼聖宗耶律隆緒當眾與耶律斜軫交換弓

矢鞍馬，結為生死之交，這就是金庸小說中的「安答」，也就是我們通常所說的拜把兄弟。和皇帝成了兄弟，這恩賜算是非常巨大的。

那韓德讓呢？他得到的更多。蕭太后直接把自己賜了他——也就是說，韓德讓成了皇帝的繼父。

當然，礙於某些不成文的避諱，兩人並沒有登記領證、舉行婚禮，基本上屬於無證上路，但他們的確成了實際上的夫妻，連蕭太后的兒子也默認這個事實，並在老媽的教導下，對待韓德讓如同對待自己的生父。

蕭太后對待韓德讓也是一心一意、體貼備至，為了不讓他分心，她還親自賜了一壺毒酒，把韓夫人給鴆殺了。

如此鳩占鵲巢，不怕人家背地裡罵娘嗎？

蕭太后的回答是：「不怕，因為我是一個敢愛敢恨的人。」

當年，一個宮廷侍衛喝醉酒，大談特談太后和韓德讓的緋聞，但她只是微微一笑，把侍衛「杖責」了事，可見其內心之「身正不怕影子歪」。

關於蕭太后和韓德讓之間的夫妻生活，史書上並沒有留下隻言詞組，但從一些小事情中，我們可以旁敲側擊地推斷出二人情深深雨濛濛。

據說，蕭太后是個鐵桿的「球迷」——當然，不是足球橄欖球，也不是籃球、棒球、

網球、高爾夫球，而是馬球。她最大的愛好就是坐在包廂裡欣賞球賽。

有一次，業餘愛好者韓德讓為了博得紅顏一笑，也拿桿上馬，替補上場，加入馬球大戰。戰正酣時，突然，一個不長眼叫胡裡室的傢伙用力過猛，把韓哥給撞落馬下。

本來，裁判吹個犯規，至多給張黃牌，也就過去了，但令眾人意想不到的是，蕭太后居然因此勃然大怒，硬是給胡裡室判了死刑——斬首，弄得群臣面面相覷，不知所措。

此時若猜度他們的心理，應該是被嫉妒填滿的。

儘管此舉有點小題大做，也不合體育精神，但由此，可窺見蕭太后的「護夫」心切。

如此情深意濃，可謂只羨鴛鴦不羨仙了。

但生活從來不能完美，有一個小問題也煩擾著這對無證夫妻，那就是韓德讓的戶口問題——他是個漢人。

這在契丹人的眼裡，這是很讓人瞧不起的，就像城市戶口瞧不起城鎮戶口，而城鎮戶口又瞧不起農村戶口一樣。

怎麼辦呢？蕭太后自有辦法。

統和二十二年（西元一〇〇四年），蕭太后大筆一揮，賜韓德讓改姓耶律，改名德昌，徙封晉王。不久，她又下詔韓德讓「出宮籍，隸橫帳季父房後」，賜名耶律隆運。

什麼是「橫帳」呢？就是遼國開國之主耶律阿保機的嫡系子孫，是大遼皇室中最尊

貴的人，這樣，再也沒人敢在戶口問題上說長道短了。

這下，韓德讓眞是賺大發了！

從此，他更加盡心盡力地替蕭太后母子賣命。

人家這邊唱著夫隨著勵精圖治，和諧得不得了，不遠的宋朝那邊卻意淫出一個笑話。

和所有弱智的笑話一樣，它起源於幾個傻B。

話說雄州（河北雄縣）知州賀令圖及其父岳州刺史賀懷浦等人，通過同樣傻B的諜報人員，打聽到蕭太后的風流韻事。

這讓他們如獲至寶，迅速聯同文思使薛繼昭等人向宋太宗進言：「如今契丹主年幼，國事決於其母。而其母與韓德讓不清不楚傷風敗俗，定然招來國人痛恨，遼國肯定內亂，這正是對遼用兵的大好時機。」

宋太宗名叫趙匡義，二十二歲時，參與過陳橋兵變，擁立其兄趙匡胤爲帝，並參與太祖統一四方的大業。

宋太宗一向比較英明，但意外的是，他在聽了眾人的彙報後，也突發性傻B，信以爲眞，於雍熙三年（遼統和四年，西元九八六年）三月，一聲令下，驅趕幾萬大軍北上伐遼，此即歷史上的「雍熙北伐」。

本來井水不犯河水，爲什麼宋太宗非要伐遼呢？是他的大國沙文主義在作祟嗎？

不是！世界上沒有無緣無故的愛恨，同理，世界上也沒有無緣無故的征伐。遼宋兩國之間一直存在一個歷史遺留問題，那就是後晉皇帝石敬塘割讓給遼國的燕雲十六州歸屬問題。

此事關係到領土主權問題，不能隨便妥協，而且，這片土地不但人口密集、經濟發達、範圍遼闊，還是交通樞紐、戰略要地，所以雙方互不讓步。宋朝認為：「這屬於前朝簽訂的賣國條約，我們堅決不承認，所以應該收回！」

而遼國認為：「你們漢人怎麼這麼不講信用？給我們就是給我們了，豈能說要回去就要回去？你泱泱大國，不是以誠信為本嗎？」

理念不同、立場不同，便無法溝通。既然這樣，那麼，就用槍桿子溝通吧！於是，宋太宗決定先下手為強。

一開始，雄赳赳氣昂昂的宋軍兵分三路，浩浩蕩蕩，取得了一些勝利，但不幸的是，隨著戰事的深入，局勢開始扭轉，最終，宋軍大敗而歸。

宋軍因此元氣大傷，從此以後，遼國化被動為主動，而宋朝卻改主動為被動，對遼國多以防禦為主，戰略進攻變成戰略防守。遼國從此占了上風，成為壓在宋朝頭上的一塊巨石。

而促成此戰的兩個傻B——賀令圖父子，在白白葬送幾萬大宋將士的性命之後，也於當年十二月死在遼將耶律休哥的刀下。

這一仗，讓大遼摸清宋朝的底牌：原來是這麼個不中用的玩意！看清這一點，勇武的蕭太后就有恃無恐了，心想：「來而不往非禮也，以前你大宋老來打我，現在，我也該主動打你一次！」

於是乎，遼聖宗統和二十二年（宋真宗景德元年，西元一○○四年）深秋閏九月，蕭太后左手牽著遼聖宗、右手挽著韓德讓，率二十萬精銳之師揮兵南下，向大宋還禮去了。結果，遼軍勢如破竹，宋軍一瀉千里，僅僅兩個月的工夫，這二十萬人馬就乾坤大挪移般攻到澶州（今河南濮陽），距北宋都城開封僅一河之隔。

消息傳到開封城，朝廷一片驚慌，此時，老皇帝趙匡義早就掛了，在位的是他那能文不能武的兒子宋真宗趙恆。此子沒有先皇的半分勇猛，驚恐之下完全不知所措。

皇帝不行，有幾個有能耐的臣子也行啊！可正應了那句俗話：「兵熊熊一個，將熊熊一窩。」放眼滿朝文武，文弱書生當道，這真是秀才遇上兵，未戰膽先破，大概只能撒腿跑路了。

經過一輪緊急磋商，這些軟蛋拿出的方案果然不出所料──遷都。

好在，就在這關鍵時刻，宰相寇準大喝一聲，站出來，發揮自己能把死人說活的絕

世口才，力排眾議，堅決要求宋真宗發揚先祖的鐵血精神，避免右傾投降主義的錯誤，以硬碰硬、以戰止戰。

最後，他還連哄帶騙的把幾乎尿褲子的宋真宗忽悠上戰場──官方說法叫御駕親征，實際上就是到前線上露個臉，讓廣大官兵們以為自己不是一個人在戰鬥，從而激發出潛伏在內心深處的炮灰精神。

沒想到這招還真管用！一看到親愛的皇帝陛下駕到，宋軍彷彿打了興奮劑一般，頃刻間士氣大振，立即打了一個勝仗，把人家蕭燕燕的親兄弟大將蕭撻凜都給射殺了。

如果在勝利的餘威下，宋軍趁熱打鐵，那結果很可能是一個勝利連著一個勝利，什麼燕雲十六州，拿回來肯定不在話下。

連蕭太后自己都幾乎相信這點了，所以，她突然有點厭倦，產生和談的意向。恰在這個時候，一直膽戰心驚的宋真宗給她送來她想要的東西──和談。

本來，宰相寇準和大將楊延昭都主張乘勝追擊，趁機收復燕雲十六州，但宋真宗實在怕得厲害。更要命的是，這次他堅決不聽從別人的建議，鐵了心議和，並且賤兮兮地對談和使節曹利用說：「只要蕭太后答應退兵，不割地，就算給一百萬金帛也不成問題。」

人家畢竟是皇帝，那啥，彪悍的寇準也沒辦法，只好議和了。

經過一番交涉，和談成功，著名的「澶淵之盟」就此簽訂。兩國商定：「宋遼約為兄弟之國，遼聖宗耶律隆緒稱宋真宗趙恆為兄，趙恆則稱皇太后為叔母。維持宋遼之間舊有的疆界。北宋每年給遼國『歲幣』銀十萬兩、絹二十萬匹。」

這個條約中，最關鍵的一點就是：「維持宋遼之間舊有的疆界。」意思很明白，燕雲十六州「合法」地歸屬遼國，大宋要想收回它，已是遙不可及的夢想了。

「澶淵之盟」簽訂之後，正式形成了遼宋南北對峙、互不打擾的局面，此後一百二十年間，兩者再未發生過大的戰事。這是蕭燕燕一生最著名的傑作之一。

替兒子解決完內憂外患的蕭太后，有些累了，也該歇歇了。

統和二十七年（西元一○○九年）十一月，她為遼聖宗舉行契丹傳統的「柴冊禮」，將皇權正式交還給自己的兒子，結束幾十年的「攝政女皇」生涯，去南京（今北京）安享晚年。這一年，她五十七歲。

十二月初病逝於行宮。

但天不作美，也大概蕭太后是個勞累命，閒不下來，就在南行的途中，她染上疾病，一下子就沒了。

遼聖宗大慟，為母親上謚號「聖神宣獻皇后」，隆重安葬於遼乾陵。

蕭太后之死對晚年的韓德讓打擊很大——本來可以安享的退休生活，一下子沒了。

他從此抑鬱寡歡，一年後便重病不起，儘管聖宗和皇后盡心服侍，每天為他端湯送藥，

無奈天意難違、回天乏術。統和二十九年（西元一○一一）三月初，他與世長辭，享年七十一歲。

遼聖宗爲韓德讓舉行了隆重的葬禮，跟蕭太后一個規格，更難能可貴的是，雖爲臣子，但他破天荒地進了皇陵，被安葬在蕭太后的陵旁。

一生神武如蕭燕燕，生前身後，可謂無憾，是謂完美。

第 33 章

蕭觀音──
一首艷詞引發的血案

擔當音樂陪練的趙惟一，最後就陪練到蕭觀音的床上去了。曾經
鬱悶的蕭觀音，瞬間找到了生命的第二春，為了描述自己的情
緒，她做了一首香艷的《十香詞》。

眾所周知，古代有一個不成文的規矩：女人讀書是可恥的！所謂女子無才便是德，讀書越多越反動。

這是赤裸裸的霸權和壓迫。

但，又有偉人說了：「哪裡有壓迫哪裡就有反抗。」於是，東方紅，太陽升，中國出了個李清照。

其實，同等段位的古代才女，遠遠不只李清照一人。只是因為她性格外向，經常參加文人集會，曝光率比較高，所以占據大多數人的視線，被後生小子們頂禮膜拜。而高手有時是供芸芸眾生用來視而不見的，他們像潛伏在暗夜的黑，存在又非存在著，比如，那個大遼國的才女皇后蕭觀音，有幾個人知道她？

你知道嗎？你不知道，我來告訴你。

蕭觀音，生於一○四○年，是遼道宗耶律洪基的皇后。和所有的蕭皇后一樣，她也出身於高幹家庭，老爸是樞密使蕭惠，姑姑則是欽哀皇后。

想當年，耶律洪基還是燕趙王的時候，她就嫁給了他，這一年，她才四歲。由於是青梅竹馬，所以二人的婚後生活十分和諧。

我們知道，契丹民族是個尚武的民族，不大重視文化知識的學習，但蕭觀音是個另類，她飽讀詩書，寫得一手好詩詞。

有一次，愛玩的耶律洪基帶她出去打獵，在歸來的宴會上，她突發詩興，隨口賦詩一首：「威風萬里壓南邦，東去能翻鴨綠江。靈怪大千俱破膽，哪叫猛虎不投降！」頓時語驚四座。

詩中飽藏的豪邁之氣，令遼國滿朝君臣無不嘆服，經過宣傳部門極力渲染，從此，遼國人都知道他們有一個會作詩的皇后。

其實作詩對於人家蕭觀音來說只是小菜一碟，她還談得一手好琵琶，那水平，放在今天來說，完全可以領取國務院特殊津貼。另外，她長得也漂亮，身材也好。總之，這麼說吧，她是個內外兼修的出色的女人。

更重要的是，她還給耶律洪基生了個兒子，沒多久就被狂喜不已的耶律洪基立為太子——即耶律浚。

擁有如此完美的表現，再加上從小培養起的感情，蕭觀音在後宮中可說是一枝獨秀，最得皇帝的歡心，被時人稱為耶律洪基的「紅顏知己」。做皇后做到這個份上，真是有面子啊！

但是（不好意思，我又得使用轉折了），有一個詞叫做物極必反，都走到頂峰上了，接下來只好走下坡路了。

蕭觀音和耶律洪基夫妻關係的下坡路，是從一次「進諫」開始的。

前面說過，耶律洪基是個貪玩的皇帝，老大不小了還童心未泯，最愛玩的遊戲就是打獵。

按常理來說，政事處理累了，出去打打獵放鬆放鬆身心也無可厚非，勞逸結合嘛！可要命的是，耶律洪基上癮了，什麼叫上癮呢？就是把打獵當成生活的主旋律，而原本重要的政事被擱在一旁，不聞不問。

他就像迷上線上遊戲而不顧學習的中學生一樣，深陷其中，任憑臣子們苦口婆心地勸誡，依然我行我素。

蕭觀音一看，這樣下去不行啊！還不把國給弄忘了啊？她把心一橫，決定越俎代庖，幹點大臣們才幹的事兒——進諫。

為了鄭重起見，她甚至放棄口頭進諫，採用嚴肅的書面形式。於是，一封叫做《諫獵疏》的奏摺送到了耶律洪基的手中：「妾聞穆王遠駕，周德用衰；太康伏豫，夏社幾屋。此游佃之往戒，帝王之高抬貴手也。」

剛開始，耶律洪基還以為是皇后新寫的詩詞，沒想到打開一看，竟然是這麼個玩意。

當時，他正處在和打獵這項運動的熱戀時期，到了誰勸說就殺誰的地步，這封奏摺正好撞在他的興頭上。他心裡不高興了。

礙於皇后的面子，和以往濃烈的情意，他表面上表示納諫，要從善如流，其實心裡

對她感到有點厭煩，從此逐漸疏遠起來。

真是伴君如伴虎啊！原本多麼深厚的感情，就讓這麼一封破奏摺給弄出嫌隙了。看來皇帝真是個神經質的職業，在我看來，這其實就是慣出來的毛病，你想啊！若是有個可以彈劾他下台的機構，他還敢如此任性、如此肆意妄為嗎？

扯遠了，總不能要求那時候有參議院什麼的。所以，理解萬歲，言歸正傳。

話說蕭觀音被耶律洪基冷落之後，心中十分不解，然後驚詫，繼而悲從心起。為了排解這悲傷，她作詞十首，題名《回心院》，並令宮中伶官趙惟一譜上曲子，自己整天抱著琵琶自彈自唱，以期獲得丈夫的回心轉意。

為了讓大家享受一下蕭觀音的才情，現把十首詞抄錄於下：

第一首寫她督促宮人打掃宮殿：「掃深殿，閉久金鋪暗；游絲絡網塵作堆，積歲青苔厚階面。掃深殿，待君宴。」

第二首寫擦拭象牙床：「拂象床，憑夢借高唐；敲壞半邊知妾臥，恰當天處少輝光。拂象床，待君王。」

第三首寫更換香枕：「換香枕，一半無雲錦；為是秋來輾轉多，更有雙雙淚痕滲。換香枕，待君寢。」

第四首寫鋪陳錦被：「鋪繡被，羞殺鴛鴦對；猶憶當時叫合歡，而今獨覆相思魂。

鋪翠被，待君睡。」

第五首寫張掛繡帳：「裝鄉帳，金鉤未敢上；解卻四角夜光珠，不教照見愁模樣。

裝繡帳，待君眠。」

第六首寫整理床褥：「疊錦茵，重重空自陳；只願身當白玉體，不願伊當薄命人

疊錦茵，待君臨。」

第七首寫鋪張瑤席：「展瑤席，花笑三韓碧；笑妾新鋪玉一床，從來婦歡不終夕

展瑤席，待君息。」

第八首寫剔亮銀燈：「剔銀燈，須知一樣明；偏使君來生彩暈，對妾故作青熒熒。

剔銀燈，待君行。」

第九首寫點燃香爐：「熱熏爐，能將孤悶蘇；若道妾身多穢賤，自沾御香香徹膚

熱熏爐，待君娛。」

第十首寫彈奏鳴箏：「張鳴箏，恰恰語嬌鶯；一從彈作房中曲，常和窗前風雨聲

張鳴箏，待君聽。」

多麼橫豎都溢出的才華啊！多麼惹人疼惜的濃情蜜意啊！可沒辦法，不管她怎麼彈唱，

耶律洪基仍然不給面子——徹底冷落她。

與此同時，耶律洪基也越來越神經了。

他不但終日以狩獵宴飲爲樂，荒廢國事，還別出心裁地發明以擲骰子任用大臣的獨家方式，可謂直接墮落至昏庸之君的檔次了。

此外，他還放著後宮佳麗不聞不問，專門打野食，最有力的證據就是他經常冒用蕭觀音的名義，把大臣李儼的老婆邢氏召進宮裡，供其淫樂。

被皇帝戴了綠帽子的李儼也是人中極品，不但不惱怒，還囑咐老婆一定要把皇帝伺候舒服，我靠！真他媽的忠心不二的好臣子啊！

事情發展到如此地步，蕭觀音徹底絕望了。回想曾經的美好時光，她大概只能暗自感嘆：「我猜到了故事的開頭，但沒猜到故事的結尾。」

但日子還得過啊！

好在蕭觀音是個想得開的人，不但繼續把日子過下去，而且還決定過得精采，過得絢爛。可是，要達到這個目標，最缺的是男人的滋潤，試想，對於一個三十多歲的女人來說，沒有男人同床共枕，是一件多麼殘忍的事情啊？

終於，上天看不下去了，大手一揮，一個迷人的男人向她款款走來。

他就是趙惟一，那個爲她的《回心院》譜曲的男人。

當時，若不是蕭觀音做了個《回心院》，想找人譜上最合適的曲子，她和趙惟一也

許一輩子都不會有交集。事實是他們交集了，在我這個宿命論者看來，這就叫天意。

但他們兩個並不是一開始就有一腿的。我在前面交代過，蕭觀音找人譜曲的目的，是爲了供人吟唱，以便引起耶律洪基的注意，從而回心轉意。所以，至少在譜曲後的一段時間內，蕭觀音還幽幽地等待丈夫的臨幸，並沒有紅杏出牆的打算。

可她等來的是耶律洪基的殘忍。既然如此，那就怪不得她自謀出路了。於是，近水樓台的趙惟一成了最佳選擇。

事情的經過是這樣的：當初，趙惟一擊敗遼宮內的所有伶人，在《回心院》譜曲海選中出線，所譜之曲被蕭觀音選用。選用後，他就經常被召進後宮，給皇后當陪練。

後來，時日一長，蕭觀音久久不見耶律洪基的身影，面前又守著一個跟自己志趣相投，又英俊秀雅的小白臉，心中難免會產生其他的想法。想法決定行動，於是，擔當音樂陪練的趙惟一，最後就陪練到床上去了。

曾經鬱悶的蕭觀音，終於找到生命的第二春，爲了描述自己的情緒，她又做了一首香艷的《十香詞》：

第一香：髮香

青絲七尺長，挽作內家裝；不知眠枕上，備覺綠雲香。

第二香：乳香

紅稍一幅強，輕攔白玉光；試開胸探敢，猶比顫酥香。

第三香：腮香

芙蓉失新艷，蓮花落故妝；兩般總堪比，可似粉腮香。

第四香：頸香

蜻蜓那足並，長須學鳳凰；昨宵歡臂上，應惹頸邊香。

第五香：吐氣香

和羹好滋味，送語出宮商；定知郎口內，含有曖甘香。

第六香：口脂香

非關兼酒氣，不是口脂芳；卻疑花解語，風送過來香。

第七香：玉手香

既摘上林蕊，還親御苑桑；歸來便攜手，纖纖春筍香。

第八香：金蓮香

鳳靴拋合縫，羅襪卸輕霜；誰將暖白玉，雕出軟鈎香。

第九香：裙內香

解帶色已顫，觸手心愈忙；那識羅裙內，消魂別有香。

第十香：滿身香

咳唾千花釀，肌膚百合裝；元非噉沉水，生得滿身香。

做完《十香詞》後，她覺得餘興未消，就又趁熱打鐵，寫了一首《懷古詩》：「宮中只數趙家妝，敗雨殘雲誤漢王。唯有知情一片月，曾窺飛燕入昭陽。」

詩中，蕭觀音將情人趙惟一的名字巧妙地嵌入其中，可見兩人之纏綿悱惻。

但好景不長，沒過多久，此事就洩漏了，洩漏的原因是蕭觀音得罪了兩個人。

一個是叫單登，是蕭觀音宮內的婢女，此女也擅長作曲，而且還能彈能唱，屬於原創型歌手，是趙惟一在遼宮內最具競爭力的對手。但由於她為《回心院》譜的曲未被採用，對蕭觀音懷恨在心──她認為皇后是因為趙惟一長得帥，才用了他的曲子。

另一個叫耶律乙辛，是深得耶律洪基重用的權臣，身居北院樞密，勢震中外、傾動一時，全朝文武都很給他面子，但「唯后家不肯相下」。意思是說，唯有皇后蕭觀音不鳥他。因此，他就恨屋及烏，不但對皇后家的人充滿恨意，對她本人也十分不滿。

單登藉工作之便，偷聽到蕭觀音跟趙惟一雲雨的全過程，並將之繪聲繪色地講述給了耶律乙辛。另外，她還炒了一份《十香詞》和《懷古詩》交給對方。

拿到這兩樣東西，耶律乙辛大喜，人證物證在手，基本勝券在握了。於是他趕緊磨

墨醮筆，寫了一份叫做《奏懿德皇后私伶官疏》的告狀奏章。

啥也別說了，我們可以猜到，當耶律洪基看到這封告密信後，他是怎樣的心情。尤其是看到纖毫畢現，堪稱黃色小說的細節描寫後，會怎樣地暴跳如雷。

於是，「上大怒，命張孝傑與乙辛窮治其獄。」最後的審判結果是，耶律洪基令蕭皇后自盡，趙惟一則被滿門抄斬。

蕭觀音自盡前，想起曾經的美好時光，想見耶律洪基最後一面，但沒有獲得批准。

被如此絕情地對待，她出離憤怒了，因此詩興大發，遂作《絕命詞》一首：

嗟薄福兮多幸，羌作儷兮皇家。承昊穹兮下覆，近日月兮分華。托後鈞兮凝位，忽前星兮啟耀。雖釁纍纍兮黃床，庶無罪兮宗廟。欲貫魚兮上進，乘陽德兮天飛。豈禍生兮無聯，蒙穢惡兮宮闈。將剖心兮自陳，冀回照兮白日。寧庶女兮多漸，過飛霜兮下擊。顧子女兮哀頓，對左右兮摧傷。其西曜兮將墜，忽吾去兮椒房。呼天地兮慘悴，恨今古兮安極。知吾生兮必死，又焉愛兮旦夕！

寫完最後一個字，她將脖子伸進那個用白綾繫成的套子中，片刻之後，一縷香魂扶搖歸西。

這年，她只有三十六歲。

第 34 章

孝莊太后——
愛情乎？政治乎？

順治元年十月，多爾袞被加封為叔父攝政王，並建碑記功；又過七個月，他晉升為皇叔父攝政王；再過三年半，竟晉為皇父攝政王，這在歷史上僅此一家，別無分店。

前幾年，湧起一股搶拍清朝歷史劇的潮流，一時之間，黃河之水天上來，正史、野史、戲說、架空，五花八門，泥沙俱下、氾濫成災。有一段時間裡，我甚至有時空錯亂的恍惚之感，彷彿看身邊的腦袋，也是一人拖著一條豬尾巴。

有了之前電視工作者對清史如此不辭辛苦地普及，那麼，現在我提到下面的這個人物——孝莊太后，你肯定不會陌生吧？

這簡直是肯定的。

我猜，如果哪個無聊的傢伙弄個古代名女人的人氣排行榜，這個孝莊太后絕對能進前五名，弄不好就是前三甲。

孝莊太后全名叫博爾濟吉特‧布木布泰，是蒙古科爾沁部貝勒寨桑之女。當時，蒙古草原群雄並起，互相搶地盤的事情時常發生，與之相隨的必是殺戮和殘酷。經常出現的一個畫面就是：昨天晚上你還是部落之主，今天就可能身首異處、滿族遭屠。

在這麼複雜的環境中，要想好好地生存並且壯大，就需要智慧了。

孝莊的爺爺和老爸就是有智慧的人。他們很久之前就瞄上日漸強大的後金，於是拼命依附，結為同盟，以求庇護。

當年，作為同盟中弱勢的一方，為了鞏固這個關係，孝莊的姑姑就被嫁給後金之主努爾哈赤的兒子皇太極。

但世界上沒有什麼一勞永逸的事，友好的情誼很容易被時間沖淡。於是，為了繼續鞏固得來不易的同盟，一六二五年，年僅十三歲的孝莊步姑姑的後塵，也被嫁給皇太極。

這就比較有意思了，後金的王子那麼多，為什麼偏偏要姑姪同嫁一夫呢？

大概人家孝莊他爺爺和他老爸都比較有眼光，看準皇太極是努爾哈赤的接班人。

嫁給皇太極後，孝莊被封為側福晉，很得他的寵愛。這段時期，她沒有什麼發揮才能的空間，日子過得比較平淡，除了伺候自己的男人，就是為自己的男人製造後代，先後有三個女兒和一個兒子被她送來人間。

女兒就不說了，但這個兒子卻是個活寶，名叫福臨，也就是後來不當皇帝當和尚的順治爺。

孝莊第一次獲得發揮自己政治才華的機會，是在皇太極死後的皇位爭奪戰中。

話說皇太極死得比較倉促，沒來得及立遺詔，連口頭遺囑也沒有。這樣一來，接班人問題就令人頭疼了。

當時，有實力競爭上崗的有兩個人，一個是皇太極的長子豪格；另一個就是皇太極年輕有為的兄弟多爾袞。豪格有兩黃旗鼎立相助，多爾袞手中握有兩白旗的兵權，幾乎勢均力敵，互不相讓。

於是，豪格跟多爾袞，成了擺在努爾哈赤的兒孫們面前最大的問題，如果這個問題

處理不好，一場內訌也許在所難免。

就在這緊要關頭，優雅迷人的孝莊不動聲色地出場。這是她第一次登上政治舞台，結果大家都知道了，她的兒子福臨登上汗位。劍拔弩張的豪格和多爾袞白折騰了一場，完全是助人爲樂，爲人家做嫁衣裳。

一介女流的孝莊，是如何完成如此高難度的政治動作呢？

據史書記載，是因爲她籠絡了在皇族中資歷較老的代善（努爾哈赤的第二子，皇太極的哥哥）和極具實力的多爾袞。

那麼，問題又來了，她怎麼籠絡的呢？難道這哥倆是傻B嗎？輕而易舉就臣服於一介女流的謀略之下？

關於這個，史書上沒有記載，但我們可以淺薄地推測一下。

先說代善。皇太極死時，代善已經六十多歲了，在這場帝位爭奪戰中，他的心態非常平和，因爲他自知年老色衰，根本沒有繼承帝位的野心。可以這麼說，不管誰即位，他幾乎都可以接受，但他不能接受的是皇族內亂。

豪格和多爾袞的僵持不下，正將後金推向內亂的邊緣，所以，當風姿綽約的孝莊提出自己的解決方案——即讓置身於兩大勢力之外的福臨即位時，他內心至少是不會本能地去反對的，再加上對方尊貴的身份和出色的公關能力，曉之以情動之以理，最後再扣

上個安定團結壓倒一切的大帽子，代善的鼎力相助就不難理解了。

但多爾袞就不同了，他是發起這場爭奪戰的兩大勢力之一。如果說代善是抱著「只要別內亂，誰都可以」的態度的話，那多爾袞的態度就應該是「捨我其誰」。

在這樣一種狀態下，孝莊怎麼可能輕而易舉就說服他放棄爭鬥，轉而將她的兒子捧上位呢？難道是多爾袞以大局為重嗎？那他當時不要爭奪不就行了嗎？又或者是他騎虎難下、進退為難嗎？這彷彿不是意氣風發的小王爺的作風。

那理由就只有一個，他是為了孝莊！一言以蔽之：愛江山，但更愛美人。

孝莊支付了自己的感情抑或加上身體，換來多爾袞的相助，如此說來，一切就順理成章了。

我甚至懷疑，這是孝莊跟多爾袞的密謀，讓本無心帝位的多爾袞出頭爭奪，壓下勢大力沉的豪格，然後她再帶著自己的福臨出場，以保證安定團結的大好局面的名義，四兩撥千斤，順利登上龍椅。

這僅僅是我的猜測，但我堅信它有極高的可能性。坐在後排的那個戴著一千度近視眼鏡的哥們可能要發話了：「你莫要胡說八道，正史根本沒有記載！」

正史？好純情的理由啊！

有句話說得好：「歷史是任人打扮的小姑娘。」既然它又是整容又是隆胸又是撲上

兩斤白粉，早就不是本來的面目，那我為什麼就不能有理有節地發揮想像，還原一下可能的事實呢？

唉，我總是意淫出一個假想的反對派，結果又弄得離題萬里了。抱歉抱歉！下面拉回來，繼續言歸正傳。

順治帝福臨即位後，作為對多爾袞的酬謝，於順治元年正月封他為攝政王。於是就出現了這麼個局面：前面是八歲順治帝坐在龍椅上，這是大清表面上的核心，而身後是女中豪傑孝莊運籌帷幄，這是大清隱身的謀略核心。外邊，則是多爾袞這個實幹派雙手托著這對孤兒寡母，也就是托著新誕生的順治王朝——這是大清實際上的執行核心。

二星拱月，三心合一，這真是個夢幻組合。

多爾袞也真給大清長臉，完成把福臨送上龍椅的工作後，又抓住千載難逢的機會，率清軍果斷入關，招降為紅顏衝冠一怒的吳三桂，趕走在北京屁股都還沒坐熱的李自成，之後南征北戰、左突右殺，為順治爺及孝莊太后，更替大清打下大大的江山，從此告別白水黑山，入主華麗中原。

這份功勞，何止是蓋主啊？簡直可以蓋天，可以天龍蓋地虎，寶塔鎮河妖。但在孝莊面前，他依然面不改色，忠心耿耿。為何？

因為他面對的是自己心愛的女人。

孝莊比他複雜的多，她得傾盡全力綁住他那顆不羈的心——順治元年十月，多爾袞被加封為叔父攝政王，並建碑記功；又過七個月，他又晉為皇叔父攝政王；再過三年半，竟晉為皇父攝政王，這在歷史上僅此一家，別無分店。

我們來看一下這個名號：皇父攝政王，我靠！這意思不就是太上皇嗎？也正由於這個稱謂，後人便有孝莊下嫁多爾袞的猜測。

我當然支持這種猜測，退一步說，即使沒領結婚證，他們倆個依然可以暗渡陳倉，過著實質上的夫妻生活。這也許是綁住多爾袞的最佳方法，為了江山穩固，智慧如孝莊，又怎麼會在乎所謂的狗屁名節呢？

事實證明，這個方法是有效的，多爾袞直到死，也沒有生出半點不臣之心。

但順治帝福臨顯然受到不小的刺激，把母親與皇叔父之間的這種關係當成了巨大的屈辱。所以，在多爾袞死後不到一百天，已經羽翼豐滿的他瘋狂地爆發，把積聚近十年的怨恨，如暴風驟雨般朝對方的屍體湧去：削爵、擢宗室、籍家產、罷廟享、斷其後嗣、掘墓、開棺、鞭屍——完全是一條龍式的懲罰。

當時在北京的義大利傳教士衛匡國，在《韃靼戰紀》中記載道：「順治帝福臨命令毀掉阿瑪王（多爾袞）華麗的陵墓，他們把屍體挖出來，用棍子打，又用鞭子抽，最後砍掉腦袋，暴屍示眾，他的雄偉壯麗的陵墓化為塵土。」

當然，順治給這個懲罰找了一個最不容辯駁的藉口：「顯有悖逆之心」。

可只要是個正常人，用腳趾頭稍微想一下就能明白，多爾袞要真想造反，他順治還能活到洩恨的這一天嗎？

所以，還是他的曾孫乾隆帝說得好：這是「誣爲叛逆」。

於是，乾隆四十三年，可憐的多爾袞終於得以「平反」。

多爾袞死後受到如此不公的待遇，孝莊太后難道沒有爲自己的情人、恩人、感情複雜的人說句公道話嗎？

她沒有！也許，當多爾袞的墳墓被掘開，屍體被鞭時，她的內心是疼的，但她的確沒有阻止，她能說什麼呢？兒子受了那麼久的壓抑，也該讓他發洩發洩，不然，要是得了憂鬱症瘋了怎麼辦啊？

發洩後的順治的確舒爽了很多，沒有得憂鬱症，但他因爲受到長期的精神刺激，還是留下不小的後遺症。

後遺症的表現就是，他最後捨棄龍袍、遁入空門，將沉甸甸的大清留給只有八歲的兒子玄燁，還有一直爲他盡心盡力的母親。

順治的半路掉鍊子，給孝莊帶來不小的打擊，但這個女強人擁有鋼絲一樣的神經，很快就走出這件事的陰影，悉心培養、輔佐孫兒玄燁，造就一代明君康熙大帝。

康熙二十六年十二月二十五日（西元一六八八年一月二七日），七十五歲的孝莊太后崩於慈寧宮。

日後，孝莊太后被尊為清朝的國母，這名副其實。她一生的功績，我們可從康熙帝的讚語中得窺一斑：「昔奉我皇祖太宗文皇帝讚宣內政，誕我皇考世祖章皇帝，顧復劬勞，受無疆休，大一統業。暨朕踐祚在沖齡，仰荷我聖祖母訓誨恩勤，以至成立」、「設無祖母太皇太后，斷不能敦有今日成立」。

孝莊死後，靈柩沒有被運往盛京與皇太極合葬，而是暫安在京東清東陵。據記載，這是她自己的遺願，一個耐人尋味的遺願。

第 35 章

慈禧——
一代妖后的花花世界

她決定把孩子生下來，並送到她的妹夫醇王府中，做
為醇親王的兒子養育，這位沒有親爹的兒子，也就是
後來的光緒帝。

在中國，慈禧算是個家喻戶曉的公眾人物。她姓葉赫那拉，出身於滿洲鑲藍旗，其

父名叫惠征，是個不起眼的小官。

咸豐二年（一八五二年），慈禧因長相秀美被選入皇宮，咸豐帝封其爲蘭貴人，後

又冊封爲懿嬪。爲咸豐帝生了兒子以後，母憑子貴，被晉封爲懿貴妃，從此一路披荊斬

棘，成爲大清朝的「無冕女皇」。

慈禧歷經咸豐、同治、光緒三帝，從「蘭貴人」至「懿貴妃」至「聖母皇太后」，

再到死後的諡號「孝欽慈禧端佑康頤昭豫莊誠壽恭欽獻崇熙配天興聖顯皇后」，其尊榮

實在是源遠流長，經久不息，可謂晚清政壇的常青樹。

她以一介女流之軀，把持晚清朝政長達近半個世紀，將無數英雄梟雄狗熊掌控於股

掌之中，心思之深沉，手腕之穩、準、狠，實在令人嘆爲觀止。

關於她的功過是非，歷史早有定論，我就不贅述了。在這裡，我也就使一招稀鬆平

常的太極八卦手，避重就輕，單把她的緋聞拖拽出來，好好爆炒一番。

據不完全統計，二十六歲就開始守寡的慈禧有五大情人，號稱老佛爺床幃之內的五

大金剛。這五人中，上至王公貴族，下至酒店服務生，而且還中外合璧，真是五彩繽紛，

精采極了。下面，咱就一個個個慢慢敘來。

NO.1：恭親王奕訢。

奕訢是咸豐帝同父異母的弟弟，也就是慈禧的小叔，是個能力出眾的人，文韜武略皆令人嘆服。

無奈他老爸道光帝老眼昏花，選了咸豐這個才器庸常的道德模範做接班人，搞得奕訢十分鬱悶。之後一直被壓制，鬱鬱不得志，直到咸豐在承德病逝，他才得以飛龍在天，與慈禧珠聯璧合，發動「辛酉政變」，除掉以肅順為首的「八大輔臣」，迎來政治生涯的春天。

慈禧也從此與他結緣，開始了床上與床下的雙重合作。

但與慈禧相比，奕訢似乎總是稚嫩了一些，所以一次次被踹開，又一次次在緊要關頭被她納入懷中，幫她度過危機。如此往返數次，待到慈禧羽翼全豐之後，這個可憐的小叔就被自己的情人大嫂給徹底蹬了。

每次失寵之後，奕訢的苦惱大概只能用小瀋陽的一句名言來申訴了：「你說這是為什麼呢？」

NO.2：大臣榮祿。

榮祿是個軍人，慈禧則深諳「槍桿子出政權」的道理，兩人的曖昧關係發展得頗為

順理成章。

榮祿也確實沒有令慈禧失望，在戊戌變法中，正是因為有他這個堅實的後盾，慈禧才敢大膽地搞突擊，發動政變囚禁光緒帝，大肆捕殺維新志士，將一抹曙光打回至黎明前的黑暗之中。

後來，慈禧決定鎮壓義和團時，也正是這個榮祿鞍前馬後，不遺餘力。再後來，八國聯軍打進北京城，不要臉的她連夜脫逃，一路忠心護衛的，還是他。

僅僅因為這些，還不是慈禧以身相許的全部理由。有小道消息說，當慈禧還不是慈禧，而只是一個妙齡少女時，曾經險被一群臭流氓給輪姦，而這個榮祿恰巧在關鍵時刻，準時出現在事發地點，將流氓打跑，上演一齣英雄救美的好戲。自此，慈禧便與他建立了有一腿的關係。

如果說奕訢是慈禧不時之需的止癢藥，那榮祿便是她一刻也不能離開的護心丸了。

NO.3：古董商老白。

光緒八年，慈禧的床上迎來一位新客人。此人姓白，是琉璃廠知名的古董商人。

某日，慈禧的貼身太監李蓮英去琉璃廠掃貨時，不經意間掃了這位白爺一眼，便目測出此人一定是老佛爺喜歡的類型。

於是，他把老白綁進宮裡，獻給了慈禧。慈禧一看，果然是個風流倜儻且別具韻味的一級面首啊！當即內心騷動，忍不住試用。一試，我靠！果然不同凡響啊！既好看又好用，眞是用過了都說棒。

碰上這樣的極品，慈禧當然不會輕易放過，便日夜不歇地使用一個月，直到看老白近乎精盡人亡，才把人家放了回去。

老白走後，意外就發生了。

這個意外來源於慈禧的疏忽。由於此時的慈禧已經四十八歲了，堅信自己不會懷孕，也沒有採取任何避孕措施，誰知，精力旺盛的她居然懷孕了。

這事傳到與她地位相當（當然，僅僅是名義上）的「母后皇太后」慈安的耳朵裡。

當時有明智的大臣勸她不要這麼衝動，因為依慈禧的勢力，不是她慈安能夠撼動的。這個正統又正直，且頭腦簡單的皇太后大怒，並揚言要廢了慈禧的皇太后稱號。

但這個慈安皇太后天生的死腦筋，打定的主意就連十台拖拉機都拉不回來。當然，她沒有能夠實現自己的夙願，因為她在放出豪言的當天晚上就死了。

官方的口徑是：病逝。但是，官方口徑……哈哈，你他娘的相信嗎？

而慈禧，懾於輿論的壓力，最後只得做了清朝版人工流產。

NO.4：酒店服務生小史。

話說慈禧有個嗜好，就是特別愛吃金華飯館裡，一種叫做湯臥果的特色小吃。這個

饞女人，每天清晨都要讓李蓮英親自到宮門口，把金華飯店的夥計為她送來的湯臥果接

進內宮。這夥計姓史，長得非常特別，招人稀罕。

有一天，小李子偷了個懶，就叫夥計直接送進宮裡來，不巧正好讓慈禧瞧見了。按

常理來說，小史這樣做是破了規矩，理當受罰。但慈禧非但沒罰，還賞了他。

為啥？因為……當然是這個老女人又找到發情的對象了。

結果，小史被慈禧強行留在宮裡。期間，豪放的她依然不避孕，當然，結果依然是

她又懷孕了，但此時她已經可以一手遮天了，沒有媒體再敢報導她的負面新聞。

於是，她沒墮胎，還把孩子生下來，是個男孩兒。

為了掩人耳目，孩子被送到慈禧的妹夫醇王府中，做為醇親王的兒子養育，小史則

被秘密處死滅口。

這位沒了爹的兒子，就是後來的光緒帝，據許多所謂的清史學家推斷，在同治皇帝

去世後，慈禧之所以不立同治的下一輩，反而立她妹夫的兒子（論輩分是同治的弟弟），

正是這個原因。

或許，光緒真是她的親生兒子？

NO.5 : 老外巴克斯。

一九〇八年十月，慈禧去世，當這個消息傳到英國時，當地的作家巴克斯突然宣布自己慈禧的秘密情人。

此言一出，天下嘩然，人們不禁要問，這個巴克斯究竟是何許人也？

巴克斯是一位很有才氣的英國作家，寫了大量的新聞和歷史報導，是當時最權威的歷史學家，在當地影響非常大。

一九〇〇年，八國聯軍的入侵改變大清王朝的對外政策，也改變了慈禧的心態。她從排外轉向主動接觸西方，邀請很多西方人士進入紫禁城和皇家御苑。巴克斯就是在這個大潮流之中進入中國宮廷，也進入慈禧的生活。

巴克斯年輕英俊，又別具異域風情，一進皇宮就成了慈禧的座上嘉賓，很受喜歡嘗新鮮的老佛爺喜愛。沒多久，在慈禧的攻克下，他便成了中國女王的情人。

人們怎麼也想不到，與慈禧廝守到生命最後一刻的，竟是這個叫做巴克斯的英國人。

除了這五位，慈禧以前的心腹太監安德海、李蓮英也被謠傳是她的情人，但稍微想一下就知道，這實在是無稽之談。為啥？他倆都沒那設備啊！

所以，即使慈禧跟他們再親密，也僅僅限於感情上的交流，至於實質上的交流，那

就實在是強人所難了。

什麼？你說萬一他們沒有淨身，或者沒有淨乾淨？靠！你當人家清朝的「有關部門」

是吃素的啊？

以上，就是關於慈禧老佛爺的艷情報告。

慈禧的一生風起雲湧，該千刀萬剮的事也做了不少，但唯有找幾個情人這種事不值

得大驚小怪，試想，一個二十六歲就守寡的女人，你怎麼好意思苛求她呢？

第 36 章

婉容——
人生若只如初見

她與溥儀的隨侍祁繼忠和李體育先後發生曖昧關係,並且在一九三五年生下了一名女嬰,不幸的是,女嬰出生不久就夭折了。

婉容是中國歷史上最後一位皇后，他的老公就是那個看起來呆頭呆腦的宣統帝溥儀。

本來，皇后是個尊貴的職稱，但當歷史行進到她面前時，早已是個名不副實的假象，根本沒有以往的榮光。

當時，溥儀早已被逼退位，只是保留著一個「皇帝」的稱謂。那「皇后」呢？只能是等而下之了。就是這個一文不值的名號，讓她搭上了一輩子的幸福。

婉容出身官宦世家，她老爸榮源曾是內務府的高幹，後來清朝政府倒閉，他自然而然地下崗。好在他是個韌性比較強的人，失業並沒有讓他意志消沉，成為沒有出息的遺老遺少。

相反的，他對環境的改變迅速做出反應，搖身一變，成了一名商人，而且還搞成功的。再後來，由於他的買賣都在天津，再加上他對北京城早就有煩膩感，於是便舉家遷往天津。

從榮源的適時轉型我們可以看出，他是個靈活的人。他對婉容的教育，也同樣體現了這一點，大概是聰明的他早就看出全球一體化的趨勢，在提供給婉容的教育中，不但有傳統的家庭教師教她讀書習字、彈琴繪畫，還特意為她聘請英語老師教授英語。

尊貴的出身、優裕的家境，再加上東西方文化的雙管齊下，把婉容雕塑成一位相貌嬌美、談吐文雅、舉止端莊、儀態不凡、內剛外柔的名媛。輕而易舉的，她在當時的上

流生活圈贏得不少的好評，人們都知道，榮源的府裡有一位才貌雙全的千金。

但俗話說得好，人怕出名豬怕肥，早知今日何必當豬？聲名遠揚的婉容遇上了改變她一生命運的事件：有人把她推薦爲溥儀皇后的候選人。更要命的是，她恰好被選上了！

一九二二年，還頂著皇帝名號的溥儀，用死要面子活受罪的盛大慶典，把婉容迎進宮裡。從此，原本優雅、活潑、無憂無慮的婉容開始深宮大院內的皇后生活，這一年，她十七歲。

應該說，新婚伊始，婉容和溥儀的夫妻關係還是很融洽的。

婉容長得漂亮，還受過新式教育，比一直深居宮內的溥儀擁有更開闊的眼界。她猶如一陣清新的暖風，吹在死氣沉沉的溥儀身上，令這個總是一副癡呆模樣的倒楣皇帝感受到異樣的風情。所以，這個時期，他對待她是比較好的。

婉容喜歡看外國電影，喜歡吃西餐，喜歡騎自行車，溥儀都儘量滿足她。她要學習英語，他也特意聘請美國老師來教她。

婉容也給了溥儀很多柔情，新婚後的很長一段時間裡，她幾乎每天都用英文給丈夫寫信，並且在這些情意綿綿的信上署名「伊麗莎白」——這是溥儀爲她起的英文名。

你瞧，多麼甜蜜肉麻的一對小夫妻啊！

但這並不能證明他們之間沒有些許的矛盾，因爲他們之間還存在另一個女人——她

叫文繡，是和婉容前後腳進宮的妃子。

和婉容不同的是，文繡從小接受的是三從四德的傻B教育，沒有婉容活潑，長得也沒有婉容漂亮。可她畢竟也是溥儀的女人啊！

而恰好婉容又是個嫉妒心和占有慾都極強的女人，無法忍受和別人分享溥儀的寵愛，於是免不了產生一些小摩擦。比如，一些適宜后、妃同時參加的活動，溥儀總是帶著婉容、文繡一同前往，為了提高文繡的外語水平，溥儀也給她請了英語教師。

這本是公平合理的，但強勢、嫉妒的婉容卻對此大為不滿，經常藉此向溥儀發難。

溥儀沒辦法，只好忍著，但他對婉容的感情已經慢慢冷淡了。

一九二四年底，在與婉容成婚兩年後，溥儀被馮玉祥派人趕出紫禁城，同時被「永遠廢除皇帝尊號」，成為一介平民，婉容徒有其名的「皇后」身份，當然也隨之消失。

一九二五年，溥儀帶著婉容、文繡住進天津張園。

婉容本就是天津人，回到天津的她有了如魚得水的感覺。她容光煥發，一改宮中的裝束，換上新潮的旗袍和高跟鞋，還燙了頭髮，成為天津城裡的「摩登女郎」。

「摩登」的同時，婉容還變成一個購物狂，天津城裡的各大百貨公司，都曾留下她數錢的聲響。

原本本分老實的文繡一看婉容如此揮霍浪費，心中頓時不平衡起來：「不就是花錢

嗎？姑奶奶也會！」於是，她也拎上鼓鼓的錢包，成了各大商場的常客。

婉容一看文繡殺將上來，心中一笑，便拿出更多的錢，去買更多的東西。文繡一看

婉容升級了，自己也把心一橫，趕緊提高檔次……

這種猶如兩國之間軍備競賽一樣的攀比，讓溥儀苦惱不已。幾十年後，他在《我的

前半生》一書中回憶道：「婉容本是一位天津大小姐，花錢買廢物的門道比我多。她買

了什麼東西，文繡也一定要。我給文繡買了，婉容一定又要買，而且花得更多，好像不

如此不足以顯示皇后的身份。」

儘管瘦死的駱駝比馬大，可緊掙不夠慢花，何況是坐吃山空？剛開始的時候，溥儀

還能靠典當祖宗留下的寶貝，勉強維持兩個老婆的物慾生活，但時間一長，就漸漸捉襟

見肘了。

婉容和文繡一看溥儀的銀子不多了，便趕緊轉移戰場，將競賽場地從商場移回自己

的家裡。從此，兩人生活的主旋律就是爭風吃醋、大鬧天宮，將原本清靜的張園弄得雞

飛狗跳、狼狽不堪。

一旁的溥儀雖然瞪著他那神經質的眼睛，想幹旋調和，但這顯然超出他的能力範圍

最後的結果是，一直處於下風的文繡決定不陪他們玩了，單方面退出遊戲——離家

出走，並向溥儀發出要求離婚的律師函。

溥儀感到此事太沒面子，不願鬧上法庭繼續丟人，遂被迫答應離婚。離婚後，為了保住那點可憐的面子，他在京、津、滬報紙的廣告欄裡刊登了所謂「上諭」：「淑妃擅離行園，顯違祖制，撤去原封位號，廢為庶人，欽此。」

真是個可憐的男人。

把文繡趕跑後，婉容終於可以獨享一夫了，但她的日子並沒有因此變得美好。溥儀把被文繡拋棄的怨憤全部轉嫁到她身上，開始對她愛理不理。更嚴重的是，受到精神打擊的溥儀突然喪失了性能力，讓婉容守起活寡。也正是在這個時候，極度鬱悶的婉容染上抽大煙的惡習。

但更壞的事情還在後面。

一九三一年十一月，心力交瘁的溥儀在日本人的策劃和誘騙下，拋下婉容，獨自一人秘密離津，逃往東北。

直到兩個月以後，婉容才在臭名昭著的川島芳子哄騙下，由天津到大連，再轉至旅順與溥儀團聚。

令她失望的是，此時的溥儀完全成了任人擺布的木偶，甚至連人身自由都沒有，形同軟禁。

一九三二年三月八日，溥儀在長春就任偽「滿洲國執政」，婉容便成了「執政」夫人。在長春，她的一切都要聽從日本人的安排，她的一舉一動都受到秘密監視，甚至不能走出大門一步，她雖然想過要逃，但嘗試幾次之後便發現：這是個不可能的任務！

原有的苦悶加上新添的哀愁，使婉容的精神幾近崩潰，唯有躺在煙榻上，靠吞雲吐霧來逃避現實。她日漸憔悴，那個曾經光艷照人的千金小姐，沒了。

此時的婉容，已對生活徹底絕望，人一絕望，那什麼也都無所謂了。面對溥儀的冷淡、性無能和失去自由的多重擠壓，她決定破罐子破摔。

於是，婉容與溥儀的隨侍祁繼忠和李體育先後發生曖昧關係，並且在一九三五年生下一名女嬰，不幸的是，女嬰出生不久就夭折了。

溥儀雖然窩囊，但前有文繡的離婚，今又有婉容送上的綠帽，忍無可忍，終於爆發了。他把妻子暴打一頓，然後將她打入冷宮，從此不再見她。

備受摧殘的婉容，這年才只有三十歲，卻從此開始她漫長的幽禁生活。

其實從人性的角度來看，婉容又何錯之有呢？溥儀既無法滿足她的生理需要，也不能在精神上撫慰她，她除了自己找樂子，還能怎麼辦呢？

被打入冷宮後的婉容，沒多久就精神異常了。病得最厲害的時候，連下床走路都很困難。昔日的如花似玉的婉容，如今形如槁木。

她骨瘦如柴、披頭散髮、生不如死，彷彿一個活著的鬼。她已經不懂得梳洗打扮，整天喜怒無常，唯一還保留著的習慣，就是吸鴉片。

一九四五年，日本戰敗投降，溥儀的偽滿洲國小朝廷立刻樹倒猢猻散，那一群傀儡失魂落魄地逃到通化大栗子溝。之後，溥儀拋下婉容，帶著弟弟溥傑等人匆匆離去，從通化飛到瀋陽，準備逃亡日本。

但他最後的逃竄沒有成功，飛機迫降，作為戰犯，溥儀被蘇聯紅軍俘虜。

而這個時候，被丈夫拋棄、又瘋又病的婉容，正嘿嘿地笑著，以高級戰犯家屬的身份，被人民解放軍押往長春。

後來，解放軍撤出長春，婉容又被帶往敦化。不久，她病死在那裡——這一年，是西元一九四六年，她四十歲。

然後，一切都結束了，榮耀與摧殘皆已成過往。這對早就生不如死、形同槁木的婉容來說，何嘗不是一種解脫？

• 全書完

清朝，距離我們最近、最受爭議的王朝。
前期，鐵騎入關，揚州十日、嘉定三屠，漢人抗爭歷經三朝方才平息。
而到後期，外敵入侵、喪權辱國，
將近代中國帶進一個多世紀的屈辱黑暗期。

清朝其實很有趣

In fect,
Qing is Interesting

全集

幽默歷史掌門人

霧滿攔江——著

爭議四起、秘聞遍佈，
還原最有趣的大清王朝。

傳奇開場·衝突對幕
限量
合售版

清朝，滿是秘聞的傳奇時代。
太后下嫁、順治出家、雍正被刺、乾隆身世，四大無解謎案，
至今仍為坊間津津樂道。
到底，這是個怎樣的王朝？你，真的認識清朝嗎？
歷史並不總是沉重，往事並非遙不可及。
且聽霧滿攔江娓娓道來、細細點評，揭開兩百餘年雲煙，
重點重現十二位統治者的風光與哀愁，
還原一個最趣味的大清王朝。

普 天 之 下 · 盡 是 好 書

普天 出版家族
Popular Press Family
http://www.popu.com.tw/

光武中興・明章之治

C r a z y   E a s t e r n   H a n   D y n a s t y

東漢原來這麼變態

全集

輕鬆笑談
東漢王朝兩百年

西元二十五年，劉秀成了一個開國之君，主宰這江山。這個奇葩王朝有開國明君，也有亂臣賊子，乍看之下一切正常，但仔細再看，卻又很變態，超過三分之二的皇帝即位時還不滿十五，最誇張的甚至才三個月大，連好好蓋個玉璽都很困難……皇帝不濟事，這個政權還怎麼玩下去？在東漢這齣歷史大戲中，外戚和宦官比皇帝還搶戲，至於可憐的士大夫，大多時候只是扮演跑龍套的角色。三國歷史開場之前，東漢王朝究竟渡過一段怎樣的畸形歲月？

月望東

普天之下・盡是好書

普天 出版家族
Popular Press Family

http://www.popu.com.tw/

最過癮的劉邦正史，講述史上最無賴的帝王！

無賴帝王
劉邦

EMPEROR OF THE HAN DYNASTY

神馬浮雲 著

他是橫空出世的怪胎，臉皮比長城還厚，心地比木炭還黑；
他是橫行鄉里的地痞無賴，也是揭竿起義的亂世豪雄；
他生性潑皮、不學無術，最後卻跌破眾人眼鏡，靠著一群雜牌軍，打敗強悍勇猛的項羽。
他是中國第一個平民皇帝，也是評價最低的開國帝王。但是，一代史學大師湯恩比卻推崇他說：
「人類史上最有遠見，對後世影響最大的兩位政治人物，一位是開創羅馬帝國的凱撒大帝，另一位便是創建大漢文明的漢高祖劉邦。」
劉邦的輝煌功績足以與張良、蕭何比肩，政治謀略足以與李世民媲美，狡詐凶狠足以和曹操稱兄道弟。這個無賴又機智的街頭混混，究竟靠什麼登上皇帝寶座？

普 天 之 下 ‧ 盡 是 好 書

普天 出版家族
Popular Press Family

http://www.popu.com.tw/

後宮那些羞人答答的艷事

群星會

182

作　　　者　巫　解
社　　　長　陳維都
美術總監　黃聖文
編輯總監　王　凌
出 版 者　普天出版家族有限公司
　　　　　新北市汐止區康寧街 169 巷 25 號 6 樓
　　　　　TEL / (02) 26921935 (代表號)
　　　　　FAX / (02) 26959332
　　　　　E-mail：popular.press@msa.hinet.net
　　　　　http://www.popu.com.tw/
　　　　　郵政劃撥 19091443 陳維都帳戶
總 經 銷　旭昇圖書有限公司
　　　　　新北市中和區中山路二段 352 號 2F
　　　　　TEL / (02) 22451480 (代表號)
　　　　　FAX / (02) 22451479
　　　　　E-mail：s1686688@ms31.hinet.net
法律顧問　西華律師事務所・黃憲男律師
電腦排版　巨新電腦排版有限公司
印製裝訂　久裕印刷事業有限公司
出 版 日　2019 (民 108) 年 5 月 第 1 版
ISBN◎978-986-389-619-7　　條碼 9789863896197
Copyright◎2019
Printed in Taiwan, 2019 All Rights Reserved

國家圖書館出版品預行編目資料

後宮那些羞人答答的艷事

巫解著. ─第 1 版. ─：新北市, 普天出版

108.05 面；公分 . - (群星會；182)

ISBN◎978-986-389-619-7 (平裝)